Hans Schaub

Geboren 1944, aufgewachsen in Waldenburg BL. Nach einer Berufslehre und berufsbegleitender Weiterbildung gründete er 1970 seine eigene Firma, die er bis zum Verkauf im Jahr 2000 erfolgreich führte. 2009 erschien im Haupt Verlag sein Buch «Nachfolgeplanung in KMU». Neben seiner beruflichen Tätigkeit diente er der Gesellschaft in verschiedenen nebenamtlichen Funktionen. Nach über vierzig Jahren im zürcherischen Glattal zog er 2009 nach Menziken im Wynental AG, wo er sich seither vermehrt dem belletristischen Schreiben widmet. 2013 erschien der erste Roman «Schuldig geboren». 2014 der Roman «Das blonde Zigeunermädchen».

Bigler und der Franzose

Hans Schaub

Bigler und der Franzose

Kriminalroman

Bibliografische Information der Deutschen Nationalbibliothek:
Die Deutsche Nationalbibliothek verzeichnet diese Publikation in der Deutschen Nationalbibliografie; detaillierte bibliografische Daten sind im Internet über http://dnb.ddb.de abrufbar.

ISBN 978-3-86870-993-3

Umschlaggestaltung
Sarah von Blumenthal
*
Lektorat
Petra Meyer

www.rediroma-verlag.de
12,95 Euro (D)

Für meine Enkelinnen

«Die Gerechtigkeit wohnt in einer Etage, zu der die Justiz keinen Zutritt hat.“

Friedrich Dürrenmatt im Roman „Justiz“.

Dank

Besonders beigetragen zum Gelingen dieser neuen Geschichte hat meine Frau Antoinette. Wie immer hielt sie mir den Rücken frei. Als Erstleserin hat sie mich zum Entschärfen besonders grausamer Szenen bewegt. Mein Hausarzt und Freund Josef Erni hat mich nicht nur vor medizinischen Fehlbeschreibungen bewahrt, er hat mich auch auf andere Fehler oder für die Leserschaft Missverständliches hingewiesen. Rechtsanwalt Roger Baumberger hat meine formalen Abläufe der Justizbehörden korrigiert. Ihnen allen gebührt mein innigster Dank.

Bigler und der Franzose

Eins

Alfons Bigler drückte den Klingelknopf neben dem Eingang des idyllisch gelegenen Hauses, die Tür öffnete sich, und vor ihm stand sein Spiegelbild. Mit einem breiten Grinsen überdeckten beide ihr Erstaunen, perfekt synchron. Spontan umarmten sie einander und dann, wie einstudiert, griffen beide in ihre Hosentaschen, nahmen ein Taschentuch heraus und trockneten etwas verschämt ihre Augen. „Komm rein, Bruder, ich stelle dir meine Eltern vor", sagte Holger, der sich als Erster wieder gefasst hatte. Ein kurzer Flur mit Bleistiftskizzen von Menschen aus verschiedenen Ländern an der Wand führte sie in einen hellen Raum mit grossen Fenstern zur Seeseite hin. Aus den dick gepolsterten Sesseln erhob sich Holgers Mutter, dann, etwas steif, sein Vater. Beide waren etwas älter als Biglers Eltern. Käthy, die Mutter, schien die Forschere der beiden. Sie trat zum Gast und entschuldigte sich erst über ihre Verunsicherung. Auch in ihr hatte die Ähnlichkeit der Zwillinge Verwunderung und Erstaunen ausgelöst und sie kurz sprachlos gemacht. Bis zum Brief von Bigler war auch ihr nicht bekannt gewesen, dass damals für Zwillinge Eltern gesucht worden waren.

Sie stellte sich mit ihrem Vornamen vor, was ihrem Mann offensichtlich nicht behagte. Der Professor war von Natur aus reserviert und beobachtete die Dinge stets aus einer gewissen Distanz. Doch er überwand seine Zurückhaltung und stellte sich als Rudolf vor.

In der Polstergruppe sitzend, bei einem frisch aufgebrühten Kaffee, gab Bigler auf Wunsch seiner Gastgeber einen kurzen Abriss zu seiner Person.

„Meine Eltern bewirtschaften einen Bauernhof in Biswil im Wynental. Beide sind um die sechzig. Seit einem halben Jahr studiere ich Agronomie an der ETH Zürich. Kurz bevor ich nach Zürich zog, klärte mich meine Mutter auf, dass ich nicht ihr leiblicher Sohn sei. Darauf begann ich mich für meine Herkunft zu interessieren und erhielt nach einigem Hin und Her von den Behörden endlich meine Geburtsurkunde und die Personalien meiner leiblichen Eltern. In den Papieren fand ich auch, dass ich einen Zwillingsbruder habe. Ich fand heraus, dass unsere Mutter, eine junge Schauspielerin, nach einem Techtelmechtel mit einem ebenso jungen Holländer schwanger geworden war. Die alleine gelassene Mutter gab die beiden Kinder bereits vor der Geburt zur Adoption frei. Offenbar lebt sie heute in den USA und ist dort verheiratet. Die naheliegende Frage für mich war jedoch, wo ist mein Bruder. Ich habe es herausgefunden und mich bei euch gemeldet. Nun bin ich da und habe ihn zum ersten Mal getroffen."

Nach einer kurzen Pause begann Holger: „Ich bin dir sehr dankbar. Als mein Vater vom Inhalt des Briefes, den du ihm geschrieben hattest, erzählte, fiel ich aus allen Wolken. Es gibt einen Bruder! Ich konnte und kann es kaum fassen, dass du heute hierhergefahren bist und uns hier in Uttwil besuchst. Mein Vater geht bald in Rente, wie du an seinem Dialekt hörst, stammt er aus Deutschland. Mutter ist Psychologin und arbeitet in der Psychiatrischen Klinik in Münsterlingen. Ich studiere an der Uni Konstanz Linguistik im zweiten Semester.

Nach diesem ersten Abtasten schlug Holger vor, mit seinem Bruder zum See hinunterzugehen und sich mit ihm auszutauschen. Auf einem Feldweg, der auf direktem Weg ans Wasser führte, gingen sie nebeneinander her und dann dem Ufer entlang bis zum kleinen Hafen. Weil beide eine offene Wesensart hatten, fanden sie sich schnell und unterhielten sich angeregt. Holger zeigte Bigler seine Jolle, mit der er seiner Leidenschaft als Segler frönte. Bigler erzählte von Olga, die mit ihm zur Schule gegangen war, wie er sie zu lieben begann und jetzt mit ihr verlobt sei. Die Chemie zwischen ihnen stimmte, zu erzählen gab es vieles. So war es ihnen auch bald klar, dass sie künftig in engem Kontakt bleiben wollten.

Schon zwei Wochen später wollten sie mit Holgers Jolle eine Segeltour auf dem Bodensee unternehmen.

Beim Abschied waren sich alle einig, dass über das Wiedersehen kein Aufsehen gemacht werden sollte. Bigler erklärte, dass er seinen Eltern vorläufig nichts von der Existenz des Bruders sagen würde; insbesondere der Vater würde seine Mühe damit haben. Einzig Olga, seine Verlobte und Vertraute, sollte vom Zwillingsbruder erfahren.

Zwei

Geplant war eine Reise rund um den Globus. Bigler und Olga wollten nach dem Abschluss seines Studiums und bevor sie heiraten und den Bauernhof übernehmen sollten, gemeinsam die Welt erkunden.

Doch es kam anders; Biglers Vater, der schon lange gekränkelt hatte, musste nach einem Herzinfarkt ins Spital und anschliessend zu einem Kuraufenthalt. In der Nacht, bevor er aus der Rehabilitation hätte auf seinen Hof zurückkehren sollen, erlitt er einen weiteren Infarkt, den er nicht überlebte. Nun galt es zuzupacken – als einziger Sohn musste Bigler die Verantwortung für den Bauernhof übernehmen und seine persönlichen Pläne zurückstecken. Enttäuscht, doch die Umstände verständnisvoll akzeptierend, folgte ihm Olga auf den Hof. So kurz nach dem Tod des Vaters wurde die vorgezogene Hochzeit nur im engen Familienkreis und in bescheidenem Rahmen gefeiert.

Bigler hatte sich schon während der Ausbildung vorgenommen, den Hof umzustrukturieren. Jetzt, da sein Vater verstorben war und sich nicht gegen die Pläne sträuben konnte, wollte er diese Neuausrichtung rascher als geplant umsetzen. Seine Mutter vertraute ihm blind, als er mit ihr seine Ideen besprach.

Er wollte weg von der Milchwirtschaft, denn aus seiner Sicht war es unsinnig, auf dem mehrheitlich ebenen Land Kühe zu halten. Er fand, Viehhaltung sei etwas für Hang- und Bergbauern. Innert nur drei Jahren war die Umstellung zum Ackerbaubetrieb abgeschlossen. Ohne Rindvieh und ohne Schweine vereinfachte sich der Tagesablauf. Kein Melken an sieben Tagen in der Früh und am Abend. Zwar nicht in allen Bereichen planbar und immer noch vom Wetter beeinflusst, fanden die jungen Bauersleute mehr Zeit füreinander und für ihr Umfeld.

Das Wochenblatt schrieb:

Jungbauer krempelt seinen Hof um

[BB.] Alfons Bigler, der kürzlich das Studium als Ing. Agronom an der ETH abgeschlossen hat, übernimmt den Hof seines verstorbenen Vaters. Dies allein wäre keine Meldung wert. Doch seine Pläne, die Rindviehhaltung aufzugeben und nur noch Ackerbau zu betreiben, werden von den Landwirten im Tal heftig diskutiert. Auf Anfrage bestätigte Bigler den radikalen Wechsel. Er sehe nicht ein, weshalb auf ebenem Land Kühe weiden und zum Milchüberschuss beitragen sollen. Kühe gehören aus seiner Sicht ins Berggebiet, wo kaum Ackerbau betrieben werden könne. Seine Berufskollegen sehen den Wechsel differenziert, die Mehrheit bezeichnet die Umstruktu-rierung als Experiment. Ein nicht genannt wollender Bauer aus einem Nachbardorf bemerkte gegenüber unserer Zeitung, „das ist etwas für Bauern, die zu faul sind, jeden Morgen aufzustehen, um ihre Kühe zu melken“. Damit zeigt es sich, dass Bigler unter Beobachtung seiner Berufskollegen steht. Das Wochenblatt bleibt dran.

Erst im nahen Umfeld, später grössere Kreise ziehend, wurde Bigler zum Berater anderer Landwirte. Mit dreissig begann seine politische Karriere, als er zum Gemeindeammann von Biswil gewählt wurde. Kaum im Amt, zog er nach den Wahlen auf Anhieb als Grossrat ins kantonale Parlament ein. Viel beschäftigt, fand er gleichwohl Zeit, weiter in der örtlichen Theatergruppe, wo er schon als Gymnasiast mitgewirkt hatte, aufzutreten – erst als Schauspieler, später als Regisseur. In Erinnerung der damaligen Mitspieler blieb er in seiner Rolle als französischer Liebhaber und Verführer. Gil, der Name dieser Figur blieb an ihm haften, vor allem seine damaligen Mitspielerinnen nannten ihn nur mit diesem Namen.

Jedes Jahr gönnten sich Olga und er drei Wochen Ferien. Wenn die Felder ruhten und die Bise kalt durchs Tal blies, packten sie ihre Koffer und flogen an wärmere Orte. Einige Male begleitete sie Holger in die Karibik, wo sie eine Yacht charterten und von Insel zu Insel segelten. Zwischen Holger und Alfons hatte sich eine innige Bruder-Bruder-Beziehung aufgebaut. Sie tauschten Sorgen und Freuden miteinander aus und erkannten gemeinsame Stärken und Schwächen. Erst als Olga Anne, ihr erstes Kind geboren hatte, verbrachten sie ihre Urlaube in Kleinkindergerechte-Umgebung und blieben in der Schweiz.

Holger blieb ledig. Hin und wieder hatte er kurze Bekanntschaften, doch etwas Ernstes wurde nie daraus. Er sagte, dass seine Ansprüche an eine Frau zu gross seien und dass er lieber ledig bleibe, als in einer unglücklichen Ehe zu leben. Diese Gedanken stammten aus der Erfahrung seiner Eltern, deren Ehe freudlos war. Während die Mutter unternehmungslustig war, überlegte sich der Vater – ein ausgemachter Stubenhocker –,jeden Schritt mehrmals und verpasste dabei unzählige Chancen. Zweckehe, so hatte Käthy ihre Gemeinschaft genannt. Holger hatte auch hören müssen, dass kurz, bevor sie erfahren hatten, dass nach langem Warten ein Adoptivkind gefunden worden sei, Rudolf sich von ihr hatte trennen wollen. Die anfängliche Freude über das ersehnte Kind schlug rasch in Frust um. Käthy liebte ihren Sohn und ihm zuliebe ertrug sie die nüchterne, emotionslose Ehe. Nach dem Tod seiner Eltern blieb er im Häuschen in Uttwil, ging seinen Studien nach und unterrichtete in einem Teilzeitpensum an der Mittelschule in Frauenfeld. Vermutlich von ihrer biologischen Mutter, die Schauspielerin gewesen war, hatten die Brüder dieselben Talente geerbt: Sie konnten jeden Dialekt nachahmen und Sprachen zu lernen fiel ihnen leicht. Holger sammelte Tonaufnahmen selten gesprochener Dialekte und beschrieb kaum benutzte Ausdrücke. Waren sie gemeinsam unterwegs, machte es ihnen Spass, jeder im Dialekt des andern zu reden. Ein Jahr nach Anne gebar Olga einen Sohn, den sie Michel tauften. Die Jahre gingen dahin, die Kinder gediehen. Anne brachte gute Noten nach Hause, während Michel eher praktisch veranlagt war.

Einer der Höhepunkte in Biglers politischem Leben war seine Wahl zum Präsidenten des Grossen Rates. Er war der Erste aus Biswil, der es ins höchste Amt im Kanton geschafft hatte. Das ganze Dorf war auf den Beinen, als der Extrazug mit allen Gästen einfuhr. Zu

Fuss – der neu Gewählte wollte nicht, wie es sonst Brauch war, in einer offenen Kutsche gefahren werden – bewegte sich die Gesellschaft zur festlich geschmückten Turnhalle. Schon vor der Wahl in das anspruchsvolle Präsidialamt hatte er im Jahr zuvor seine politischen Aufgaben in der Gemeinde aufgegeben. Sein Nachfolger hatte mit Kollegen und der Bevölkerung ein Programm gestaltet, bei dem alle Dorfvereine mitwirkten.

Mit der Wahl zum höchsten Aargauer wurde der eher im Stillen arbeitende Mann einer weiteren Bevölkerung bekannt. Er wurde beachtet, seine Meinung war gefragt. Noch stärker als zuvor erlebte er hautnah die komplizierten und oft einem Irrgarten gleichenden Verfahrensabläufe der Politik und Verwaltungen.

Olga unterstützte ihn im Hintergrund und begleitete ihn dorthin, wo sie als Begleitung erwünscht war. Dieser Aufwand hielt sich jedoch in Grenzen, denn auch Bigler legte keinen grossen Wert darauf, sich an jedem gesellschaftlichen Anlass zu zeigen.

Das Wochenblattblatt schrieb:

Biswil feiert seinen Bürger

[BB.] Das erste Mal überhaupt schaffte es ein Bürger von Biswil ins höchste Amt des Kantons. Der neue Präsident des Grossen Rates, Alfons Bigler, wurde gestern ausgiebig gefeiert. Der Extrazug aus der Kantonshauptstadt war um vier Wagen länger als üblich. Statt sich mit einer offenen Kutsche von der Bahnstation in die Dorfmitte fahren zu lassen, ging Bigler, begleitet von seiner Frau Olga, zu Fuss über die von Einwohnern der Gegend gesäumte Strasse, hinter ihm viele hohe und geladene Gäste. Der gesamte Regierungsrat, die meisten Kantonsräte, hohe Beamte und Richter genossen den fröhlichen, volksnahen Umzug. Die Turnhalle, von Vereinsmitgliedern mit Girlanden und Fahnen geschmückt, platzte aus allen Nähten. Während die Gäste an den aufgereihten Tischen Platz nahmen, spielte die Dorfmusik, verstärkt durch Kollegen aus der Nachbargemeinde, rassige Märsche. Bigler bedankte sich kurz für den freundlichen Empfang und gab seinen Mitbewohnern zu verstehen, dass er für sie und ihre Anliegen wie bis anhin ein offenes Ohr haben werde. Niemand solle sich scheuen, ihn anzusprechen, er sei und bleibe ein Biswiler. Die Feier dauerte bis in den frühen Morgen. Ein ausführlicher Bericht wird in der Wochenend-Ausgabe des Wochenblatts zu lesen sein.

Vom zu Biglers Landwirtschaftsbetrieb gehörenden Land grenzte beinahe ein Drittel an bestehende Wohnzonen. Die guten Verkehrsanbindungen nach Aarau und aufstrebende Industrien waren Motoren der Nachfrage nach Wohnraum. Es gab Leute, die munkelten, Bigler habe seinen Einfluss als Politiker genutzt, als die Ortsplaner vorschlugen, unter anderem auch einen Teil seines Landes zur Bauzone zu schlagen. Ein Gerücht, das sich allerdings nie erhärten liess – zu offensichtlich bot sich dessen Lage zur Umnutzung an. Bigler selbst war nicht darauf erpicht, mit dem Verkauf von Land für Wohnbauten seinem Bauernhof Nutzfläche zu entziehen. Er sah jedoch die Notwendigkeit neuer Wohnungen ein, zumal er wusste, dass einer seiner Nachbarn keinen Nachfolger hatte und bald die Möglichkeit bestand, durch Zukauf seine Fläche an Landwirtschaftsland zu vergrössern.

Für Anne war die Mithilfe auf dem Hof eher ein Muss. Lieber steckte sie ihre Nase in Bücher und lernte. Nach der Sekundarschule durfte sie die Mittelschule in Aarau besuchen und hatte im Herbst 1997 mit neunzehn Jahren ihre Matura in der Tasche. Ein halbes Jahr später begann sie in Zürich mit dem Studium für ihren Traumberuf: Zahnärztin wollte sie werden. Anfangs pendelte sie, später finanzierte ihr Vater ihr nahe der Uni eine kleine Wohnung.

Michel hingegen schien der geborene Bauer zu sein: Schon früh übernahm er kleinere Aufgaben auf dem Hof und half mit, wo er konnte. Er entschied sich erst zu einer Lehre als Landmaschinenmechaniker, um dann in der Landwirtschaftsschule das Diplom als

Landwirt zu erwerben.

Dies schien ihm die beste Voraussetzung, später den Hof seines Vaters übernehmen zu können.

Für ihr sechstes und siebtes Semester schrieb sich Anne an einer Universität in Paris ein. In einer WG fand sie Unterkunft. Mit Studenten und Studentinnen aus verschiedenen Ländern zu leben, war für sie ungewohnt und es dauerte eine Weile, bis sie sich an die unstrukturierten Tagesabläufe einiger ihrer Mitbewohnenden gewöhnte. Wenige Tage nach ihr trat Patric, ein gross gewachsener Franzose, in die WG ein. Er war Kunststudent, stammte aus einer wohlhabenden Familie und war der Schwarm aller WG-Bewohnerinnen. Doch er liess keine an sich ran und liess sich nicht betören, ja er hielt bewusst Abstand zu den Mitbewohnerinnen. Bald machte das Gerücht die Runde, er wolle nichts mit Frauen zu tun haben, Männer würden ihm näherstehen. Tatsächlich war er aber bereits mit einer hübschen Frau verlobt. Erst nachdem diese ihn das erste Mal besucht hatte, erstarben die Gerüchte und alle respektierten seine Treue zu seiner künftigen Frau.

Mit Anne führte er lange Gespräche, ihr Interesse an der Kunst und an seinen Arbeiten brachte sie einander näher. Er begleitete Anne zu Ausstellungen und erklärte ihr die dort gezeigten Objekte. Er lud sie zum Essen in ihr unbekannte Restaurants und Bistros ein. An einem lauen Sommerabend kam es zum Kuss und dann zu einer gemeinsamen Nacht. Patric schämte sich, dass er sich nicht an das Versprechen an seine Verlobte gehalten hatt und zog wenige Tage später aus der WG.

Niedergeschlagen, enttäuscht und die Nähe ihrer Mitbewohnenden meidend, stürzte sich Anne in ihre Studien. „Noch vier Monate, dann fahre ich wieder zurück“, sagte sie sich.

Das tat sie dann auch. Nicht vorgesehen war allerdings die Rückkehr als werdende Mutter im vierten Monat! Als sie ihre Schwangerschaft bemerkte, fiel sie zunächst in eine tiefe Depression. In einer Zeitung hatte sie vom rauschenden Fest der Hochzeit ihrer kurzen Affäre erfahren. Sie schrieb Patric in einem kurzen Brief von ihrer Schwangerschaft und gab ihm darin zu verstehen, dass sie das Kind behalten, ihn jedoch nicht weiter damit belästigen wolle. Sie sei so dumm gewesen und habe mit ihm ungeschützt geschlafen. Sein Glück als frischgebackener Ehemann wolle sie deshalb nicht zerstören.

Gleichentags schilderte sie ihren Eltern in einem Brief ihren Zustand und ihre Entscheidungen.

Da gab es nichts zu ändern – Olga und Bigler akzeptierten es und besprachen, wie sie ihre Tochter weiter unterstützen könnten. Naheliegend schien, dass das Kind bei ihnen aufwachsen würde, wenigstens so lange, bis Anne ihr Studium beendet hatte und in der Lage sein würde, ihren Mutterpflichten nachzukommen.

Drei

Das kleine Mädchen, das mitten im Sommer 2003 zur Welt kam, erhielt den Namen Nicole und wuchs unter der Obhut seiner Grosseltern auf dem Bauernhof auf. Wie eine eigene Nachzüglerin wurde die Kleine von allen in der Familie geliebt und verwöhnt.

Die unerwartete neue Aufgabe war für Olga, die von Asthma geschwächt war, manchmal allerdings eine mühsame Last. Ihr Atem ging schwer, besonders der Nebel machte ihr zu schaffen und davon gab es im Wynental vor allem im Herbst und Frühling wahrlich mehr als genug. Grossvater Bigler hatte einen Narren an der Kleinen gefressen. Kaum dass sie gehen konnte, nahm er sie mit, wenn immer es möglich war. Wenn er Bauern zu einer Beratung besuchte, in der Landi Dünger besorgte oder zu Fuss seinen Feldern nachging: Nicole war bei ihm.

An einem kalten Herbsttag hatte Bigler seine Holzspaltmaschine hervorgeholt und begann, die auf Scheitlänge zugesägten Klötze zu spalten. Dann schichtete er sie an der Scheunenwand zu einem Stapel auf. Nicole war wie immer dabei, wenn der Grossvater am Werken war – sie half mit, brachte kleine Scheite und legte sie auf die Beige. Während des Spaltens wollte Bigler nicht, dass sich die Kleine in der Nähe der Maschine aufhielt, und wies sie an zu warten, bis wieder eine genügend grosse Zahl Scheiter zum Aufschichten bereit sei. Vertieft in seine nicht ungefährliche Arbeit, achtete er nicht darauf, dass sich Nicole am bereits aufgeschichteten Stapel zu schaffen machte.

Welcher Teufel sie geritten hatte, am Schlussbrett zu ziehen, das den Stapel hielt, war unerklärlich. Mit grossem Gepolter stürzte der Stapel ein und Nicoles rechter Fuss wurde unter der schweren Last eingeklemmt. Ihr Schreien war trotz des Maschinenlärms nicht zu überhören. Bigler eilte zu Nicole. In einem schockartigen Zustand begann er, die Holzstücke wegzuräumen. Laut rief er nach Olga, die schon am Klang der Rufe erkannte, dass etwas Schlimmes passiert sein musste. „Ruf den Krankenwagen, Nicoles Fuss ist sicher gebrochen, sie braucht ärztliche Hilfe", schrie Bigler ihr zu, während er immer noch schwer keuchend die Holzscheite wegräumte. Nicole fiel in ein Jammern und schrie erst wieder auf, als sie von dem auf ihrem Fuss lastenden Gewicht befreit war. Olga, die nach dem Anruf der 144 zur Scheune zurückkam, wollte der Kleinen die Schuhe ausziehen. Doch als sie sah, dass der Fuss verdreht und der Schuh mit dem Füsslein zusammengedrückt war, sah sie davon ab. Bigler stand etwas hilflos daneben, kreidebleich, ähnlich wie seine Enkelin, und schaute immer wieder auf die Uhr. Die Zeit schien stillzustehen. Dann von Weitem die Sirene des Krankenwagens, der mit hohem Tempo heranfuhr. Die Ewigkeit hatte nur zehn Minuten gedauert. Nicole wurde sofort notärztlich versorgt und ins Spital gefahren.

Die Aussage der Notärztin, es sei sicher keine lebensgefährliche Verletzung, beruhigte die Grosseltern nicht – das hatten sie selbst gesehen. Rasch entledigte sich Bigler seiner Arbeitskleidung, zog sich um und fuhr mit seinem Wagen zum Spital. In der Notfallaufnahme erledigte er die administrative Anmeldung. Er wolle bleiben, bis seine Enkelin untersucht und die Diagnose bekannt sei, teilte er der Empfangsdame mit leiser Stimme mit. Es könne etwas dauern, bemerkte sie, als sie ihn ins Wartezimmer begleitete. Das Warten begann. Das Warten auf eine Nachricht, das Warten darauf, zu erfahren, welche Verletzungen seine Enkelin erlitten hatte. Bigler machte sich Vorwürfe, er fühlte sich schuldig, er hatte seine Aufsichtspflicht vernachlässigt. Je länger der Bericht der Ärzte auf sich warten liess, umso mehr steigerte er sich in Schuldgefühle hinein. Er, der als analytischer Denker bekannt war, der selbst in ausweglos scheinenden Situationen Lösungen fand und Wege dazu aufzeigte, sass da wie ein geschlagener Hund. Dann, nach langen zweieinhalb Stunden, erschien eine Ärztin und bat ihn in ein Besprechungszimmer. Ohne Umschweife begann sie: „Der Fuss Ihrer Enkelin ist verdreht, das kann man richten. Schwieriger sind die Brüche am Fussgelenk und die zertrümmerten Mittelfussknochen. Im hiesigen Spital haben wir keinen Spezialisten, der das kindliche Füsschen operieren kann. Ich empfehle Ihnen, einen Chirurgen beizuziehen, der in einer Privatklinik operiert. Dieser wird den Fuss so weit wiederherstellen, dass das Mädchen gehen kann. Eine bleibende leichte Behinderung kann ich nicht ausschliessen."

Bigler konnte seine Tränen nun nicht mehr zurückhalten und im Moment auch nicht reden. Ob er später mit ihr sprechen wolle, fragte die ungeduldig immer wieder auf ihre Uhr schauende Frau. „Nein", stammelte er, „ich will nur das Beste für meine kleine Prinzessin, sorgen Sie für den besten Spezialisten in der besten Klinik, Kosten spielen keine Rolle. Ich will nicht, dass Nicole ihr Leben lang wegen meiner Unachtsamkeit leiden muss. Ich bin schuldig und werde mir ein Leben lang Vorwürfe machen."

„Sie können die Kleine erst gegen Abend besuchen, jetzt liegt sie in einem tiefen Schlaf, in den wir sie geschickt haben. Operiert werden kann sie keinesfalls vor vier, fünf Tagen. Zuerst muss ihr Bluterguss abgeschwollen sein. Ich rede mit meinen Kollegen und sorge dafür, dass ein erfahrener Fusschirurg beigezogen wird. Mit ihm werde ich die nächsten Schritte besprechen. Beruhigen Sie sich, wir tun das Beste für Ihre Enkelin." Dann stand sie auf und verabschiedete sich von Bigler.

Der blieb vorerst auf dem harten Holzstuhl sitzen. Bis er sich so weit gesammelt hatte und sich zutraute, nach Hause zu fahren, dauerte es eine Weile. Dort erwartete ihn Olga in der warmen Stube. Auch ihre Augen waren gerötet vom Weinen und sie war aufgewühlt vom langen Warten auf den Bericht zum Zustand ihrer Enkelin.

Bigler setzte sich und schlug die Hände vors Gesicht. Seine Hände zitterten und er weinte so, wie es Olga noch nie erlebt hatte. Einer, der sonst wie eine Festung im Sturm jedem Unheil seine Stirn bot, der bei jeder unvorhergesehenen Unbill der stabile Fels in der Brandung blieb, sass da wie ein Häufchen Elend. Stückweise, immer wieder von Weinkrämpfen unterbrochen, berichtete er, was die Ärztin zum Zustand des verunglückten Kindes berichtet hatte. Zum Schluss schrie er laut, dass er schuld sei, wenn seine geliebte Enkelin ihr Leben lang mit einem verkrüppelten Fuss leben müsse.

Olga versuchte zu trösten, ihn zu beruhigen. „Heutzutage vollbringen Chirurgen kleine Wunder. Du wirst sehen – in zwei, drei Monaten rennt Nicole auf dem Hofplatz wieder hinter dem Hund her. Jetzt sollten wir Anne über das Vorgefallene informieren. Ich versuche, sie zu erreichen.“ Sie ging in ihr kleines Büro und rief ihre Tochter an.

Seit einem Jahr arbeitete Anne in Aarau bei einem kurz vor der Pension stehenden Berufskollegen in dessen Zahnarztpraxis. Die Zahnärztin sei mitten in einer Behandlung und könne im Moment nicht ans Telefon, beschied ihr die junge Frau am Empfang, Frau Doktor werde jedoch bald zurückrufen.

Olga wäre froh gewesen, sie hätte ihrer Tochter die Nachricht des Unglücks jetzt mitteilen können. Nun musste sie warten. Zuvor hatte sie sich keine Gedanken gemacht, wie und was sie Anne sagen würde. Doch während sie auf den Rückruf wartete, begann sie zu überlegen, wie sie ihr die Botschaft schonend beibringen könnte. Immer wieder verwarf sie die vorgeformten Sätze, bis sie beinahe verzweifelte, und dann, als das Telefon schliesslich klingelte, konnte sie zunächst nur stammeln. Erst als Anne etwas aufgebracht fragte, was denn vorgefallen sei, brachte sie das Ereignete in kurzen Sätzen vor. Anne, nach aussen gefasst, versprach, so rasch wie möglich ihre Arbeit zu beenden und nach Hause zu kommen.

Ihr Chef wies sie ob dieser Nachricht an, sofort zu ihrer Tochter zu fahren. Gegen Abend fuhren sie und die Grosseltern ins Bezirksspital. Von Nicole war nur der Kopf, der nicht bedeckt war, zu sehen. Im Zimmer lagen zwei weitere Kinder in ihren Betten, eines hatte ein Bein im Gips, das andere einen Arm. Eine Infusion steckte in Nicoles rechtem Arm, im Schlaf schien sie keine Schmerzen zu spüren. Bigler ertrug den Anblick nicht und ging wieder aus dem Zimmer. Auch nach Stunden und nach den einfühlsamen Worten seiner Tochter hatte er sich nicht beruhigt.

Anne kannte die Risiken, denen ein Kind täglich ausgesetzt ist. Ihren Eltern machte sie keine Vorwürfe. Erschrocken über die Reaktion ihres Vaters, dachte sie an dessen Gesundheit. Sie fürchtete, dass sein Herz den Schock über das Vorgefallene nicht bewältigen könnte. Noch am Nachmittag hatte sie beruhigende Medikamente besorgt und darauf bestanden, dass Bigler diese auch einnahm.

Fünf Tage später wurde Nicole in die Hirslanden Klinik in Aarau verlegt, wo sie tags darauf zum ersten Mal operiert wurde. Bigler besuchte sie täglich, brachte immer ein kleines Geschenk mit und las ihr Geschichten vor. Vier Mal operierte der Chirurg, bis der Fuss so weit wiederhergestellt war, dass sie wieder gehen lernen konnte. Massschuhe mit speziellen Einlagen würde sie immer tragen müssen, erklärte der Arzt beim Schlussgespräch.

Von da an durchlebte Bigler jede Nacht im Traum den Unfall, wieder und wieder. Es gab kein Entrinnen.

Wenige Monate nach Nicoles Unfall war Annes Chef gezwungen, seine Tätigkeit als Zahnarzt aufzugeben.

Ein Augenvirus schränkte seine Sehfähigkeit ein. Für die noch junge Zahnärztin war dies die Chance, zu einer eigenen, gut eingeführten Praxis zu kommen. Ihr Vater half bei der Finanzierung.

Die gesundheitlichen Probleme von Olga und die Pflichten als Erzieher seiner Enkelin bewogen Bigler, seine politischen Ämter aufzugeben. Er wollte Nicoles Vaterersatz sein. Noch umsichtiger als vor dem Unfall liess er sie kaum aus den Augen. Er fuhr sie zu den regelmässigen Kontrollen beim Arzt und zum Orthopädietechniker. Eine Physiotherapeutin kam jede Woche ins Haus und machte mit dem wachsenden Mädchen Gehübungen. Die Bemühungen der Helfer zeigten Wirkung – ihre Gehbewegungen wurden immer natürlicher.

Nicole blieb das aufgeweckte Mädchen, das sie vor dem Unfall gewesen war. Alle sechs Monate gings zum Orthopäden und es wurden neue Schuhe für sie angefertigt. Unter der Woche lebte sie bei den Grosseltern in Biswil. Die Wochenenden bei ihrer Mutter in Gränichen. Im ersten Schuljahr fuhr Bigler sie täglich mit dem Auto zur Schule. Mit Beginn der zweiten Klasse wünschte sie, zu Fuss dorthin zu gehen. Maya, eine ihrer Schulfreundinnen wohnte auf halbem Weg. Ihre Erzählungen von Erlebnissen auf dem Schulweg hatten wohl Nicoles Wunsch, künftig auch daran teilhaben zu können, geweckt. Im Turnunterricht gab es Übungen, bei denen sie passen musste. Auch Tanzen fand sie nicht lustig: Sie empfinde sich selbst und die eigenen Bewegungen als schwerfällig, zudem falle sie aus dem Rhythmus der Musik, erklärte sie.

In ihrer Klasse war eine kleine Gruppe Buben, in der sich Mirko, Goran und Nils, ein Klassenwiederholer, besonders hervortaten. Nicole wurde für diese, wegen ihrer eigenartigen Gangart, ein leichtes Opfer zum Hänseln und Foppen. Obwohl sie das innerlich aufwühlte und es sie traurig machte, blieb sie ruhig und liess sich nicht provozieren. Ihrem Grossvater, vor dem sie sonst keine Geheimnisse hatte, erzählte sie nichts davon. Sie spürte seine noch immer bestehenden Schuldgefühle wegen ihrer Behinderung.

Jeweils am Mittwochnachmittag war ihre Schulfreundin Maya zu Besuch auf dem Bauernhof. Am Zvieri-Tisch erwähnte Maya diese Sticheleien kurz. Obwohl Nicole sie sofort unterbrach und das Thema wechselte, wurde Bigler hellhörig. Er insistierte und wollte Genaueres wissen.

Tags darauf stand er auf dem Pausenplatz, in der Hand einen Weidenstock. Er beobachtete und machte rasch die Gruppe um die drei Buben aus. Er nahm seinen Weidenstock, ging direkt zu den Jungs, die seiner Enkelin hinterhergerufen und sie gehänselt hatten, und zeigte ihnen den Stock. „Wenn noch einer von euch meine Enkelin wegen ihrer Behinderung hänselt, bekommt er meinen Weidenstock so zu spüren, dass er dies sein Leben lang nicht vergessen wird."

Die Burschen, die es anging, waren vom Auftritt von Nicoles Grossvater beeindruckt. Ihre spöttischen Sprüche unterliessen sie, sobald Nicole in ihrer Nähe war.

Mit dem Übertritt in die Oberstufe in ihrem zwölften Lebensjahr zog Nicole zu ihrer Mutter und besuchte in

Gränichen die Bezirksschule. Von da an besuchte sie ihre Grosseltern beinahe an jedem Wochenende.

Vier

Nach dem Abschluss seiner Berufsausbildung hatte Michel das Bedürfnis, etwas von seinem Wissen und Können weiterzugeben. Für double heard, eine internationale Hilfsorganisation, reiste er als Entwicklungshelfer und Landwirtschaftsfachmann für sechs Monate nach Mali. Dort fand er in Majke seine grosse Liebe. Die holländische Krankenpflegerin unterrichtete die einheimischen Frauen in Säuglingspflege und lebte im gleichen Camp wie Michel. Nach der Rückkehr besuchte sie Michel so oft es ihr möglich war in Biswil. Ihr offenes und fröhliches Wesen öffnete auch die Herzen von Michels Eltern. Ein Jahr später verpflichteten sich beide für einen weiteren Einsatz am selben Ort, an dem sie sich kennengelernt hatten. Unbefriedigend empfanden beide die Organisation ihres Einsatzes. Ihre Interventionen bei der Einsatzleitung hatten zur Folge, dass sie von den anderen Helfern ausgegrenzt und verachtet wurden. Enttäuscht über die mageren Resultate im täglichen Leben der Einheimischen nahmen sie sich vor, nach der Rückkehr bei den Verantwortlichen des Hilfswerks vorstellig zu werden. Marjke zog zu Michel und nahm im Kantonsspital eine Stelle als Pflegerin an. In einem mehrseitigen Schreiben berichteten sie double heard über ihre Erfahrungen und Missstände und machten Verbesserungsvorschläge. Mit der Zusage als Antwort, die Organisation zu überprüfen und einige ihrer Vorschläge zu berücksichtigen, sagten sie einem weiteren Einsatz zu. Es sollte der letzte werden.

Unter nicht vollständig geklärten Umständen wurde Michel im Einsatz schwer verletzt und starb, bevor ärztliche Hilfe ihn erreichte.

Majke flog sofort zurück zu den Biglers, berichtete ihnen von den wahren Umständen die zu Michels Tod geführt hatten. Gegenüber der Öffentlichkeit und der-Presse verwies sie auf das Communiqué des Hilfswerks. Sie blieb, bis die Leiche fast einen Monat später in Michels Heimat eintraf. Die Unklarheiten, die mit seinem Tod in Zusammenhang standen, führten zu Mutmassungen und Gerüchten, die in der Presse während Tagen breitgeschlagen wurden und diese mit immer neuen Kommentaren das Interesse am Fall warmhielten.

Das Wochenblattt schrieb:

Tragischer Tod eines jungen Entwicklungs helfers aus unserer Region

[BB.] Das Hilfswerk double-heard veröffentlichte gestern eine Presseerklärung, aus der hervorgeht, dass ein junger Entwicklungshelfer bei seinem Einsatz in Mali von einem Einheimischen getötet wurde. Aus zuverlässiger Quelle hat das Wynental-Blatt erfahren, dass es sich dabei um Michel Bigler aus Biswil handelt. Die Todesumstände sind unklar formuliert, nähere Auskunft verweigert die Pressestelle des Hilfswerks. Unsere Nachfrage bei anderen Helfern blieb erfolglos; einer der Zeugen des tragischen Vorfalls sagte, er sei von „double heart" zu Stillschweigen verpflichtet worden.

Der Trauerfamilie entbieten wir unsere Anteilnahme.

Olga litt. Am Abend nach der Abdankung brach sie in der Küche zusammen. Sie musste mit der Ambulanz ins Bezirksspital eingeliefert werden, wo sie der anwesende Arzt sofort in die Intensivpflege wies.

Bigler schickte seinem Bruder ein E-Mail, und berichtete von den Ereignissen der vergangenen Tage. Holger war wenige Wochen zuvor nach San Francisco geflogen, wo er als Gastdozent an der University of California unterrichtete und an einem Forschungsprojekt während zweier Semester teilnahm. Sein guter Ruf als Sprachwissenschaftler reichte bis nach Amerika.

Noch am selben Abend rief Holger an und liess sich die Ereignisse der vergangenen Wochen erzählen. Am Schluss des Gesprächs fragte er seinen Bruder, ob es ihm eine Hilfe wäre, wenn er zurückkommen und ihm auf dem Hof helfen würde. Doch Bigler wollte das nicht – es sei ihm einfach ein Anliegen gewesen, dass Holger von ihm über die Vorfälle in Afrika und dem undurchsichtigen Verhalten der Organisation double heart Kenntnis bekomme. Den Spitalaufenthalt seiner Frau behielt er für sich.

Olgas Zustand verschlechterte sich von Tag zu Tag. Eine Lungenentzündung schwächte die schon erheblich angeschlagene Lunge. Auf die verabreichten Antibiotika reagierte sie nicht. Hohes Fieber und gleichzeitiges Frösteln hielten an. Am Sonntagabend rief der diensthabende Arzt die Angehörigen ins Spital. Bigler traf seine Frau in ihren letzten Zügen an, während Anne und Nicole zu spät eintrafen und nur noch zusehen konnten, wie die Verstorbene von den Schläuchen und Kabeln, mit denen sie in den vorangegangenen Tagen verbunden gewesen war, befreit wurde.

Ihre Autos liessen sie auf dem Parkplatz des Spitals stehen und fuhren zusammen mit einem Taxi zum Hof in Biswil.

Bigler blieb stumm. Er war unfähig zu sprechen, wollte alleine sein. Er zog sich in sein Zimmer zurück. Seine Welt war zusammengebrochen, sein Lebensplan zunichte. An seinem Schreibtisch sitzend versuchte er stark zu bleiben, sich den hohen Wellen, die ihn wegzuschwemmen drohten, entgegenzustemmen. So fest wie er sich vorgenommen hatte, standhaft zu bleiben, so schwer traf es ihn. Er konnte seine Gefühle nicht mehr kontrollieren. Laut herausschreiend beklagte er das über ihn gekommene Unheil. Erst vor Kurzem hatte er den Sohn verloren und nun hatte er auch seine Olga, die ihn fast sein ganzes Leben begleitet hatte, nicht mehr.

Was blieb ihm, dem jahrelang erfolgreichen und wegen seines gradlinigen Wesens geachteten Mann? Wohlhabend, wie er war, kannte er keine materiellen Sorgen. Seine Tochter ging in ihrem Beruf auf und konnte und wollte sich nicht binden. In ihrer spärlich bemessenen Freizeit spielte Anne Cello und trat mit Musikfreunden in einem Kammerorchester vor kleinem Publikum auf. Mit diesem Engagement würde sie kaum eine Stütze in seiner Einsamkeit sein können.

Einzig auf Nicole, seine Prinzessin, konnte er zählen. Sie würde ihn regelmässig besuchen. Mit ihr fühlte er sich verbunden, und trotz oder gerade wegen des grossen Altersunterschieds konnte er mit ihr über fast alles reden. Ihr vertraute er, und dieses Vertrauen brachte auch sie ihm entgegen.

In der kleinen Kirche in Biswil fanden vier Tage später bei der Abdankungsfeier für Olga nur ein kleiner Teil der Mitfühlenden und Trauernden einen Sitzplatz. Bigler nahm diese öffentliche Verabschiedung und das Gedenken an Olga wie hinter einem Dunstschleier wahr. Geistig abwesend nahm er die verbalen und stummen Zeichen der Anteilnahme entgegen. Nicole blieb immer an seiner Seite und führte ihn nach der kirchlichen Abdankung nach Hause. Am Leichenmahl, das im Saal des „Bären" offeriert wurde, entschuldigte Anne die Absenz ihres Vaters, zu viel Leid habe er in den vergangenen Wochen erfahren. Leid, das zu verarbeiten er Zeit brauchen würde. Sie bitte auch um Verständnis, dass er in den kommenden Wochen keine Besucher empfangen wolle.

Eine Woche später verabschiedete sich Majke von Bigler und reiste zurück in ihre Heimat.

Das Wochenblatt schrieb:

Bigler zieht sich aus der Politik zurück

[BB.] Gestern gab Alfons Bigler, der ehemalige Präsident des Grossen Rates und des Gemeinderates von Biswil, seinen Rücktritt aus allen politischen Ämtern bekannt. Er nannte private Gründe für seinen Entscheid. Bigler hat vor wenigen Wochen seinen Sohn durch einen nach wie vor ungeklärten Vorfall im Rahmen eines Entwicklungseinsatzes in Mali verloren. Wenige Tage nach der Beerdigung des Sohnes verstarb auch seine Ehefrau.

In den folgenden Monaten gab es für Bigler vieles zu erledigen, er musste sich neu organisieren. Im noch mit Olga geplanten neuen Haus wurde mit dem Innenausbau begonnen. Beinahe täglich gab es Entscheide zu fällen. Mal die Möbel im Bad, dann die Armaturen, die Farbe der Zimmerwände, Bodenbeläge, das Geländer zur Kellertreppe. Damit fühlte er sich überfordert – das waren alles Entscheide, die er Olga überlassen hätte. Die Handwerker staunten nicht schlecht, als er zu den Gesprächen jeweils seine Enkelin beizog und sich auf deren Geschmack verliess.

Das Haus wurde zu einem modernen Bijou, in dem es sich leben liess. Noch blieb es unbewohnt.

Bigler beschloss, seinen Hof zu verpachten. Ein viele Jahre gültiger Pachtvertrag mit Vorkaufsrecht sollte einem jungen Landwirt die Existenz sichern. Aus seiner Beratertätigkeit kannte er viele Bauern, doch schien ihm keiner geeignet, seinen Hof mit derselben Philosophie, wie er sie erfolgreich pflegte, zu betreiben.

Jeden Tag kam eine Frau aus dem Dorf und sorgte im Haus für Ordnung, kochte und machte die Wäsche. Ohne die Mithilfe seines Sohnes auf dem Hof war er täglich gefordert, oft überfordert.

Nach einem langen Arbeitstag im Frühling klingelte das Telefon. Müde – er hatte sich eben hingesetzt – nahm er den Hörer und meldete sich. Eine junge Männerstimme grüsste und gab sich als ein entfernter Cousin seiner verstorbenen Frau zu erkennen. Nur zufällig habe er am Wintermarkt in Kerzers vom tragischen Tod von Olga und Michel erfahren. Auch dass Bigler für die Weiterführung seines Betriebs jemanden suche, sei ihm zugetragen worden. Er habe die Bauernlehre absolviert und sei jetzt dabei, die Meisterprüfung zu machen. Allerdings sei schon sein älterer Bruder auf dem Hof und für zwei Bauern sei ihr Betrieb zu klein. Er suche nach einem Hof, den er bewirtschaften könne. Im Seeland, in dem der Anrufer gross geworden war und bauerte, wurde Gemüse und Getreidewirtschaft betrieben, so, wie es Bigler auf seinem Hof pflegte. Nach einigem Hin und Her vereinbarten sie den Besuch von Samuel Schneider für das darauffolgende Wochenende.

Der Besuch verlief erfreulich, seine zukünftige Frau begleitete Samuel Schneider. Beide machten auf Bigler einen soliden Eindruck. Nach einem Rundgang durch die Felder, das Haus und das Maschinenhaus mit den gepflegten Maschinen setzte sich die kleine Runde an den Wohnzimmertisch. Nicole servierte Kaffee und Kuchen, den sie am Morgen in der Bäckerei gekauft hatte. Ihr Grossvater forderte sie auf, sich neben ihn zu setzen.

Das Gespräch wurde rasch konkret. Samuel bemerkte, dass die bewirtschaftbare Fläche wesentlich kleiner sei als diejenige des elterlichen Hofs. Er würde, um überleben zu können, die Felder intensiver nutzen müssen. Bigler war sich dessen bewusst. „Das ist nicht nötig, ich hätte schon vor Monaten den Hof meines Nachbarn kaufen können. Nach der Ermordung meines Sohnes habe ich die Sache ruhen lassen. Du gefällst mir, und wenn du hier im meinem Sinn weiter bauerst, kaufe ich den Hof und schlage das Land zu meinem.“

Damit war vieles klar: Bigler hatte seinen Nachfolger auf dem Hof gefunden, er war ihm sympathisch, er vertraute ihm. Drei Monate darauf zog Samuel mit seiner inzwischen Angetrauten ein. Die Kaufverhandlungen um den Hof des Nachbarn standen kurz vor Abschluss.

Das neue Haus wurde mit Nicoles Unterstützung möbliert und eingerichtet. Bigler konnte eine Woche, bevor sein Nachfolger das Bauernhaus bezog, umziehen.

Nach wie vor kam regelmässig die Frau aus dem Dorf und besorgte den Haushalt. Während der ersten Monate im neuen Haus waren Biglers Tage ausgefüllt mit der Mithilfe bei seinem Pächter. Auch hatte er seine Beratertätigkeit wieder aufgenommen. An den einsamen Abenden verbrachte er Stunden um Stunden mit seiner Sammlung alter Gebrauchswerkzeuge. Doch er war allein, fühlte sich einsam.

Nach seinem Aufenthalt in San Francisco kehrte Holger in sein Elternhaus zurück und nahm seine Lehrtätigkeit in der Schweiz wieder auf. Die Brüder vereinbarten, sich an einem Sonntag in Konstanz zu treffen. Am Wochenende davor spazierten Bigler und Nicole der Wyna entlang. „Nicole, ich vertraue dir jetzt etwas an, was nicht einmal deine Mutter weiss. Ich bitte dich, es für dich zu behalten, auch Anne gegenüber."

Nicole, ein Teenager von sechzehn Jahren, sah ihn erstaunt an. Sie hatte geglaubt, ihren Grossvater zu kennen, und hätte nie gedacht, dass es etwas Wichtiges gab, von dem sie nichts wusste. „Was du mir unter dem Siegel der Verschwiegenheit anvertraust, behalte ich für mich. Es wird unser Geheimnis bleiben, darauf kannst du dich verlassen."

Und dann erzählte er ihr alles – von seiner Herkunft, der Adoption, dem Zwillingsbruder, den er erst als Erwachsener gefunden hatte. Davon, dass er ihn eine Woche später treffen wolle und er glücklich wäre, wenn sie ihn zum Treffen begleiten würde.

Nicole hörte aufmerksam zu, liess ihn reden. Das kam alles unerwartet und sie war total überrascht: Ihr Grossvater hatte ein Geheimnis und was für eins! Eines, von dem nicht einmal ihre Mutter wusste. Als Erstes sagte sie: „Dann lerne ich ja meinen Grossonkel kennen, das ist doch mega super!" Bigler konnte ein Schmunzeln nicht unterdrücken. Von dieser Warte aus hatte er die Existenz seines Bruders noch nie gesehen. Je länger, je mehr Fragen gingen Nicole durch den Kopf. Doch sie wollte diese noch nicht stellen; die meisten würden sowieso beim angesagten Treffen beantwortet werden.

„Da gibt es noch was, über das ich mit dir reden möchte, doch das spare ich mir auf bis nächsten Sonntag. Wir haben auf der Fahrt genügend Zeit zum Reden. Typisch Grossvater, dachte Nicole, zuerst weiht er mich in ein gut gehütetes Geheimnis ein und dann spannt er mich mit meiner Neugier weiter auf die Folter.

Sie fragte neckisch, ob er denn ein Buch mit sieben Siegeln sei und noch weitere Rätsel in petto habe. Halb im Ernst, doch sichtbar befreit, lächelte Bigler und verneinte.

Eine Woche später fuhren Bigler und seine Enkelin früh am Morgen im Range Rover, den er kürzlich gekauft hatte, Richtung Bodensee. So früh am Morgen war er nicht sehr gesprächig. Erst als sie kurz vor Zürich waren, begann er zu reden. „Nicole, bevor deine Grossmutter gestorben ist, hatten wir Pläne geschmiedet für die Zeit nach der Übergabe des Hofs. Dabei ist immer wieder die Idee aufgekommen, wir könnten auf Mallorca eine Finca kaufen. Und die hier kalte, neblige Jahreszeit dort an der Wärme und Sonne verbringen. Ich könnte, wenn immer ich wollte, dem dortigen Pächter bei der Arbeit helfen. Jetzt, nach Olgas Tod, geht mir diese Idee fast jeden Tag durch den Kopf. Was hältst du davon?“

Nicole dachte kurz nach und sagte dann: „Du bringst mich total durcheinander – hast du noch weitere Überraschungen auf Lager? Ich komme nicht aus dem Staunen heraus: Noch bevor ich den neuen Grossonkel gesehen habe, fragst du mich, was ich vom Kauf einer Finca halte ... Also, auf den ersten Blick scheint es mir verlockend, meine Ferien auf der Insel zu verbringen. Hingegen wärst du dann jeweils für längere Zeit weg. Ich kann dich dort nicht so oft besuchen.“

„Ja, an diesen Aspekt habe ich auch gedacht. Aber der Flug ab Zürich dauert nur eine gute Stunde – wenn du also am Freitagabend nach Palma fliegst und am Sonntagabend zurück, können wir uns trotz der grossen Distanz häufig sehen.“

Dann blieben sie bis Konstanz stumm – Nicole voller Erwartung auf den Grossonkel, und Bigler in Gedanken, was er seinem Bruder über die schwere Zeit, die hinter ihm lag, erzählen wollte.

Vom Parkplatz aus gingen sie zu Fuss zum Restaurant Hexenküche, in dem sich die Brüder treffen wollten. Nicole, zum ersten Mal in der Grenzstadt, wunderte sich über die vielen geöffneten Geschäfte und das emsige Treiben auf dem Boulevard.

„Wir werden dir vor der Rückfahrt noch ein Andenken kaufen, überleg dir, was du gerne hättest“, sagte Bigler, als er ihr Staunen bemerkte.

Erst wenige Gäste befanden sich um zehn Uhr in der „Hexenküche“. Am Ende der Fensterreihe sass Holger. Nicole vergass, ihren Mund zu schliessen, als sie ihn sah. „Das gibts ja nicht“, sagte sie, als sie sich erholt hatte, „wie ein Spiegelbild von Grossvater!“

Dieser stellte dem Bruder seine Enkelin vor. Ungezwungen umarmte Nicole ihren Grossonkel und lachte ob der in ihren Augen lustigen Situation. Hier im Restaurant wollte sie kein Aufsehen erregen, doch wie gerne hätte sie die Brüder nebeneinandergestellt und Unterschiede in ihrer Erscheinung gesucht. Später einmal würde sie den Vergleich machen. Sie fühlte aber auch die Beklemmung, den Schmerz, den ihr Grossvater standhaft zu unterdrücken versuchte.

So freudig für ihn das Wiedersehen war, so traurig war der Anlass. Die vergangenen Monate waren für Bigler die schwärzesten seines Lebens gewesen. Ausgerechnet zum Treffen hatte Bigler seine Nicole mitgebracht – ein kluger Schachzug! Ihr fröhliches, ungezwungenes Wesen liess gar keine Trauerstimmung aufkommen. So gelang es Bigler, über sein Leid zu sprechen, ohne in Weinkrämpfe zu verfallen, von den

Ungerechtigkeiten rund um den Tod des Sohnes und vom Schmerz über den Verlust seiner geliebten Olga. Es musste sein, das begriff auch die noch junge Nicole. Eine kurze Pause im Gespräch zu den trüben Ereignissen nutzte sie und fragte Holger, was er in seinem Jahr in Kalifornien erlebt habe. Ob er gerne in die kalte Schweiz zurückgekehrt sei. Der Ball war ihm zugespielt. Irgendwie befreit, den geschundenen Bruder aus seiner Not herauszuholen, begann er zu erzählen. Davon, dass es in San Francisco auch kühl sein konnte. Dass oft bis zur Mittagszeit ein nasskalter Nebel vom Meer her die Stadt einhüllte. Aber auch von der Lebensfreude, den verschiedenen Kulturen, der Musik und seinen neuen Freunden. „Vielleicht fliegen wir mal für einige Wochen dorthin, wir alle drei", ergänzte er. Erleichtert, sich wegzubewegen vom Vergangenen zu seinen Ideen für die Zukunft, konnte Bigler danach von seinen Mallorca-Plänen erzählen.

Es ging gegen Mittag. Sie bestellten eine kleine Mahlzeit und unterhielten sich während des Essens über Mallorca und wie sie sich das Leben dort vorstellten. Schon bald war aus der Idee ein gemeinsames Projekt gereift. Bigler sollte vorsondieren, Informationen über Kaufobjekte einholen. Er und Nicole würden die ihren Vorstellungen am nächsten kommenden Fincas besuchen und vor dem Zuschlag Holger einfliegen lassen. Stillschweigen nach aussen sei Ehrensache, beschworen die Brüder und ihre jugendliche Begleiterin.

Nach dem Dessert bezahlte Bigler und sagte zu Nicole, dass nun ihre Stunde komme. Sie dürfe sich in einer Kleiderboutique etwas aussuchen, während er und sein Bruder sich draussen auf der Strasse unterhalten würden. Üblicherweise trug Nicole lange Hosen, so konnte sie ihre klobigen Schuhe kaschieren. Doch heute entschied sie sich für einen mittellangen Rock mit dazu passender Bluse. Schon seit Längerem hatte sie sich emanzipiert und wollte sich wegen ihrer Behinderung nicht mehr unnötig einschränken. Der neue Rock würde zu den zwei Wochen zuvor in Auftrag gegebenen neuen Stiefeletten passen. Nach der Wahl ihrer Kleider rief sie ihren Grossvater ins Geschäft hinein und zeigte ihm die bereitliegenden Kleidungsstücke. „Du hast gut gewählt, frohe Farben und leichte Materialien.“ Mehr zu sagen war er nicht in der Lage – diese Art von Läden hatte er bis dahin meiden können. Er bezahlte und verliess mit einer glücklichen Enkelin am Arm das Geschäft.

Am späten Nachmittag verabschiedeten sie sich mit dem Versprechen, bald etwas gemeinsam zu unternehmen oder sich dann spätestens auf Mallorca wiederzusehen.

Im Auto redete Nicole auf ihren Grossvater ein. Es sprudelte nur so aus ihr heraus. All das Neue, das Geheimnisvolle um die beiden Brüder, die sie in ihre Pläne eingeweiht hatten, lösten in ihrem Kopf einen Tornado an Gedanken aus. Vor lauter neuen Eindrücken und Erlebnissen schlief sie noch vor Zürich ein. Bigler brachte sie zum Haus ihrer Mutter und begleitete sie hinein.

Anne servierte einen Kaffee aus der Nespresso-Maschine. „Ja, wir hatten einen lustigen Tag“, berichtete Nicole ihrer Mutter. Sie erzählte von Konstanz, dem Bodensee, den am Sonntag geöffneten Geschäften. Dann zog sie die gekauften Kleidungsstücke an und präsentierte sich. Zwischendurch schaute sie ihren Grossvater an und lächelte verschmitzt. Auch als Bigler gegangen war, hielt sie dicht: kein Wort von Holger, nicht eine Andeutung vom Projekt auf den Balearen.

Je länger, je mehr wurden Nicoles Besuche bei ihrem Grossvater zum Höhepunkt der Woche. Ihre Querflöte – sie besuchte seit einigen Jahren Instrumentalunterricht – hatte sie immer bei sich. Oft sass Bigler in ihrem Zimmer und hörte ihr beim Üben zu.

Doch wer leistete ihrem Grossvater Gesellschaft an jenen Tagen, an denen er allein war in seinem Haus? Nicole kaufte sich die „Tierwelt“. Nach drei Wochen fand sie, wonach sie suchte. Für einen zehn Wochen alten Cavalier-King-Charles-Welpen suchte ein Züchter einen Platz. Beim Abendessen zeigte sie ihrer Mutter die Annonce in der Zeitung. „Das wäre doch eine Begleiterin für Grossvater, da hätte er eine Aufgabe, hätte Abwechslung und wäre nicht allein.“

Anne las das Inserat. „Ein Hund für Vater – das ist gar keine dumme Idee, der Hofhund ist ja beim Umzug ins Haus auf dem Hof geblieben. Doch wie kommst du auf einen Cavalier, das sind doch kleine Hunde? Ich kann mir meinen Vater nicht mit so einem Hund an der Leine vorstellen.“

Nicole durfte nicht alle Argumente, die sie bei der Wahl der Rasse einbezogen hatte, vorbringen und sagte nur: „Meine Schulkollegin hat so eine Hündin, die ist immer bei ihr, ist bereit für lange Spaziergänge und sogar bei Wanderungen dabei. Sie ist wachsam und gibt Laut, ohne dass sie dauernd kläfft. Zudem fährt sie gerne Auto und kann überall mitgenommen werden.“

So ging es hin und her, bis Anne bereit war, einige Tage später zum Züchter zu fahren. Nicole stellte sich geschickt an, denn schliesslich brauchte sie die Mutter – ihr Taschengeld hätte nicht gereicht, um den Welpen zu bezahlen. Den Züchter hatte Nicole auf ihrer Seite. Nicht nur, weil er bestrebt war, den kleinen Hund loszuwerden. Er kannte seine Rasse und pries sie entsprechend vorteilhaft an. Er unterschlug geflissentlich, dass King Charles kleine Spaniel sind, die nichts lieber tun, als Vögel zu jagen, und auch ihr ausgeprägtes Selbstbewusstsein, das an Sturheit grenzen kann, unterschlug er. Wohl wissend, wie er Anne überzeugen konnte, legte er ihr die junge Hündin in ihren Schoss. Und schon war es um sie geschehen: Der Welpe wickelte sie im Nu um den Finger, schaute sie mit seinen grossen, dunklen Augen an und bettelte um Streicheleinheiten. Anne konnte nicht anders, sie sagte zu. Dann vereinbarten sie mit dem Züchter, dass sie den Welpen am folgenden Freitagnachmittag holen würden.

Auf der Heimfahrt blieb Anne erst mal ruhig, bis sie kurz vor der Ankunft daheim ihrer Tochter beichtete, dass sie den Hund am liebsten für sich gekauft hätte. „Wenn ich einen anderen Beruf hätte, dann würde der kleine Schelm bei mir bleiben. Du hast gut gewählt!

Dein Grossvater wird seine Freude am jungen Balg haben!"

Bigler konnte erst nicht erkennen, was Nicole in ihren Armen trug, als er sie wie gewohnt am Freitagabend an der Bahnstation abholte. „Was hast denn du dabei?", fragte er, nachdem er noch immer nicht erkannt hatte, was sich unter der dünnen Decke, die sie auf dem Arm trug, verbarg. „Ich habe ein Geschenk für dich, etwas, das dir die langen Abende kürzer machen wird." Erst als er ihr half, in den Range Rover zu steigen, erkannte er das kleine Lebewesen.

„Du bringst mir einen Hund! Du glaubst es nicht, aber ich habe mir in den letzten Tagen tatsächlich auch überlegt, mir wieder einen Vierbeiner ins Haus zu holen. Aber ich habe an unser Vorhaben gedacht. Wenn ich öfters nach Mallorca fliege, kann ich ihn nicht mitnehmen. Das wäre nicht recht, ich müsste ihn über Wochen in fremde Hände geben."

Nicole lachte. „Genau dieses Argument habe ich bei meiner Mutter nicht anbringen können, als ich mit ihr über die Wahl der Rasse gesprochen habe. Der bleibt klein. Wenn du seiner Fresslust nicht erliegst und ihn nicht zu sehr mit Goodies verwöhnst, bleibt sein Gewicht immer unter dem Limit, bei dem Hunde in der Passagierkabine im Flieger mitreisen dürfen. Wenn du ihm Spanisch beibringst, wird er sich sogar mit seinen Gefährten auf der Insel bestens verstehen." Im Haus angekommen, trug sie den Wollknäuel ins Wohnzimmer. „Wir sind noch nicht eingerichtet für deine neue Gefährtin. Morgen musst du mich in ein Geschäft für

Tierprodukte begleiten. Dort gibt es sicher eine Stoffhütte, in der sie schlafen kann. Ob sie zuletzt die Hütte zum Übernachten nutzt oder lieber zu dir unter die Decke schlüpft, müsst ihr beide miteinander ausmachen. Wir müssen auch ein Fressgeschirr und Futter kaufen. Hier ist der Impfausweis. In zwei Wochen muss sie nochmals zum Veterinär, ihre zweite Impfung ist dann fällig."

Noch hatte sich Bigler nicht äussern können. Seine Enkelin redete und redete wie ein Wasserfall, ohne ihn zu Wort kommen zu lassen. „Die erste Nacht wird etwas unruhig. Ich werde einen grossen Pappkarton neben meinem Bett aufstellen. Darin kann sie schlafen. So alle vier Stunden lasse ich sie raus. Ab Sonntagabend ist das dann dein Job", sagte sie und zeigte dabei ihr schalkhaftes Lächeln.

„Jetzt möchte ich aber doch noch wissen, mit welcher Rasse du mich da beglückst", fragte Bigler fast scheu, „oder ist es ein Mischling? Ich habe keine Ahnung, einen Jagdhund mit so langen Ohren, kurzen Beinen und einem langen Schwanz habe ich noch nie gesehen."

Nicole klärte ihn auf, erzählte von den guten Eigenschaften und kramte aus ihrer grossen Tasche ein Buch über die Rasse hervor. „Die Kleine braucht Erziehung, Zuwendung und in wenigen Wochen jeden Tag einen Spaziergang."

Bigler hatte wie üblich am Freitag einen kleinen Imbiss vorbereitet. „Komm, wir essen jetzt, dabei können wir weiter über dein Mitbringsel reden." Nicole hob den Welpen auf, trug ihn vor die Tür und liess ihn dort sein Geschäft erledigen. Dann trat sie in die Küche, liess ihn auf den Boden und setzte sich an den Tisch. Kaum hatte sich auch Bigler hingesetzt, strich der Kleine ihm um die Beine. Sie schöpften die vorbereitete Suppe und löffelten diese langsam. „Wir haben noch etwas Wichtiges vor.“ Nicole schmunzelte listig. „Das Mädchen hat noch keinen Namen.“

„Noch eine unerwartete Aufgabe, die du mir aufgibst – bevor ich die schöne Überraschung verdaut habe, erwartest du von mir auch schon einen Namen! Einen Namen, den das Hündchen sein Leben lang tragen wird, gibt man nicht leichtfertig. Wir werden den heutigen Abend also mit der Namensfindung verbringen. Oder hast du da etwa auch schon eine Idee?“

Nicole machte Vorschläge, Bigler verwarf – nicht wie ein Hofhund sollte der Welpe heissen, auch nicht den Namen eines Popstars suchten sie. Es war offensichtlich eine sehr schwierige Aufgabe, für den Neuzuzüger einen Namen zu finden. Erst nach Mitternacht – Nicole hatte die Diskussion zweimal unterbrochen, weil sie mit dem Hündchen kurz nach draussen gehen musste – hatten sie einen Namen, den sie beide gut fanden: Diva. Nicole zog sich zurück in ihr Zimmer. Diva, die in einem grossen, mit Zeitungspapier ausgelegten Pappkarton zum Schlafen gelegt wurde, schlief rasch ein.

Bigler fiel das Einschlafen schwerer. In der Stille der Nacht drehten sich seine Gedanken um das Geschenk. Wie würde er daherkommen mit so einem kleinen Bodenwischer. Das sei doch ein Schosshund und nicht der Begleiter eines gestandenen Mannes, würden die

Leute sagen. Hingegen musste er seiner Enkelin recht geben: Nun hatte er eine Aufgabe und jemanden, der ihn Tag und Nacht begleitete. Und sollte es mit der Finca klappen, könnte Diva mit ihm dorthin fliegen.

Am nächsten Morgen fuhren sie gleich nach dem Frühstück nach Aarau und suchten in einem Tierladen die notwendigen Einrichtungen und Zubehöre für einen Haushund. Nicole war in ihrem Element. Immer wieder sah sie etwas, das noch dazugehörte – passende Halsbänder und Leinen, Spielsachen, einen Fressnapf, Decken zum Draufliegen und eine Kunststoffbox und zu guter Letzt eine Transporttasche für die Reisen. Bigler war belustigt über die Sachen, die Nicole als unabdingbar für Diva aussuchte. Hundefutter und Leckerli machten den Einkauf komplett.

Bis am Sonntagabend kümmerte sich Nicole um den Welpen. Von da an lag es an Bigler, für das Wohl des Hundebabys zu sorgen. Er fühlte sich beinahe überfordert, dessen Bedürfnisse zu erfüllen. Doch mit jedem Tag fand er sich besser zurecht und zeigte Nicole bei ihrem nächsten Besuch stolz, wie ihm Diva nachlief und sich bereits daran gewöhnt hatte, ihr Geschäft draussen auf der Wiese zu erledigen.

Im Internet hatte er sich einige Immobilienangebote für Mallorca gemerkt. Als nach dem Nachtessen etwas Ruhe eingekehrt war, zeigte er seiner Enkelin, was er im Lauf der Woche gefunden hatte. Auf einer Karte von Mallorca suchten sie die jeweiligen Gegenden und kreuzten die ihnen passend scheinenden Standorte an.

„In drei Wochen hast du Herbstferien, dann könnten wir doch hinfliegen und uns die zum Verkauf stehenden Fincas ansehen. Bist du dabei?", fragte Bigler.

„Ich freue mich jetzt schon drauf, das trifft sich gut, dann hat Diva ihre zweiten Impfungen hinter sich und ihre Premiere im Fliegen."

Sie vereinbarten, am ersten Montag der Herbstferien zu fliegen. Bigler rief seinen Bruder an und bat ihn, sich Zeit für eine Reise nach Mallorca zu reservieren.

Fünf

Am Flughafen von Palma war es am Montagmorgen noch ruhig, nicht das Gedränge, das während der Sommerferien an den Wochenenden herrschte. Nicole hatte erwartet, dass es bei der Passkontrolle Probleme wegen Diva geben könnte. Doch nichts davon: Die Beamten waren es sich gewohnt, dass in den meisten Maschinen Passagiere mit ihren Hündchen einreisten.

Der im Voraus bestellte Mietwagen stand nicht weit vom Flughafengebäude bereit. In der Nähe des Stadtzentrums waren in einem Hotel zwei Einzelzimmer reserviert. Die einzige Frage, die blieb – nämlich, wo Diva schlafen sollte –, hatte Bigler schon geregelt. Sie durfte ins Zimmer seiner Enkelin.

Nach einem Abend in der Altstadt, verbunden mit einem Essen in einem kleinen Restaurant, fuhren sie am Tag darauf erwartungsvoll los. Der Makler wartete bereits bei der ersten Finca. Sie lag etwa zehn Kilometer von der Küste entfernt und war ausgebaut in einen feudalen Landsitz. Trotz der überschwänglichen Erklärungen und Hinweise auf die Vorzüge der Liegenschaft waren sich Bigler und Nicole schnell einig, dass diese nicht ihren Vorstellungen entsprach. Der Makler verstand nicht, dass die blendend ausgestattete Villa ihnen nicht zusagte. Bei der Verabschiedung konnte er die Bemerkung nicht unterlassen, dass man auch in Mallorca einen gefüllten Geldbeutel benötige, um eine standesgerechte Liegenschaft zu erwerben. Bigler grinste nur und gab dem Mann zu verstehen, dass es andere Wertvorstellungen gebe, als mit einer glänzenden Villa zu imponieren. Auch die zweite Finca, unweit der ersten, fiel durch. Zu gross war das Gebäude, zu klein das dazugehörende Grundstück.

Zurück im Hotel fragte Bigler am Empfang nach einer lokalen Zeitung. Mit den wenigen Spanischkenntnissen, die sie beide hatten, durchsuchten sie die Liegenschaftsanzeigen. Bald wurden sie fündig. Besonders eine der ausgeschriebenen Fincas befand sich etwas weiter im Inneren der Insel. Der Kellner, den sie baten, den Inhalt des Inserats zu erklären, meinte, es sehe nach einem Notverkauf eines Bauern aus, und sagte, dass sich viele Bauern verschuldet hätten und zum Verkauf ihrer Fincas gezwungen seien. Mit seinem Kugelschreiber zeichnete er ein Kreuz auf die Strassenkarte und empfahl, für die Fahrt dorthin einen Geländewagen zu mieten. Mit einem grosszügigen Trinkgeld bedankte sich Bigler für die Hinweise. Gleich am nächsten Tag wollten sie hinfahren. Vor dem Nachtessen tauschten sie beim Autovermieter am Flugplatz ihren Kleinwagen gegen ein geländetaugliches Fahrzeug.

Aus der Strasse, die zur Finca führte, wurde rasch ein staubiger Weg und schliesslich ein mit Schlaglöchern durchsetzter Rumpelpfad. Die Vegetation wechselte schon nach wenigen Kilometern von grünem zu trockenem Gras. Langsam kroch der Geländewagen den leicht ansteigenden Weg hoch. Schafe weideten auf den kargen Wiesen, zwei Esel suchten sich ihr Futter. Vom Tal aus kaum sichtbar, tauchte nun das Steinhaus vor ihnen auf. Das Gebäude hatte die Farbe seiner Umgebung angenommen und war so selbst aus kurzer

Distanz kaum zu sehen.

Ein noch kaum vierzig Jahre alter Mann trat zum Fahrzeug. Er sprach etwas deutsch und wollte erfahren, was die beiden veranlasst habe, zu einem derart abgelegenen Haus zu fahren. Bigler zeigte auf das Inserat in der Zeitung und gab zu verstehen, dass er eine Finca zum Kaufen suche. Ob er ein Immobilienhändler sei, wollte der Bauer wissen. Bigler verneinte, er suche etwas für sich, er sei selbst Bauer gewesen und wolle künftig einen Teil seiner Zeit auf dem Land verbringen.

Es dauerte eine Weile, bis José sein Misstrauen dem Fremden gegenüber abbauen konnte. Er lebe hier mit seiner Frau und zwei Kindern, berichtete er. Seine Frau sei gerade unterwegs zum Dorf und bringe die Kinder zur Schule. Er habe wegen der Krankheit eines seiner Kinder Schulden gemacht und müsse diese jetzt tilgen. Der Geldverleiher mache Druck und es bleibe ihm nichts anderes übrig, als seine Finca zu verkaufen. Was er denn arbeiten wolle, wenn er vom Haus weg müsse, fragte Bigler. Er habe keine Ahnung, vielleicht bei einem Gemüsebauern an der Küste oder in einem Hotel. Aber das würde ihn schmerzen, denn er sei Bauer mit Herz und Seele.

Ob sie sich umschauen dürften, fragte Bigler dann. Das Gebäude schien in seiner Substanz erhaltenswert zu sein. Die Räume waren bescheiden eingerichtet, doch alles war aufgeräumt und sauber. Bigler wies seine Enkelin auf diesen Umstand hin. „Siehst du, arm und doch ordentlich sein, muss kein Widerspruch sein.“ Er wollte sehen, von wo das Trinkwasser kam, sah die Stromleitung, die zum Haus führte. Ob es denn seines Wissens möglich sei, neben dem bestehenden Haus ein weiteres zu erstellen, fragte er den Bauern. Er denke nicht, dass das ein Problem sei, das müsse man jedoch beim Gemeindevorsteher erfahren können.

In seinen Gedanken sah Bigler das renovierte Haus und nebenan ein neues für sich und seine Gäste. Noch viele Fragen blieben offen, vieles war zu klären. Er sei interessiert, die Liegenschaft zu erwerben, und wolle aber noch einiges überprüfen und sich über die zu erfüllenden Bedingungen für einen Ausbau informieren. Sollte es zum Kauf kommen, werde der Bauer weiterhin im Haus wohnen und seine Landwirtschaft betreiben können. In einigen Tagen werde er mit seinem Bruder nochmals herkommen. Als der Landwirt vernahm, dass er nach dem Verkauf seiner Finca weiter hier leben und wirken könnte, atmete er sichtlich auf.

Zurück im Hotel rief Bigler seinen Bruder an. Schon darauf vorbereitet, nach Mallorca zu fliegen, sagte dieser seine Ankunft am übernächsten Tag zu. Die Zeit bis zu seiner Ankunft nutzten der Grossvater und seine Enkelin. An einem windgeschützten Platz am Strand besprachen sie den am Vortag angetroffenen Sachverhalt. Bigler notierte die offenen Fragen, von denen es je länger, je mehr gab. Sie teilten diese in rechtliche und in praktische ein. Nicole erwies sich dabei als kluge und vorausschauende und mit der Sicht einer Frau kompetente Partnerin. „Du weisst, dass wenn du dir deine Träume erfüllen willst, es sehr viel Geld kosten wird. Alleine die Zufahrtsstrasse, die Wasserversorgung und Entsorgung, das Erste in einem offensichtlich schlechten Zustand, das Zweite nicht existent. Aber da oben könnte man ein Heim, das Freude macht, bauen." Wieder einmal bestätigte Nicole ihrem Grossvater, dass sie ihm ähnlich war. Das einfache Leben dem Mondänen vorzog. Praktisch veranlagt war und überlegt handelte.

Hand in Hand spazierten der Grossvater und seine Enkelin dem Strand entlang, Diva von Nicole in einem vor der Sonne schützenden Tragsack vor der Brust. Die Schwere der vergangenen Monate wich allmählich, die Freude, ihre Pläne verwirklichen zu können, nahm überhand.

Mit Holger, den sie vor dem Mittag am Flugplatz abgeholt und ihn zunächst ins Hotel gebracht hatten, fuhren sie am Nachmittag zur Finca. So weit wie möglich informierte Bigler seinen Bruder über die Liegenschaft. Diesmal trafen sie auch die Frau des Bauern. Man sah ihr an, dass sie auf ihrem Hof hart mitarbeitete. Ihre Hände gezeichnet von der Feldarbeit, ihr Gesicht von der Sonne gegerbt. Sie begrüsste die Ankommenden in beinahe perfektem Deutsch. Bis sie ihr erstes Kind erwartet habe, habe sie am Empfang in einem der Hotels ausserhalb der Stadt gearbeitet, begründete sie ihre Sprachkenntnisse. Sie bat die Gäste, wie sie die Besucher nannte, in die Küche und bot Tee und Kaffee an. Ihr Mann folgte und setzte sich zu ihnen. „Mein Mann hat mir erzählt, dass Sie sich für unsere Finca interessieren, dass Sie diese kaufen und umbauen würden und wir hier weiter wohnen könnten – hat er das wirklich richtig verstanden?"

„Ihr Mann hat Sie richtig informiert", sagte Bigler.

„Übrigens, das sind mein Bruder Holger und meine Enkelin Nicole."

Sie lächelte. „Das mit dem Bruder ist ja nicht zu übersehen. Ich denke, Sie wollen sich noch einmal genau umsehen und Ihre Fragen beantwortet bekommen."

Diesmal schauten sie das Wohngebäude, den Unterstand der Schafe und die aus Holz gebaute Scheune an. Sie gingen um das Haus herum und liessen sich auf den einfachen Plänen, die der Bauer hervorholte, das Gebiet, das zur Liegenschaft gehörte, zeigen. „Ich will ehrlich zu Ihnen sein: Unsere Wasserversorgung ist in einem schlechten Zustand, der in die Erde gebaute Sodbrunnen ist undicht. Wenn es lange nicht regnet, müssen wir sehr sorgfältig mit Wasser umgehen", sagte die Frau, als sie wieder am Küchentisch sassen. Holger notierte den Namen der Finca und die Nummern auf dem Plan, der auf dem Tisch lag. Beim Abschied vereinbarten sie, spätestens in vier Tagen wiederzukommen.

Vom Hotel aus rief Bigler seinen Anwalt in Aarau an und fragte, ob er ihm einen seriösen Kollegen auf Mallorca empfehlen könne. Der versprochene Fax mit den Angaben eines befreundeten Anwalts in Palma sandte der an die Hoteladresse. Nun waren sie zu dritt beim Nachtessen in einem von aussen unscheinbaren Lokal, das ihnen der Portier des Hotels empfohlen hatte. Das Thema des Abends war klar. Holger hatte sich von der Lage der Finca begeistern lassen, sah jedoch, was alles zu renovieren und instand zu setzen war. Beinahe wörtlich zählte er die gleichen Dinge auf wie Nicole am Abend zuvor. „Wenn ich dort etwas Neues erreichen kann, spielt Geld eine untergeordnete Rolle. Ich habe genug davon, auf der Bank trägt es wohl Zinsen, aber ich will damit etwas mitgestalten. Etwas, das nach meinem Tod bestehen bleibt, etwas, an dem Nicole ihre Freude hat und das sie weiter pflegen kann."

Als Bigler am nächsten Morgen das Büro des Anwalts, den ihm sein Freund empfohlen hatte, anrief, stellte ihn die Dame am Telefon sofort durch. Er habe den Anruf erwartet, sein Freund habe ihn informiert, wie er ihm helfen könne? Es gehe um eine Liegenschaft, die er erwerben möchte, es gebe einiges zu klären. Gegen elf Uhr erschien Bigler in der Kanzlei. Nach einem kurzen Small Talk erklärte er dem Anwalt seine Pläne und unterbreitete ihm all die Fragen, die er sich beim Essen am Abend zuvor notiert hatte. Erst war der Anwalt erstaunt, dass jemand in diesem verlassenen Tal, weitab von den Touristenzonen, eine einfache Finca ohne Meersicht erwerben wollte, doch je länger, je mehr wuchs sein Verständnis für das Anliegen. Er versprach, alles, was möglich sei, übers Wochenende zu klären, und schlug einen weiteren Termin am Dienstag darauf vor.

In den Tagen bis dahin erkundeten die drei die Insel, fuhren quer über die Berge zur Südseite und zur wilden Küste im Südwesten.

Für Holger, der Nicole erst einmal in Konstanz gesehen hatte, war das eine gute Gelegenheit, sie näher kennenzulernen. Auch er erlag ihrem ungezwungenen Charme. Ihre aufrichtige Anteilnahme am Projekt überzeugte ihn und er begriff nun die grosse Zuneigung zwischen seinem Bruder und der Enkelin. Die Sympathie war gegenseitig. Nicole erfuhr viel aus Holgers Leben, hörte ihm zu, wenn er aus seiner Zeit in Kalifornien erzählte, stellte intelligente Fragen und bohrte weiter, wenn ihr eine Antwort nicht genügte. Immer mit dabei war Diva. Für einen Welpen ungewöhnlich, die stete Reiserei. Nicole nahm während des Aufenthalts auf der Insel ihre Rolle als verantwortliche Bezugsperson freudig wahr. Immer wieder verlangte sie eine Pause, um sich um die Bedürfnisse des Hundes zu kümmern, und bestand darauf, sich im Schatten aufzuhalten und ihren Spieltrieb nicht zu blockieren.

Bigler wollte, dass Nicole ihn zum Treffen mit dem Anwalt begleitete. An sich gab es weder administrative noch juristische Gründe, die gegen den Kauf der Finca sprachen. Sollte Bigler tatsächlich in diese Liegenschaft investieren, würden Kosten entstehen, die den Kaufpreis um ein Mehrfaches übersteigen würden. Auf die Frage, wie hoch er den Wert der Finca schätze, nannte der Anwalt eine Summe, die wesentlich tiefer war, als Bigler es sich vorgestellt hatte. Es seien in der Tat die hohen zu tätigenden Investitionen, die potenzielle Käufer von einem Erwerb abhielten, erklärte der Anwalt. Bigler hatte es sich in den Kopf gesetzt, diese Finca zu kaufen. Vor seinen Augen sah er den Neubau, die Umgebungsgestaltung und technische Erneuerungen vor sich. Mitentscheidend waren auch seine Kenntnisse als Agronom. Er sah Möglichkeiten, aus dem kargen Land grüne Wiesen zu machen. Er denke, dass er mit den Eigentümern handelseinig werde, sagte er dem Anwalt. Er bleibe auf der Insel, bis die Übertragung des Eigentums vollzogen sei. Seine Enkelin habe er heute mitgebracht, weil sie als Miteigentümerin der Finca in die Grundbücher einzutragen sei. Leider müsse sie am Wochenende wieder zurück zur Schule und könne bei der Eigentumsübertragung nicht vor Ort sein. „Kein Problem“, sagte der Anwalt, zog ein Formular aus seinem Schreibtisch und liess dieses von Nicole unterzeichnen. Damit könne er sie auch in Absenz als Mitbesitzerin eintragen.

Auf dem Weg zur Finca holten sie Holger ab, der im Hotel auf sie gewartet hatte. Auf der Fahrt berichtete Bigler über die Ergebnisse des Besuchs beim Anwalt. Nicole, mit Diva auf dem Rücksitz, hörte zu und war sich dann sicher, alles richtig verstanden zu haben.

Die Verhandlungen mit dem Besitzerpaar waren kurz und erfolgreich. Biglers Angebot war höher, als die Leute erwartet hatten. Als Eigentümer werde er oft hier sein und auf den Feldern mitarbeiten, fügte er hinzu. Erstmals vernahmen die Leute, dass der neue Besitzer ein studierter Landwirt war. Aus einem in die Erde gebauten Keller holte der Bauer eine Flasche Rotwein und goss allen ein Glas davon ein. Einfach und herzlich feierten sie den Handel. Nicole nippte nur am Glas und überliess es dann Holger.

Noch am Abend rief Bigler den Anwalt an und bat ihn, die Eigentumsübertragung so rasch wie möglich vorzubereiten. Am nächsten Tag besuchten Bigler und Nicole die Santander-Bank in Palma und eröffneten ein Konto, das auf sie beide lautete.

Warum machst du das, weshalb vertraust du mir?“, fragte Nicole auf der Rückfahrt zum Hotel.Lange blieb er stumm. „Du bist das Einzige, das ich noch habe. Ich liebe dich und ich will, dass deine Zukunft gesichert ist.“

Nicole schluckte schwer und überlegte es sich zweimal, bevor sie fragte: „Ist es wegen meiner Behinderung, dass du mich derart verwöhnst?“

Immer wieder hatte er sich diese Frage selbst gestellt. Wie wäre sein Verhältnis zur Enkelin, wenn der Unfall nicht geschehen wäre? Was, wenn sein Sohn nicht ermordet worden wäre? Und jedes Mal kam er zum Schluss, dass er seine Enkelin auch ohne diese Ereignisse lieben und verwöhnen würde. Deshalb antwortete er, ohne es sich zuvor überlegen zu müssen. „Nein, es ist, weil du mir am nächsten stehst und es mein Lebensziel ist, alles für dich zu tun, um dich zu beschützen. In dir ist ein Teil von mir und du wirst, was ich hoffe, diesen an deine Kinder weitergeben können.“

Nicole musste dies erst mal verinnerlichen. Ihr Grossvater dachte also, dass sie irgendwann Mutter würde und für das Fortbestehen seiner Gene verantwortlich sei. So weit hatte sie noch nie gedacht – anderes zu erfüllen, schien ihr naheliegender: in der Schule ihre Leistung erbringen, die Jahre bis zur Matur fleissig lernen. In welche Richtung sie sich beruflich entwickeln wollte, war für sie noch völlig offen.

Am Samstag brachte Bigler seine beiden Begleiter zum Flugplatz. Er versprach, ebenfalls so bald wie möglich zurück in die Schweiz zu fliegen. „Planen kann ich auch zu Hause, und ihr sollt mich dabei unterstützen“, sagte er zum Abschied.

In Zürich trennten sich die Wege – Holger nahm den Zug nach Kreuzlingen und Nicole den nach Aarau. Am Bahnhof erwartete Nicole ihre Mutter, die nach der Landung eine SMS erhalten hatte mit der Bitte, sie abzuholen.

„Wie kommt es, dass du alleine zurückreist?", wollte Anne auf der Fahrt nach Hause wissen. Beinahe hätte sich Nicole verplappert, als sie sagen wollte, bis Zürich sei ja Holger mitgereist.

„Du wirst staunen! Grossvater kauft auf Mallorca eine Finca, wir haben sie gemeinsam ausgesucht und er bleibt dort, bis die Kaufverträge unterzeichnet sind. Dann kommt er zurück und beginnt, den Umbau zu planen. Er wird dort künftig die kalte Jahreszeit verbringen." Anne blieb erst ruhig und sagte dann: „Ich dachte, er hätte dieses Projekt aufgegeben, als deine Grossmutter starb. Mit ihr wollte er wegen des hiesigen Winternebels auf die Insel ziehen. Dass er es jetzt dennoch macht, ist typisch für ihn. Er braucht eine Herausforderung, die ihn beschäftigt, so kann er sein in den vergangenen Monaten erfahrenes Leid verarbeiten. Übrigens, wo ist Diva, das kleine Hündchen?"

„Tja", gab Nicole zu, „es war nicht das beste Timing mit ihr, so jung und dauernd unterwegs. Ich habe mich die ganze Zeit um sie gekümmert, jetzt muss Grossvater auf sie achten und Rücksicht auf sie nehmen. Ich denke, er wird schon zurechtkommen mit ihr."

Zu Hause angekommen, packte sie ihren Koffer aus und zeigte der Mutter Fotos von der Finca. „Das ist ja eine Bruchbude, und so weit von der Zivilisation entfernt!", lautete ihr Kommentar, dann fügte sie versöhnlich hinzu: „Aber er ist alt genug, um zu wissen, was er tut."

Die Tage bis zur Überschreibung der Liegenschaft liess Bigler nicht mit Müssiggang vergehen. Vom Anwalt hatte er Adressen von Unternehmern bekommen, die diesem vertrauenswürdig schienen. Unter dem Vorbehalt, dass die Landübertragung vollzogen würde, beauftragte er einen Strassenbauer, die Zufahrtsstrasse so weit wie nötig zu sanieren, und ein Elektriker sollte die Stromzuleitungen modernisieren. Den Verkäufern versprach er noch einmal, dass sie weiterhin auf der Finca bleiben und arbeiten dürften, ja sollten. Er wolle keinen Anteil am Ertrag, auch keine Pacht. Es sei ihm ein Anliegen, dass der Betrieb weitergehe. Allerdings werde er nicht nur in die Gebäude, sondern auch in die Landwirtschaft investieren. Biglers Geduld wurde arg strapaziert, denn in Spanien wiehert der Amtsschimmel noch länger, als er es gewohnt war. Erst zwei Monate nach Nicole und Holger konnte er – nun als stolzer Besitzer einer Finca – in die Schweiz zurückkehren.

In der Folge reisten Bigler, Holger und während ihrer Ferien Nicole regelmässig zur Finca und begleiteten den Um- und Ausbau. Ein bestens in die Landschaft integriertes Haus, das von Weitem kaum sichtbar war, entstand. Die bestehenden Gebäude wurden renoviert und auf den neusten Stand gebracht. Bigler brachte seine Kenntnisse als Agronom ein und legte auf den Feldern Hand an. Eine richtige Muster-Finca sollte es werden. Diva fand sich mit zwei Heimen zurecht, an beiden Orten gab es Lieblingsplätze, die sie nach der Ankunft jeweils als Erstes aufsuchte. Die Kinder der Pächterfamilie wurden zu besten Freunden.

Sechs

Ein Freitag im November. Es dunkelte schon früh, nasskalter, feiner Nebel zog durchs Tal. Neben dem Musikunterricht in der Mittelschule spielte Nicole mit ihrer Querflöte in der Jugendmusik. Es war später geworden, ein Schwatz nach der Probe genügte, um den Zug, den sie üblicherweise zur Heimfahrt nahm, zu verpassen. Shit, dachte sie, jetzt komme ich eine halbe Stunde später ins Bett. Zuerst wollte sie ihre Mutter anrufen und ihr späteres Heimkommen ankündigen.

Doch dann erinnerte sie sich, dass ihre Mutter ja an einem Treffen ehemaliger Mitstudierenden teilnahm und kaum vor dem Morgen nach Hause kommen würde. Statt sich auf dem kalten Perron dem zugigen Wind auszusetzen, ging sie, wie andere Wartende, in den Unterführungen des Bahnhofs umher. Die Bewegung hielt sie warm.

Als der Zug nach der wie ihr schien langen Wartezeit endlich losfuhr, sass sie in einer Ecke alleine im Abteil. Ihre Handtasche auf dem Schoss, das Etui mit der Querflöte neben sich. Der lange Tag in der Schule, die Übungsstunde der Jugendmusik verlangten ihren Tribut – bald nickte sie ein.

Die quietschenden Räder in einer engen Kurve weckten sie und sofort wurde ihr klar, dass sie es verpasst hatte, vor der Station Gränichen Oberdorf den Halt-auf-Verlangen-Knopf zu drücken. Reflexartig schlug sie auf den Knopf, damit der Zug wenigstens an der nächsten Haltestelle anhielt. Immer noch im Halbschlaf stand sie auf, nahm ihre Sachen und stellte sich vor die Falttür.

Erst als sie alleine auf dem Bahnsteig in Bleien stand, erkannte sie ihren Fehler. So spät am Abend und mit dem ausgedünnten Nachtfahrplan würde sie lange warten müssen, bis ein Zug aus der Gegenrichtung fahren würde. So lange in der Kälte warten wollte sie nicht. Den Kilometer bis nach Hause würde sie in einer Viertelstunde locker schaffen.

Der Weg entlang des Bahngeleises war unbeleuchtet, dunkel und Furcht einflössend. Deshalb beschloss sie, den Umweg auf dem Radweg, welcher der Strasse entlangführt, zu nehmen. Da würden immer wieder Autos fahren und es wäre nicht so dunkel wie in einer Kuh. Zügig schritt sie auf dem Weg voran.

Freitagabend – auf den warteten die drei Kollegen aus Biswil schon die ganze Woche. Ausgang nach Aarau, oder wenn dort nicht das lief, was ihnen Spass machte, nach Zürich. Nils, ein Jahr älter als seine Freunde, hatte zu seinem achtzehnten Geburtstag einen fast neuen Golf und den Lehrfahrausweis erhalten. Obschon er in der Schule weder mit Fleiss noch Intelligenz brillierte und zweimal eine Klasse wiederholen musste, hatte er innert weniger Monate seinen Führerausweis in der Tasche. Seine Schulkollegen der letzten Klasse beneideten ihn – er war der Einzige von ihnen, der ein Auto hatte und auch damit fahren durfte. Auch seine Freunde Mirko und Goran beneideten ihn dafür. Mirko, schon als Schüler ein talentierter Fussballspieler, wurde umgarnt von Vereinen der ersten Liga und machte in den dortigen Juniorenmannschaften von sich reden.

So einen wie Mirko als Freund zu haben, das war für Nils das Grösste. Obschon der ihn während der Schule wegen seines unbeholfenen Getues auslachte und zum Gespött machte, suchte er dessen Nähe – die Nähe zum Wortführer, der noch in der Schule klar als Macher und Anführer einer Gang alle nach seiner Pfeife tanzen liess. Einige Mädchen liessen sich beeindrucken und gingen mit ihm, bis er sie wieder fallen liess. Und er konnte zuschlagen. Das musste zum Beispiel ein Junge erfahren, der sich für seine um ein Jahr jüngere Schwester interessierte und ihr kleine Geschenke, die auf ihn aufmerksam machen sollten, überreichte. Mirko hatte ihn gewarnt, sich seiner Schwester zu nähern. Jetzt wollte er es dem Jungen zeigen. Zeigen, wer das Sagen hat. Die Gelegenheit ergab sich im Umkleideraum der Turnhalle. Dort traf Mirko auf den Jungen, stellte ihn zur Rede und verdrosch ihn mit seinen Fäusten, schlug immer und immer wieder auf ihn ein, bis der Junge zu Boden ging. Als Blut aus dessen Nase floss, schien das Mirko in einen Rausch zu versetzen, und statt von seinem Opfer abzulassen, schlug er weiter, trat ihn mit den Füssen. Erst als der Schulabwart sich näherte, hörte er auf und liess den Blutenden zurück. Folgen hatte das für Mirko nicht. Die Schule empfahl den Eltern des verprügelten Jungen, auf eine Klage zu verzichten. Niemand wollte wahrhaben, dass auch im ländlichen Biswil Schlägereien vorkommen, die mehr sind als das übliche Gerangel pubertierender Jungs.

Für Mirko war es ein Sieg. Niemand hatte seinem

Machogehabe Grenzen gesetzt, und nun war er erst recht völlig von sich überzeugt: Was er wollte, konnte er haben. Auch sein Ziel, Profifussballer zu werden, rückte näher: Einer der grossen Zürcher Vereine war auf ihn aufmerksam geworden und prüfte, ihn unter Vertrag zu nehmen. Dank der Vermittlung seines Vereins begann er eine Anlehre in einem Herrenmodegeschäft und genoss das Privileg, nur fünfzig Prozent der Arbeitszeit im Geschäft präsent sein zu müssen, die übrige Zeit verbrachte er auf dem Trainingsplatz.

Goran, ebenfalls ein ehemaliger Schulkollege und eher schmächtig, hatte immer Geld. Seine Eltern arbeiteten beide in der eigenen Firma und fanden kaum Zeit, sich mit ihren beiden Söhnen zu beschäftigen. Ein hohes Taschengeld sollte ihr schlechtes Gewissen beruhigen. Am liebsten hätte sich Goran wegen seines zeichnerischen Talents an einer Kunstschule als Grafiker ausbilden lassen, doch seine schulischen Leistungen liessen dies nicht zu. So begann er in einem Autolackierbetrieb eine Lehre als Lackierer. Seine Begeisterung für Grafik lebte er mit Sprayereien an Hauswänden, Brücken und anderen sich dafür eignenden Flächen aus. Doch irgendwann verpfiff ihn einer seiner Freunde. Gorans Eltern bezahlten dem Hauseigentümer, dem die nackten Frauen auf seinem Garagentor gar nicht gefielen, die Reinigung. Seitdem war Goran bei der Polizei als Sprayer registriert.

An jenem Freitag trafen sich die drei bei Nils. Die Eltern waren für einige Tage in den warmen Süden geflogen. Mirko hatte allen Grund zum Feiern: Am Nachmittag hatte er den vom neuen Verein unterzeichneten Transfervertrag erhalten; in einer Woche, an seinem achtzehnten Geburtstag, würde er ihn gegenzeichnen. Sein Traum war auf bestem Weg, in Erfüllung zu gehen – in einem Monat würde er zum Juniorenteam des grossen Zürcher Fussballklubs gehören. Getränke aus der Bar von Nils' Vater hoben die Stimmung, bis es Zeit war, in den Ausgang zu fahren. Goran wusste von einer Party, die in Aarau starten sollte. Nils, leicht angetörnt, steuerte seinen Golf durch den Nebel. Seine beiden Begleiter grölten im Takt zu lauter Hip-Hop-Musik aus dem Radio.

„Ist das nicht unsere Schulente, die da der Strasse entlang watschelt?“, rief Mirko, als sie Nicole überholten. „Komm, Mann, kehr um, die müssen wir uns näher anschauen.“

Bei der nächsten Einfahrt wendete Nils und fuhr zurück. Vor der ihm Entgegenkommenden schaltete er zurück und fuhr langsam. „Ja, das ist sie, die nehmen wir mit, ob sie will oder nicht, sie kommt mit uns. Halte auf ihrer Höhe.“

Mirko und Goran öffneten ihre Türen, stiegen aus und stellten sich vor Nicole. „Armes Mädchen, es darf doch nicht sein, dass du so alleine durch die kalte, nasse Nacht gehst“, begann Mirko. „Du fährst mit uns, wir bringen dich nach Hause.“

Sie erkannte ihre drei ehemaligen Schulkameraden. „Nein, ich gehe zu Fuss, es sind nur noch zehn Minuten, dann bin ich bei unserem Haus.“

„Wenn ich sage, du fährst mit uns, gibt es keine Widerrede.“ Goran zerrte sie von hinten auf den Rücksitz und Mirko stiess sie von der anderen Seite her.

Ihr Schreien machte den jungen Männern keinen Eindruck, rasch schlossen sie die Tür und fuhren weg. Das Etui mit der Querflöte war zu Boden gefallen und lag am Strassenrand.

Nicht weit von der Stelle entfernt wendete Nils seinen Golf wieder in Richtung Aarau. Nicole machte sich schon Hoffnungen, tatsächlich zu ihrem Haus gefahren zu werden. Doch sie sah sich bald getäuscht – Nils fuhr weiter. „Schau, Mädchen, du bist hübsch, dein besonderer Gang hat mich schon seit jeher fasziniert. Und heute hatte ich noch keine Frau, die lieb zu mir war. Ich freue mich auf dich." Höhnisch lachte Mirko, als sie jetzt zu schreien und zu weinen begann. „Und noch was: Hier kann dir dein alter Grossvater nicht mit seinem Schlagstock zu Hilfe kommen – hier bist du uns ausgeliefert!"

Er wies Nils an, durch Aarau durchzufahren, über die Aare und weiter Richtung Staffelegg die Anhöhe hoch und ausserhalb Küttigen über einen Feldweg zu einem Schober. „Hier war ich schon, du bist nicht die Erste, die hier mit mir eine beglückende Stunde erlebt." Er stieg aus und öffnete die unverschlossene Tür der Scheune. Drinnen waren Strohballen gelagert. Zu dritt zerrten sie die sich heftig wehrende Nicole in den Schober und stiessen sie auf einen der Strohballen. Nils stand oberhalb ihres Kopfes, während sich Mirko und Goran an ihre Kleider machten. „Ich will sie nackt sehen, das erhöht das Vergnügen", rief Mirko seinen Freunden zu.

Ihr „Nein, ich will nicht und ich habe es auch noch nie gemacht", stachelte die Lust des Schänders noch an.

„Dann ist demnach heute unser beider Glückstag! Eine echte Jungfrau gibt es in deinem Alter selten, dann bist du mein vorgezogenes Geburtstagsgeschenk!“

Nils hielt ihre Arme über dem Kopf fest, während Goran ihre Beine auseinanderriss. Mirko öffnete seine Hosen und liess sie fallen. Seine Lust war sichtbar. Grob stürzte er auf das Opfer und drang in sie ein. Ihre Schmerzen unerträglich, ihr Schreien ungehört. Nur kurz, und Mirko hatte sich ergossen. Nun übernahm er es, Nicoles Beine festzuhalten, und nun wurde Goran zum Vergewaltiger. „Jetzt kommst du dran, Nils“, rief er, als er seine Hose wieder zuknöpfte. „Ich ... ich kann nicht, ich kriege ihn nicht hoch, noch nie hat mich eine Frau erregen können“, stotterte der. „Dann bist du schwul, eine richtige Schwulensau, dann würdest du es wohl am liebsten mit uns zweien machen!“, schrie ihn Mirko an. „Aber das kannst du vergessen, vergessen, weil wir richtige Männer sind, Männer, die es den Frauen besorgen.“

Sie fuhren weg. Das Opfer überliessen sie sich selbst.

Auf der Wegfahrt im Auto überschütteten die beiden Vergewaltiger ihren Begleiter weiter mit Häme und Verachtung. „Was denkst du“, fragte Goran nach einer Weile, „wird das Weib uns jetzt nachstellen, müssen wir mit einer Klage rechnen, Mirko?“

„Du spinnst wohl, die wird froh sein, dass sie jetzt eine Frau ist und es mit uns hatte treiben können“, antwortete dieser spöttisch.

Während sich die drei an der Party in Aarau amüsierten, erwachte Nicole aus ihrem gelebten Albtraum. Sie weinte bitterlich, fror und fürchtete sich in der Dunkelheit der Scheune. Mühsam suchte sie ihre Kleider zusammen und zog sich an. Wo genau sie sich befand, wusste sie nicht. Sie öffnete die Tür und ging nach draussen. Am Wegrand lag ihre Handtasche, die, als sie aus dem Wagen gezerrt worden war, zu Boden gefallen war.

Als Erstes rief sie mit ihrem Handy ihre Mutter an. Nach langem Klingeln hörte sie am anderen Ende Annes Stimme.

„Mama", stammelte sie, „du musst mir helfen, ich bin entführt worden, drei Jungs sind über mich hergefallen, ich blute und habe Schmerzen."

Anne reagierte blitzschnell, verstand, was vorgefallen war, und fragte: „Wo bist du jetzt?" Es müsse oberhalb Aaraus sein, sie seien über die Aare gefahren und dann die Anhöhe hoch. Sie sei bei einer Scheune, in der die drei sie vergewaltigt hatten. Anne war überrascht, wie gefasst ihre Tochter klang. Sie werde gleich die Polizei auf 117 benachrichtigen und kurz berichten, was vorgefallen sei. Nicole solle in drei Minuten ebenfalls dort anrufen, sie denke, dass es der Zentrale gelinge, Nicole über ihren Handy-Standort zu orten. Sie selbst werde sofort nach Hause fahren und, sofern bis dahin noch notwendig, an der Suche nach ihr teilnehmen.

Während Nicole die drei Minuten bis zum Anruf bei der Polizei wartete, musste sie an ihren Grossvater denken. Der war wieder einmal auf Mallorca und konnte, jetzt wo es so wichtig gewesen wäre, ihr nicht beistehen. Der Polizist, der ihren Anruf entgegennahm, sagte gleich, dass er von Frau Dr. Bigler informiert worden sei. Sie solle ihr Handy nicht abstellen, eine Suchaktion sei eingeleitet.

Ihr war kalt. Vom Schock noch gelähmt hatte sie besonnen Hilfe organisiert, doch nun fiel ihr anscheinend starkes Selbstvertrauen in sich zusammen. Sie kauerte unter das Vordach. Laut weinte und schluchzte sie, schrie nach ihrer Mutter und wünschte sich ihren Grossvater herbei. Wurden ihre körperlichen Schmerzen zuvor von den seelischen überdeckt, spürte sie nun ein Ziehen im Unterleib. Die rücksichtslosen Grobiane hatten ihr so weh getan. Dann wieder das ohnmächtige Gefühl der Erniedrigung, die Gedanken, was alles auf sie zukommen könnte. Sie schämte sich und wusste, dass in der Schule über sie geredet werden würde. Sie zweifelte plötzlich an sich selbst und an ihrem Handeln. Hätte ich doch bloss nicht Mama und danach die Polizei gerufen, die werden mich bis ins letzte Detail ausfragen. Denen muss ich erzählen, was die mir getan haben. Ich will das nicht, ich will meine Ruhe, ich will einfach nur nach Hause.

Durch den Nebel sah sie schemenhaft die Blaulichter des Polizeiautos näherkommen und langsamer werden. Einer der Beamten stieg aus seinem Fahrzeug und ging mit seiner im Nebel stark blendenden Taschenlampe vor dem im Schritttempo fahrenden Auto. Er rief laut nach ihr. Doch Nicole konnte nicht antworten, sie kauerte weinend am Boden. Erst als der Polizist direkt vor ihr stand, ihr mit der Lampe ins Gesicht strahlte und sie ansprach, stand sie auf.

„Bist du Nicole Bigler, hast du um Hilfe gerufen?“

„Ja, die bin ich, mir ist kalt, bitte bringen Sie mich nach Hause.“

Die Fahrerin des Streifenwagens stieg aus und legte ihr eine Wolldecke um. „Komm ins warme Auto, wir fahren bald weg.“ Über Funk meldete sie sich und bestätigte, die Gesuchte aufgegriffen zu haben. Ihr Kollege forderte eine an der Suche beteiligte Streife zur Scheune, um hier zu warten, bis die Spurensicherung am Tatort eintreffe. Er öffnete die Tür des Schobers und leuchtete den mit Spinnweben verhangenen Raum mit seiner Taschenlampe aus. Kurz darauf trafen die herbeigerufenen Kollegen ein. Nach einem kurzen Wortwechsel stieg der Polizeibeamte in seinen Wagen und fuhr ohne Blaulicht den Weg zurück zum Polizeikommando Aarau. Dort wartete Wachtmeister Heierle. Griesgrämig, seine Hose weit unterhalb seines gut genährten Bauchs.

Man hatte ihn aus dem Bett geholt, als die Meldung, eine Frau sei vergewaltigt worden, eingegangen war. Aus der Bereitschaft abgerufen zu werden, machte ihn jedes Mal mürrisch. Musste es denn sein, ihn wegen einer derartigen Bagatelle nach einem langen Arbeitstag zurück auf die Wache zu rufen? Konnte das nicht warten bis am anderen Morgen? Seiner Laune entsprechend empfing er die Beamten, die mit Nicole in ihrer Mitte auf dem Posten eintrafen.

„Setz dich“, murrte er zu ihr, „ich komme gleich zur Befragung.“

In einem Nebenzimmer liess er den Polizisten, der sie gefunden hatte, rapportieren. Dessen Kollegin fragte Nicole, ob sie ihr eine Tasse Tee bringen solle und ob sie sonst noch etwas für sie tun könne.

„Bitte rufen Sie meine Mutter an, sie ist auf dem Weg von Zürich hierher, sagen Sie ihr, dass ich nach Hause will.“

Mit einem „Ja, mach ich gerne für dich“, verliess die Beamtin den Raum.

Heierle trat ein, mit einem Becher Kaffee in der Hand. Schwerfällig setzte er sich vis-à-vis und wollte mit der Einvernahme beginnen. Noch nuschelte er in seinen Papieren, als Ruth, die junge Polizistin, mit dem Tee ins Zimmer trat. „Chef“, sagte sie, „das geht nicht. Sie wissen genau wie ich, dass seit einigen Jahren bei Sexualdelikten die Befragung der Frauen durch eine Polizistin, ohne das Beisein eines männlichen Kollegen, durchgeführt werden muss.“

Er schnaubte. „Früher ist das anders gewesen, da haben wir ohne das heutige Theater solche Fälle rasch und ohne komplizierte Verfahren aufklären können. Ich brauche von einer noch unerfahrenen Beamtin keine Belehrungen. Es ist mir nur darum gegangen, die persönlichen Daten der Klientin zu erfahren. Nun gehe ich wieder nach Hause.“ Er stand auf und sagte noch unter der Tür, sie solle die Einvernahme vornehmen.

Noch nie zuvor hatte Ruth das Opfer eines Sexualverbrechens befragt. An der Polizeischule hatte sie gelernt, dass in solchen Fällen die Person von spezialisierten Fahndern und im Beisein einer Staatsanwältin befragt werden muss. Kompliziert, dachte sie, das verängstigte Mädchen vor sich, das fror und nach der erlittenen Schmach sich nach jemandem Vertrauten sehnte. Es musste warten, mitten in der Nacht, bis über die formalen Wege zu den Institutionen die zur Einvernahme berechtigten Personen gefunden und auf dem Kommando eintreffen würden. Sie liess Nicole alleine und suchte ihren Kollegen Wachtmeister Meier. Der bestätigte ihre Bedenken und übernahm es, die betreffenden Leute aufzubieten. Sie selbst ging wieder zurück ins Zimmer und erklärte Nicole die Gründe, weshalb sie hier warten müsse. Leider dürfe sie aus verfahrensrechtlichen Gründen nicht mit ihr über das Vorgefallene reden. Sie bleibe jedoch bei ihr, bis die aufgebotene Staatsanwältin und die Ermittlerin eintreffen würden.

All dies drang wie durch einen Filter zu Nicole. Es schüttelte sie, jetzt aber nicht wegen der Kälte. Immer wieder erlebte sie die Minuten im Heuschober. Es hiess zu warten, in einem kahlen Zimmer mit dem Charme eines Tiefkühlraums, mit Wänden, die vor sehr langer Zeit einmal weiss gewesen waren, ohne Wandschmuck. Die frostige Umgebung verstärkte ihr Kälteempfinden.

„All you need is love", klang es aus der Dunkelheit. Es dauerte, bis Brigitte Zweifel realisierte, dass ein Anruf auf ihrem Handy sie weckte. Nach einem gemütlichen Abend mit Freunden hatte sie nach deren spätem Abgang aufgeräumt, das Geschirr in den Spüler versorgt und alle Gläser von Hand abgewaschen und getrocknet. Eine knappe halbe Stunde zuvor hatte sie endlich einschlafen können. „Was ist?“, hauchte sie schlaftrunken ins Telefon. Widerwillig gestand sie sich ein, dass es zu ihrem Beruf als Staatsanwältin gehörte, während der Stand-by-Zeit verfügbar zu sein. „Ich komme, bin in einer guten halben Stunde auf der Wache.“

Nach ihrer Ankunft auf dem Posten informierte Wachtmeister Meier sie und die fast gleichzeitig eingetroffene Fahnderin über den Fall, soweit er im Bild war. Auf dem Computerausdruck waren Nicoles Personalien und der Rapport der Streife, die sie vor der Scheune aufgefunden hatte.

Die beiden betraten das Zimmer. Ruth verliess den Raum und holte sich einen heissen Kaffee aus dem Automaten. Kaum hatte sie sich an ihren Arbeitsplatz gesetzt, sah sie durch das Trennfenster eine Frau durch das Hauptportal eintreten. Rasch erhob sie sich und ging ihr durch den Korridor entgegen.

„Meine Tochter ist hier, ich muss zu ihr, sie braucht mich“, rief diese schon von Weitem.

„Dann sind Sie Frau Dr. Bigler?“

„Ja, die bin ich, wo ist sie?“

„Kommen Sie, ich führe Sie zu ihr“, antwortete die Beamtin in ruhigem Ton. Sie klopfte an die Tür des Vernehmungszimmers und öffnete sie. Anne stürmte an ihr vorbei und umarmte ihre schluchzende Tochter. Obwohl sie es nicht schätzten, bei Einvernahmen gestört zu werden, hatten beide Befragerinnen Verständnis.

Eine derart innige Umarmung ihrer Mutter hatte Nicole noch nie erfahren, auch ihre mütterlichen Gefühle hatte Anne ihre Tochter nie derart intensiv spüren lassen. Bisher unbekannte Emotionen übermannten sie. Als Kleinkind war es Annes Mutter Olga gewesen, die sich um die Sorgen und Nöte ihrer Tochter gekümmert hatte, immer da war, sie Geborgenheit und Wärme spüren liess; schützend und sorgend hatte sie die Heranwachsende bemuttert. Dann der Grossvater, zu dem sie ein inniges vertrautes Verhältnis hatte. Anne begann sich Vorwürfe zu machen – ihre beruflichen Ambitionen waren wichtiger gewesen, das Kind bei den Grosseltern gut versorgt. Bis dahin hatte sie ein intimes Mutter-Tochter-Verhältnis nie vermisst. Als Nicole mit zwölf zu ihr zog, war sie ein selbstständiges Mädchen, ihre Gespräche drehten sich stets um praktische oder organisatorische Anliegen. Nie waren sie gemeinsam im Urlaub, nie hatten sie Zeit miteinander verbracht. Tief bewegt und mit sich selbst hadernd, küsste sie ihre Tochter und weinte nun ebenfalls. Dann ging ein Ruck durch ihren Körper. Selbstmitleid war nun fehl am Platz. Sie wurde gebraucht, sie musste handeln.

„Wäre es nicht angebracht, meine Tochter zuerst einer medizinischen Untersuchung und Betreuung zuzuführen, als sie hier zu befragen?“, war das Erste, das Anne von den beiden Frauen wissen wollte.

„Das haben wir soeben, bevor Sie eintrafen, mit ihr besprochen. Sie war der Meinung, dass wir sie nach der Einvernahme ins Spital zur ärztlichen Untersuchung bringen sollen. Uns kommt das insofern entgegen, weil wir den oder die Täter raschestmöglich identifizieren und ihrer habhaft werden wollen. Sie dürfen während der Befragung bleiben."

Anne begriff die Logik und merkte, dass sich Nicole dank ihrer Anwesenheit gestärkt fühlte, und bat die Befragerinnen, ihrer Rolle gerecht zu werden.

Zu Nicole gewandt bat die Fahnderin: "Bitte erzählen Sie, wie Sie den heutigen Abend verbracht haben." Die Anwesenheit ihrer Mutter wirkte auf Nicole beruhigend. Sie nahm sich vor, alles sachlich und so, wie sie es erlebt hatte, zu erzählen. Weshalb sie in Aarau war, den Zug und dann die Haltestelle verpasste. Die Gründe, warum sie sich entschieden hatte, entlang der Strasse zurückzugehen. Wie sie ins Auto gezerrt und verschleppt worden war. Mehrmals wollte Anne aufbegehren und ihrer Empörung Ausdruck geben. Brigitte Zweifel hielt dann jeweils ihren Zeigefinger vor den Mund und bedeutete ihr damit, die Ausführungen ihrer Tochter nicht zu unterbrechen.

Erst als Nicole über die Vergewaltigung redete, schluchzte sie leise und begann wieder zu zittern. Anne hielt ihre Hand, blieb jedoch stumm. In ihr begann eine Wut zu kochen, ein Gefühl, das ihr bis dahin unbekannt gewesen war. Die Gefasstheit, mit der Nicole den Ablauf der Nacht wiedergab, machte ihr Sorgen. Wer nach einem derart traumatischen Erlebnis emotionslos davon berichtet, musste unter Schock stehen, eine andere Erklärung schien ihr nicht möglich. Was würde, wenn Nicole aus diesem erwachte, wie würde sie das ihr angetane Leid an Seele und Körper verarbeiten? Ein Schauer durchzog Anne, Angst stieg in ihr hoch.

Nicoles Bericht endete mit dem Erscheinen der Polizeistreife bei der Scheune. Beide Befragerinnen versuchten während der Aussage, ihre Abscheu vor den Tätern und der Tat ohne sichtbare Regung zu überdecken. „Sie haben uns die Vornamen der Täter genannt, sind Ihnen auch deren Familiennamen bekannt?“, fragte die Fahnderin.

Nicole nannte sie.

Dann bedankte sich die Staatsanwältin für die ausführliche Beschreibung des Tathergangs und fügte hinzu, dass sie zum derzeitigen Zeitpunkt keine weiteren Fragen habe.

Anne hatte sich etwas gefasst. „Was geschieht jetzt mit den Verbrechern – werden die nun verhaftet und eingesperrt?“, fragte sie, und ob sie eine Klage einreichen müsse, damit gegen diese ermittelt werde. „Das, was mit Ihrer Tochter geschah, ist ein Offizialdelikt, bei dem wir von Amtes wegen ermitteln. Ich gehe davon aus, dass wir die Burschen noch heute Nacht dingfest machen. Sie sollten nun mit Ihrer Tochter ins Spital fahren, die Notärztin ist über Ihr Kommen informiert. Sollten Sie sich ausserstand fühlen, hinzufahren, bringt sie einer unserer Beamten hin.“

„Ich fahre sie hin und hoffe, sie nach der Untersuchung nach Hause nehmen zu können.“

Das Personal der Notfallstation war bereits orientiert, die Notfallärztin nahm Nicole persönlich in Empfang und führte sie in ein Behandlungszimmer. Anne kümmerte sich um die Formalitäten und liess sich dann zu ihrer Tochter bringen.

Auf dem Polizeikommando besprach sich die Fahnderin mit der Staatsanwältin über das weitere Vorgehen. Sie liessen sich von Wachtmeister Meier die Personalien der drei Beschuldigten geben. Sofort erkannte Brigitte Zweifel, dass die beiden Haupttäter noch nicht achtzehn Jahre alt waren, also ein Fall für die Jugendanwaltschaft. Von Meier erhielt sie die Nummer der Jugendanwältin, die Pikettdienst hatte. Sie rief die ihr gut bekannte Kollegin an und erzählte der vom Telefon Aufgeweckten die üble Geschichte. Sie selbst werde für den dritten Beteiligten, der als Erwachsener gelte, einen Haftbefehl erlassen. Ohne lange zu zögern – sie kannte die sorgfältige Arbeit von Brigitte Zweifel – war die Jugendanwältin bereit, Haftbefehle für Mirko und Goran auszustellen. Man solle ihr die Personalien der beiden faxen, die Haftbefehle werde sie auf gleichem Weg zurückschicken. Keine Viertelstunde später entnahm Meier dem Faxgerät die beiden Haftbefehle. Jetzt war es an der Polizei, die drei Männer dingfest zu machen.

Meier war ein erfahrener Beamter. Als Vater zweier halbwüchsiger Töchter hatte er latent Angst, dass eines seiner Mädchen von solchen Typen, um die es hier ging, missbraucht würde. „Wo ist Heierle?", fragte er, „der war doch eben noch hier!" Er verfluchte seinen Vorgesetzten, als er hörte, dass dieser sich wieder nach Hause abgesetzt hatte. „Dann nehmen wir die Sache eben selbst in die Hand", murmelte er zu sich. Die Adressen der drei mutmasslichen Täter waren bekannt, er wollte sie hier auf der Wache haben. In der Annahme, sie seien wohl im Ausgang, ordnete er an, dass zu jeder Wohnadresse diskret ein Streifenwagen fahren sollte, um die Burschen einzeln auf die Wache zu bringen. Die Fahnderin, die bei Nicoles Aussage von der verlorenen Querflöte erfahren hatte, ordnete an, dass eine der Streifen auf dem Weg zur Adresse der Täter danach suchen solle. Wo, konnte sie recht genau erklären.

Es ging gegen Ende der Schicht, alle drei Fahrzeuge der Nachtstreifen waren auf der Rückfahrt zur Zentrale. Die Streifenfahrer freuten sich nicht gerade über den Auftrag, der nichts Weiteres bedeutete, als dass die lange Schicht damit noch länger würde und die Beamten damit zu Überstunden verdonnert waren. Sie fuhren ins Wynental zu den ihnen angegebenen Adressen. Diejenigen, die Nils abholen sollten, hielten an der ihnen bezeichneten Stelle an und schauten nach der verlorenen Querflöte.

Nach kurzem Absuchen der Strasse und der angrenzenden Wiese fanden sie das Etui. Es war zerquetscht, genauso wie die Querflöte selbst, mehrere Fahrzeuge mussten darübergefahren sein.

Sieben

Der Streifenwagen stand in einer dunklen Ecke, als Nils gegen fünf Uhr vor Mirkos Wohnhaus hielt. Aus den Lautsprechern des Golfs dröhnte lautes Bum-Bum. Erst überlegten die beiden wartenden Polizisten, ob sie nicht gleich zuschlagen und alle drei Gesuchten gleichzeitig festnehmen sollten. Doch sie verwarfen die Idee wieder. Zwei Mann gegen die drei Grölenden, das könnte in eine Balgerei ausarten. Sich dann zu wehren und heftig zugreifen zu müssen, könnte Klagen gegen sie auslösen. Nils fuhr weg, und Mirko machte sich an der Haustür zu schaffen. Noch bevor er das Schloss öffnen konnte, packten ihn vier starke Arme und ein Polizist hielt ihm die Beschuldigungen aus dem Haftbefehl vor. Er sei vorläufig festgenommen, wegen Entführung und Gruppenvergewaltigung einer minderjährigen Frau. Sein grosses Maul half ihm nicht: Bevor er weiteren Widerstand leisten konnte, sass er in Handschellen auf dem Rücksitz neben einem Polizisten. Wie ein Wald voller Affen rief er aus. Erst verfluchte er die beiden Polizisten und dann die kleine Bigler, die nur darauf aus gewesen sei, von ihm vernascht zu werden. Der neben ihm sitzende Beamte bemerkte nur kurz: „Dann wissen Sie ja selbst, weswegen Sie auf den Posten chauffiert werden."

Goran erging es gleich wie seinem Freund. In dieser Nacht hatte er mehr als sonst getrunken. Auf der Fahrt nach Aarau blieb er stumm. Langsam dämmerte es ihm, dass dem kurzen Vergnügen eine noch lange dauernde Geschichte folgen würde.

Nils wurde, noch bevor er aus seinem Auto steigen konnte, gestellt. „Polizei, aussteigen und die Hände aufs Dach“, rief ihm einer der Polizisten zu.

Vor lauter Angst liess Nils den Autoschlüssel fallen, öffnete die Autotür und tat, was man ihm befohlen hatte. Er jammerte: „Ich bin unbewaffnet, habe keine Drogen, weshalb haben Sie mich verfolgt?“

„Wir haben Sie nicht verfolgt, wir haben auf Sie gewartet. Sie sind dringend tatverdächtig wegen Entführung und Vergewaltigung einer Minderjährigen.“

Der zweite Beamte ergänzte: „Bevor wir zur Wache fahren, gehen wir noch im Spital vorbei, ich denke, eine Blutprobe wird beweisen, dass Sie über 0,5 Promille haben.“

Nils’ dauerndes Geheule nervte die von der langen Nacht ermüdeten Beamten. Irgendwann war genug und der Fahrer schrie, er solle ruhig sein, es reiche jetzt. Er werde in nächster Zeit noch ausreichend Zeit finden, um zu flennen. Keine beruhigende Aussicht. Immerhin veränderte sich das Heulen in ein leises Wimmern.

Routiniert zog im Spital eine Pflegerin Blut aus Nils’ Arm. Sie wusste nicht, dass er einer der drei Täter war, deren Opfer sie einige Minuten vorher noch betreut hatte. Sie versiegelte die Probe, beschriftete sie und gab den Polizisten die Nummer der Probe mit. Mit einem „Es eilt nicht besonders, den Knaben werden wir nicht so schnell freilassen“, verabschiedeten sie sich, legten ihrem unfreiwilligen Begleiter Handschellen an und gingen zu ihrem Fahrzeug.

Auf der Wache war jetzt Betrieb. Meier liess die drei einzeln vorführen. Wegen seines unsicheren Auftretens nahm er sich Nils als Ersten vor. Wie üblich las er ihm zuerst seine Rechte vor. Auch, dass ihm ein Anwalt der ersten Stunde zur Verfügung stehe. Nils jammerte. Er war sich keiner Straftat bewusst und wollte nichts wissen von einem Anwalt. Meier hatte richtig gehandelt, es war ein guter Schachzug gewesen, zuerst Nils zu befragen. Nach anfänglichem Zaudern redete sich der Beschuldigte frei und bestätigte vollumfänglich Nicoles Angaben zum Verlauf des Abends.

Goran schaute zu Boden, als er ins Vernehmungszimmer geführt wurde. Auch er dachte nicht im Entferntesten daran, dass er eine schwere Straftat begangen hatte, und verzichtete auf den angebotenen Rechtsbeistand. Meiers Fragen beantwortete er nur mit Ja oder Nein. Das genügte, denn auch mit seinen kurzen Antworten bestätigte er die Geschehnisse der Nacht.

Nun brachte ein Beamter den lauthals aufbegehrenden, erhobenen Haupts stolzierenden Mirko in den Raum. Erst als er sass, wurde er von den Handschellen befreit. Sofort sprang er auf und beschimpfte die beiden Anwesenden. Ganz leise, mit funkelnden Augen, befahl ihm Meier, sich zu setzen und nur dann zu reden, wenn er dazu aufgefordert werde. Mit einem Ruck drückte ihn die im Hintergrund stehende Beamtin auf seinen Stuhl und belegte ihn wieder mit Handschellen. Er spuckte sie an und sagte grinsend: „Von einem Weib lasse ich mich nicht anfassen, Weiber sind nur halbe Menschen, die haben den Männern zu dienen und sich ihnen unterzuordnen."

Meier stand auf und rief über das Telefon einen Uniformierten. Dem gab er Anweisung, den Verhafteten vorläufig in eine Einzelzelle zu bringen. Meier setzte sich an seinen Schreibtisch, seine Kollegin brachte für beide einen Kaffee aus dem Automaten. „Ein übler Macho, das Bürschchen“, sagte Meier, als er sich mit einem Nicken dafür bedankte. „Einer, dem ich am liebsten eine in die Fresse schlagen würde, aber eben, wir dürfen keine Regung zeigen, müssen unseren Abscheu unterdrücken. Kommt noch dazu, dass wir es mit einem Jugendlichen zu tun haben. Die Richter werden dann wieder den Täter schützen, denn wie steht es ihm Jugendstrafrecht: Nicht die begangene Straftat steht im Vordergrund, sondern die Persönlichkeit des Jugendlichen. Dann wird wieder mal der Täter verhätschelt, von seinem das ganze Leben lang leidenden Opfer spricht niemand.“

„Da müssen wir durch“, erwiderte die Kollegin, „ich hoffe nur, dass uns die Jugendanwältin eine Haftverlängerung genehmigt.“

Der üble Fall, wie er ihr von Brigitte Zweifel am Telefon berichtet worden war, beschäftigte die Jugendanwältin Vera Binggeli auch noch, nachdem sie die Haftbefehle gefaxt hatte. Sie wollte bei der Befragung der jungen Männer dabei sein. Bevor sie das Haus verlassen konnte, musste sie jemanden finden, der sich um ihre dreijährige Tochter kümmerte. Das gelang ihr zwar, doch die erste Runde der Befragungen war bereits vorbei, als sie beim Polizeikommando eintraf. Sie liess sich von Meier über die Aussagen der Beschuldigten informieren. Dass Mirko noch nicht hatte befragt werden können, fand sie, könne auch am

Mangel an Mitgefühl für den Jungen liegen.

Sie wollte der weiteren Befragung beiwohnen. Mirko schien inzwischen etwas heruntergefahren zu sein und sich beruhigt zu haben. Doch die Anwesenheit einer weiteren Frau trieb ihn augenblicklich auf hundert. „Was soll das, noch ein weiteres Weib! Ich lasse mir das nicht bieten, ich bestehe darauf, dass ich nur von Männern umgeben bin. Ich rede erst, wenn diese Tanten den Raum verlassen haben."

Meier setzte sich, las ihm seine Rechte vor und sagte Mirko, dass er Anspruch auf einen Anwalt habe.

Mirko zeterte los: „Wozu brauche ich einen Anwalt? Ich habe nichts Unrechtes getan!" Dann Meier: „Name?" Keine Antwort.

„Vorname?"

Funkstille.

Meier sprach in das mitten auf dem Tisch platzierte Aufnahmegerät: „Der Beschuldigte verweigert eine Aussage, solange sich weibliche Beamte in seiner Gegenwart aufhalten. Wir unterbrechen die Befragung ein weiteres Mal." Dann stand er auf und verliess den Raum erneut. Binggeli folgte ihm, nur die Polizistin blieb zurück.

„Das ist ja ein echter Kotzbrocken, mit dem stimmt ja wirklich was nicht", gab Binggeli zu. „Was haben Sie jetzt vor?"

„Wenn Sie der Haftverlängerung bis vorläufig morgen Abend zustimmen, lasse ich ihn schmoren und befrage ihn, nach einem Aufenthalt in der Gästezelle, heute Nachmittag. Sollte ich keine Verlängerung erhalten, muss ich ihn laufen lassen. Und was ist mit den beiden anderen? An sich haben sie ausgesagt, eine weitere Befragung könnte allerdings notwendig sein, wenn der Herr Macho seine Version der Abläufe berichtet."

Binggeli überlegte kurz. „Okay. Nils ist sowieso kein Problem. Für Goran und Mirko verfüge ich eine Haftverlängerung bis am Sonntagabend achtzehn Uhr. Wenn es Ihnen recht ist, werde ich an ihrer Befragung nach dem Mittag von ausserhalb des Befragungsraums teilnehmen."

Meier liess Mirko in seine Zelle bringen und ging nach Hause. Auch er brauchte seine Erholung, seinen Schlaf.

Etwas früher als vereinbart war Meier wenige Stunden später wieder auf dem Polizeikommando. Heierle empfing ihn mit hochrotem Kopf und begann zu keifen. „Was fällt Ihnen ein, die Binggeli von der Jugendanwaltschaft ins Vernehmungszimmer mitzunehmen? Die mischen sich schon zu viel in unsere Angelegenheiten ein. Und Sie lassen sich von dieser Kuh in unsere ureigenen Dinge pfuschen!"

„Muh, muh", erklang hinter ihm eine Frauenstimme. Heierle hatte Vera Binggeli, die kurz nach Meier eingetreten war, nicht bemerkt. „Wenn Sie gestatten, Herr Wachtmeister, werde ich die Befragung von ausserhalb der Scheibe mitverfolgen. Länger kann ich jetzt nicht mit Ihnen reden, denn ich beginne gleich mit dem Wiederkäuen."

Auf dem Posten war es augenblicklich mucksmäuschenstill, so still, dass man eine Büroklammer hätte zu Boden fallen hören. Alle wussten: Diese Blamage würde ihr Chef nie vergessen. Seine Zeit würde kommen, um alle, die diesen Dialog mitbekommen hatten, abzukanzeln. Darin war er Weltmeister. Jetzt lief er aus dem Raum und schrie im Gang einen an, der ihm gerade in die Quere kam, er solle endlich den zu Befragenden in den Vernehmungsraum führen. Ganz verdattert, weil mit der Sache unvertraut, schaute dieser zu Meier, der hinter seinem Chef aus dem Büro getreten war. „Ja, bring den Mirko aus Zelle vier zur Befragung ins grosse Vernehmungszimmer."

Dort stand bereits eine Polizeibeamtin als Aufsicht bereit, als der junge Mann hereingeführt wurde. Die Stunden in der Zelle hatten offenbar ihre Wirkung getan: Kein Aufbegehren, keine sexistischen Sprüche waren zu hören.

„So, nun beginnen wir mit der Befragung. Die Polizistin wird Ihnen die Handschellen abnehmen und Sie beantworten klar und deutlich meine Fragen – haben Sie mich verstanden?"

Kleinlaut nickte Mirko und hielt der Beamtin seine Hände entgegen. Die Schmach, in Gegenwart einer Frau Auskunft geben zu müssen, war ein schwerer Schlag gegen sein Selbstbewusstsein.

Als Erstes wurde er zu seinen Personalien befragt. Ohne zu zögern, gab er diese bekannt. Dann begann Meier, in seinen Papieren zu blättern, machte kurz „hm hm" und schaute, den Kopf schüttelnd, zum Gegenüber. Dessen Nervosität stieg an, er spielte mit seinen Fingern, kratzte sich in den Haaren und versuchte aufmerksam, die nicht definierbaren Geräusche ausserhalb des Raumes zu deuten.

„Mirko, waren Sie gestern Abend mit Ihren Freunden Goran und Nils mit dessen Wagen auf der Fahrt aus Bisikon Richtung Aarau?"

„Ja."

„Haben Sie auf der Strasse zwischen der Station Bleien und dem Dorf Gränichen eine junge Frau überholt?

„Ja."

„Haben Sie die Frau erkannt?"

„Nein."

„Es liegen Aussagen Ihrer Begleiter vor, die einhellig bestätigen, dass Sie es waren, die die Frau erkannt haben."

„Diese Wackelente kennt doch nun jeder schon von Weitem!"

Erst als es raus war, erkannte er, dass er sich selbst ein Bein gestellt und sich verrannt hatte.

„Die Schweine haben mich verraten, denen habe ich noch nie getraut, das sind nicht mehr meine Freunde, sagen Sie ihnen das."

„Machen wir weiter. Wer hat die Idee gehabt, die Frau ins Auto zu zerren?"

„Weiss nicht."

„Nach übereinstimmender Aussage Ihrer Begleiter sind Sie es gewesen, der den Fahrer aufforderte, zu wenden und zu der Frau zu fahren."

„Schweinehunde!"

So ging es weiter. Mirko wurde je länger, je kleiner, versuchte, sich in seinem Stuhl zu verkriechen. Zum einen steigerte er sich in die Wut gegen seine Kumpane rein, zum anderen sah er sich von Meier übertölpelt.

Sein grosses Maul konnte gegen Intelligenz nicht bestehen. Er wurde kleinlaut und unterschrieb eine Stunde später das Vernehmungsprotokoll. „Führen Sie den Herrn in seine Zelle, wir behalten ihn so lange, wie wir dürfen“, bat Meier anschliessend die Beamtin.

Schon am Morgen, nachdem Vera Binggeli die Haft angeordnet hatte, hatte eine Polizistin die Eltern der drei Verhafteten angerufen und sie über den Grund der vorläufigen Festnahmen informiert.

Gegen zehn Uhr besuchte Anne ihre Tochter im Spital. In einer Tasche hatte sie frische Kleider. Nicole schlief immer noch, die verabreichte Beruhigungsspritze zeigte ihre Wirkung.

Anne suchte die behandelnde Ärztin und bat sie um ihren Befund. Mit knappen Sätzen berichtete diese über ihre Feststellungen. Es sei offensichtlich, dass ihre Tochter gegen deren Willen Geschlechtsverkehr gehabt habe. Zu ihrem Glück seien keine bleibenden körperlichen Schäden zu erwarten, sie halte es jedoch für angebracht, dass sie noch eine weitere Nacht im Spital bleibe. Die DNA in den gefundenen Spuren werde im Labor untersucht. Bis am Montag seien die Ergebnisse bei den Ermittlern.

Anne setzte sich auf den Besucherstuhl im Zimmer ihrer Tochter. Erneut plagten sie Gewissensbisse. Eine Versagerin schalt sie sich, ihre Mutterpflichten habe sie vernachlässigt; delegiert, wie man als Zahnarzt die Zahnpflege seiner Patienten einer Dentalhygienikerin überlässt, habe sie die Erziehung ihrer Tochter zuerst an ihre schon kränkelnde Mutter abgegeben. Sie gelobte sich selbst Besserung. Doch was sollte sie besser machen? War es nicht schon zu spät? Immerhin hatte Nicole sehr guten Zugang zu ihrem Grossvater. Ihr eigener Vater, dachte Anne, hatte Vater- und Mutterrolle übernommen, war der Angelpunkt, um den sich für Nicole alles drehte. „Stimmt, Vater weiss ja noch gar nicht, was geschehen ist, der muss wissen, was seiner Enkelin angetan worden ist", murmelte sie und verliess das Krankenzimmer. Auf dem Flur setzte sie sich auf einen Stuhl und rief per Handy ihren Vater an.

Das war noch nie vorgekommen. Bigler sah die Nummer auf dem Display und wusste augenblicklich, dass etwas Aussergewöhnliches passiert sein musste. „Was ist geschehen?", fragte er, gleich nachdem er die grüne Taste gedrückt hatte. Während Anne berichtete, was vorgefallen war, setzte er sich auf den Felsbrocken, den er dabei gewesen war, mit Geissfuss und Hebeeisen einige Meter zu verschieben. Sein Gesicht wurde blutleer. Unfähig, auch nur eine weitere Frage zu stellen, stammelte er nur: „Ich komme."

Sofort rief er die Fluggesellschaft an, buchte einen Platz für sich und Diva und bestellte ein Taxi. Nur eine Stunde nach Annes Anruf war er am Flugplatz. Nun musste er warten, sein Flug ging erst zwei Stunden später. Nach all der Hektik versuchte er, sich auf einer Sitzbank etwas abseits der Ströme der ankommenden und abfliegenden Reisenden zu sammeln und seine Gedanken zu ordnen. „Was haben die Schweine meiner Enkelin angetan? Weshalb ausgerechnet meinem Sonnenschein?" Irgendwann gab er auf, seine Gefühle zu unterdrücken – wenn es um Nicole ging, wurde er schwach und konnte sich nicht mehr beherrschen. Tränen flossen, er schluchzte, schnäuzte seine Nase. All die Leute um ihn herum nahm er kaum wahr. Er war im Elend. Er machte sich Vorwürfe, weil er seine geliebte Enkelin nicht vor den Verbrechern hatte schützen können. „Was die ihr angetan haben, haben sie mir angetan“, sagte er laut. Nur Diva in ihrer Transporttasche hörte seine Worte.

Endlich konnten sie an Bord gehen. Einige der Flugbegleiterinnen kannten den regelmässig zwischen Basel und Mallorca pendelnden Mann mit seiner kleinen Hündin. Unübersehbar litt er – kein freundliches Wort, kein „Hallo, wie gehts heute?“. Vergrämt mit seinen verweinten Augen setzte er sich auf den reservierten Platz, vor sich auf dem Boden die Hundetasche mit Diva drin. Auf die freundliche Frage einer Flugbegleiterin, ob sie ihm etwas zu trinken bringen dürfe, antwortete er unwirsch, er wolle nicht gestört werden, sie solle ihn in Ruhe lassen.

Nach der Ankunft in Basel verliess er das Flughafengebäude auf direktem Weg. Diva trottete an der Leine hinter ihm her zu seinem Range Rover. Anne war daheim, als er sie anrief. Sie berichtete ihm, dass Nicole noch eine weitere Nacht im Spital bleiben müsse. Er solle doch auf seinem Weg nach Hause bei ihr vorbeikommen, sie bereite eine kleine Mahlzeit vor. Enttäuscht, seine Enkelin noch nicht besuchen zu können, sagte er zu.

Vater und Tochter fielen sich zum ersten Mal, seit Anne die Schule verlassen hatte, in die Arme. Beide spürten, dass die Schwere der Stunde sie zusammenschweisste. „Komm, setz dich, ich bringe dir ein Glas Wasser“, sagte Anne und begleitete ihn ins Wohnzimmer.

„Ich will alles erfahren, alles, was du weisst“, sagte Bigler, als sie ihm vis-à-vis Platz nahm. Zögernd, dann immer genauer berichtete sie, was sie wusste. Als sie die Namen der drei Entführer und Vergewaltiger nannte, blitzten seine Augen auf. Ohne seine Tochter in ihrem Erzählfluss zu unterbrechen, rief er, „die Saukerle!“.

Es dauerte eine Weile, bis er die ganze Tragweite erfasst hatte. „Was denkst du, wird Nicole diesen Missbrauch an ihrem Körper und ihrer Seele verkraften?“ Sie sei heute Abend sehr gefasst gewesen, sagte Anne, rein medizinisch werde kein Schaden bleiben. Hingegen sei ihr Selbstvertrauen schwer geschädigt. „Die Burschen haben sie beschmutzt, ihren Willen gebrochen und ihr Gewalt angetan. So etwas bleibt ein Leben lang hängen“, erklärte sie ihrem Vater. Ob sie jemals Zuneigung für einen Mann entwickeln könne, sei deshalb unsicher, und wenn, dann nur zu einem, der sehr einfühlsam sein müsse.

Die kluge Analyse seiner Tochter brachte auch Bigler dazu, sich vom Emotionalen zu lösen und pragmatisch die sich daraus ergebenden Folgen zu überlegen. „Ich denke, dass sie vorläufig nicht zur Schule gehen sollte. Je nachdem, wie sie die Sache verdaut, darf sie auch ein Jahr unterbrechen. Sie kann bei mir wohnen, ich versuche, sie abzulenken. Vielleicht gehen wir einige Monate auf die Insel. Für sie wird über diese Sache kaum Gras wachsen. Zu tief sind die Wunden ihrer Seele. Entscheiden, wie es weitergehen soll, dürfen wir erst, wenn sie wieder zu Hause ist und sich ein paar Tage lang erholt hat."

„Und was ist eigentlich mit diesen drei Schweinehunden, was hat die Polizei unternommen, sind die in Haft?", fragte er.

Sie wisse nur, dass alle drei noch in der Nacht abgeholt und zur Vernehmung nach Aarau gebracht worden seien. Den aktuellen Stand kenne sie nicht.

„Darum kümmere ich mich morgen", sagte Bigler, „ich werde dafür sorgen, dass die eine gerechte Strafe bekommen."

Anne brachte eine vorbereitete kalte Platte zum Tisch. Ohne Appetit pickten sie am Fleisch und Käse herum. Wein wollte er nicht, die Lust auf Genuss war ihm vergangen.

Acht

Gorans Eltern kannten über einen Freund den Anwalt Dr. Sebastian Kalt. Bekannt für seine forsche Art und sehr karrierebewusst übernahm er Mandate, die in der Öffentlichkeit Aufsehen erregten. Selbstverständlich übernehme er das Mandat – obwohl Sonntagnachmittag sei, werde er sich der Sache annehmen, antwortete er, als Gorans Vater ihn anrief. Als er hörte, dass auch Mirko, das hoffnungsvolle Fussballtalent seines Klubs, in die Sache involviert war, schloss er sich gleich mit dessen Präsidenten, seinem Schul- und Jasskollegen, Stan kurz. Nach Rücksprache mit den Vorstandsmitgliedern des Klubs bestätigte Stan, dass sein Verein für die Anwaltskosten aufkommen werde. Mirko gehöre zwar in Kürze dem Verein in Zürich, allerdings sei es ihm ein Anliegen, ein Strafverfahren zu verhindern, weil so etwas zur Rückabwicklung des für seinen Verein lukrativen Vertrags führen könne.

Mit Nils wollte Dr. Kalt nichts zu tun haben, für den gelte sowieso das Erwachsenenstrafrecht. Und wegen des drohenden Interessenkonflikts durfte er auch nur einen der Beschuldigten vertreten. Er entschied sich für den aufstrebenden Fussballer Mirko, das würde ihm als Anwalt entschieden mehr öffentliches Interesse bescheren, als Goran zu vertreten. Dessen Eltern empfahl er, den angebotenen Pflichtverteidiger für ihren Sohn zu beanspruchen.

Kurz nach vier Uhr betrat er, von Mirkos Eltern begleitet, die Wache. Wer für den Fall der verantwortliche Jugendanwalt sei, wollte er erfahren. Heierle wurde gerufen. „Sie halten seit letzter Nacht zwei Jugendliche fest. Was wird ihnen vorgehalten, dass sie in Gewahrsam genommen wurden?“

Der Postenchef, dessen etwas zu enges Hemd aus der Hose gerutscht war, sagte: „Guten Abend, Herr ..., wie war gleich Ihr Name?“

„Sie sollten mich kennen, Herr Postenchef, und wenn nicht, werden Sie mich schon noch kennenlernen! Dr. Kalt, ich vertrete Mirko, einen Jugendlichen, der, wenn er schon festgehalten wird, gemäss Jugendstrafrecht angemessen behandelt werden muss.“

„Na so was! Bitte warten Sie hier. Frau Binggeli von der Jugendanwaltschaft wird Sie in Kürze über den Sachverhalt informieren.“ Kalt und seinen Begleitern blieb nichts anderes übrig, als sich auf die harten Stühle im Gang zu setzen und zu warten.

Meier und die Jugendanwältin gingen die drei Vernehmungsprotokolle durch, Knoten und Ungereimtheiten aus den ersten Befragungen waren nach jener am frühen Nachmittag ausgeräumt. Einzig die Labortests standen noch aus. Nach Rücksprache mit der für die Strafuntersuchung verantwortlichen Brigitte Zweifel, die in der Sache für Nils zuständig war, beschlossen sie, die drei jungen Männer vorläufig in Haft zu behalten. Die nächste Überprüfung war für den kommenden Mittwoch nach der Auswertung der medizinischen Daten vereinbart.

Die Fahnderin, die schon in der Nacht Nicole befragt hatte, war kurz nach Mittag nochmals ins Spital gefahren und sprach dort in Anwesenheit ihrer Mutter nochmals mit ihr. Ob es noch etwas gebe, das sie bei der ersten Aussage nicht erwähnt habe, wollte sie wissen. „Nein, ich versuche die ganze Zeit, mich vom Erlebten zu distanzieren. Schon deshalb will ich das schaurige Erlebnis nicht nochmals in Gedanken erleben.“

„Dürfen wir Ihre zerrissenen und verschmutzten Kleider als Beweisstücke zu uns nehmen?“, fragte sie, bevor sie sich verabschiedete. Anne schaute im Kleiderschrank nach, bis auf den Slip hatte das Personal die Kleider darin versorgt.

„Der Slip ist bereits im Labor, ich habe ihn schon heute früh mit zur Untersuchung genommen.“

Nicole begehrte zuerst auf, sie wollte nicht, dass in ihren intimsten Sachen rumgeschnüffelt wird. Doch Anne beruhigte sie, es diene der Wahrheitsfindung und der Beweissicherung, es müsse eben so sein. Von der Ankunft ihres Vaters noch am selben Abend sagte Anne nichts, sie wollte ihre Tochter nicht noch zusätzlich aufwühlen.

Keine Viertelstunde mussten Dr. Kalt und die Eltern des jugendlichen Täters warten. „Sie können jetzt mit dem Beschuldigten reden, Herr Rechtsanwalt, bitte folgen Sie mir in das Besprechungszimmer.“ Mirko blieb sitzen. Erst als Kalt sich als sein vom Klub bezahlter Rechtsvertreter vorstellte, stand er auf und streckte ihm seine Hand hin. Eine Hand, die Kalt übersah. Nach der Aufforderung, sich zum Vorhalt der Entführung und Vergewaltigung zu äussern, erzählte Mirko den Ablauf des Abends aus seiner Sicht. Eine Geschichte, die weit entfernt war vom Vernehmungsprotokoll, das er erst eine knappe Stunde zuvor unterschrieben hatte. Dr. Kalt liess ihn zurück im Besprechungszimmer und eine Beamtin führte Mirko wieder in seine temporäre Unterkunft.

Wo die Binggeli sei, wollte der Anwalt von Heierle wissen. Dann begehrte er auf, als er vernahm, dass diese erst am Mittwoch entscheide, wann die drei Verdächtigen aus der U-Haft entlassen würden. Im Moment hatte er keine andere Wahl, als diesen Beschluss zur Kenntnis zu nehmen. Grusslos und kopfschüttelnd verliess er den Posten.

Nachdem sich Dr. Kalt, den sie für ihren Sohn angefragt hatten, für die Vertretung von Mirko entschieden hatte, verlangten Gorans Eltern einen Pflichtverteidiger. Weil sie keinen kannten, der auf der Liste der an diesem Sonntag verfügbaren stand, wählten sie den ersten auf der Liste.

Dr. Anderegg, ein alter Hase, las die gegen Goran erhobenen Vorhaltungen, bevor er ihn ins Besprechungszimmer holen liess. Er stellte sich dem eingeschüchtert Wirkenden vor und erläuterte ihm seine Funktion und wie der weitere Verlauf des Verfahrens gegen ihn zu erwarten sei. Ob er zu den Vorwürfen gegen ihn etwas hinzufügen wolle. „Ich wollte das nicht, ich habe nur mitgemacht, weil mich Mirko dazu gedrängt hat. Es hat mir auch keinen Spass gemacht, Ich schäme mich.“ Damit schien es dem Anwalt klar: Die protokollierten Aussagen blieben unbestritten. „Ich denke, das Beste wird sein, dass wir zugeben, was passiert ist. Dass du als Mitläufer in die schlimme Sache hineingezogen wurdest. Eine Anklage ist nicht zu vermeiden; zu schwer ist das Vergehen. Wir versuchen, mildernde Umstände und Gruppendruck für deine Handlungsweise geltend zu machen. Auf jeden Fall musst du Reue zeigen, dich entschuldigen und darfst nicht mit den beiden anderen in der Sache Involvierten reden." Am Mittwoch werde die Jugendanwältin entscheiden, ob die U-Haft beendet oder weiterbestehen werde.

Mit hängendem Kopf liess sich Goran wieder in seine Zelle führen. Alleine gelassen hinter einer nur von aussen zu öffnenden Tür warf er sich auf die Pritsche und schrie sich seinen Frust aus dem Leib.

Auch für Nils hiess es warten bis am Mittwoch. Wie ein Häufchen Elend lag in einer Ecke seiner Zelle. Immer wieder machte er sich Vorwürfe, schalt sich selber einen Schwächling, der sich vom dominierenden Schulkollegen Mirko hatte in diese Sache hineinziehen lassen.

Wie üblich veröffentlichte die Polizei eine Pressemeldung über die aus ihrer Sicht relevanten Vorfälle des Wochenendes: Neben einem Einbruchdiebstahl in einen Kiosk und den Führerscheinentzug für drei Automobilisten wegen Trunkenheit am Steuer gehörte auch die Vergewaltigung einer jungen Frau durch drei Jugendliche dazu. Die letzte dieser Meldungen weckte das Interesse von Journalisten der Printmedien. Ein Vergehen, das interessiert, aufhorchen lässt, verängstigt, aber auch Perverse anzieht.

Anwohner hatten es mitbekommen, dass Mirko in der Nacht auf Sonntag von einer Streife mitgenommen worden war und seitdem nicht mehr gesehen wurde. Ein sogenannter Leserreporter kassierte für diese Meldung zwanzig Franken von der Zeitung. Die Aufmachung war dementsprechend. Obwohl nur Mirko als Beteiligter bekannt war, konnte daraus der Anfang einer Reihe von Berichten geschrieben werden. Nur wenige Wochen zuvor war bekannt worden, dass er von seinem Verein im Aargau nach Zürich wechseln würde. Ein talentierter Fussballer, der eines schweren Verbrechens beschuldigt wird. Das war ein gefundenes Fressen für sensationsgierige Leser.

Keine Aussage zum Vorwurf wollte Mirkos Vater machen. Er, der schon wegen der Verhaftung seines Sohnes wütend auf diesen war, verscheuchte den Mann der Zeitung vor seiner Haustür mit verbalen Drohungen.

Von der Polizei war auch nicht mehr zu erfahren, als dass die Jugendanwaltschaft wie auch weitere Untersuchungsbehörden den Fall bearbeiteten und erst am kommenden Mittwoch weitere Informationen zu haben seien. Die Gerüchteküche brodelte. In Biswil waren sich die meisten darin einig, dass es mit dem Jugo ja so weit hatte kommen müssen.

Die gemeinsame Besprechung der Untersuchungsbehörden am Mittwoch kurz nach Mittag ergab, dass die nun vorliegenden medizinischen Akten bestätigten, dass Nicole offensichtlich Gewalt angetan worden war. Von Goran und Mirko konnten von ihnen stammende Spermien eindeutig identifiziert werden. Das Verbrechen musste so, wie Nicole und auch Nils es beschrieben hatten, geschehen sein.

Einzeln wurden die Inhaftierten geholt. Nils weinte wie ein Kind, als ihm der Vorhalt der Beteiligung an einer Entführung und die Mithilfe der Vergewaltigung an einer minderjährigen Frau vorgelesen wurde. Dazu hatte er auf die Frage von Dr. Zweifel nichts zu sagen. Mit der Ermahnung, sich für weitere Befragungen bereitzuhalten, wurde er entlassen. Seinen Führerschein war er los, der Alkoholgehalt seiner Blutprobe zeigte fast ein Promille, sein Handy ohne Strom. Ohne Regenschutz ging er zum Bahnhof und kaufte mit dem letzten Geld ein Billett nach Biswil. Niemand war zu Hause. Nach einer Dusche und in frischen Kleidern wartete er auf das Unwetter, das mit der Heimkehr seines Vaters über ihm hereinbrechen würde.

Und das fiel aus wie erwartet. Eine Ohrfeige war noch das Glimpflichste. Innerhalb eines Monats müsse er ausziehen, am besten weit weg, beschied ihm der Vater. Nie wieder werde Nils sein Elternhaus betreten und finanzielle Unterstützung könne er sich abschminken. Er werde nach Wegen suchen, um ihn zu enterben. Bis er ausziehe, wolle er nicht, dass Nils ihm noch einmal unter die Augen trete.

Mitten in der Nacht hörte er ein Geräusch vor seiner Zimmertür. Nach einer Weile öffnete er und fand am Boden einen Teller mit kalten Spaghetti, offensichtlich von seiner Mutter hingestellt.

Auch Goran war geknickt von den langen Tagen alleine in der nüchternen Zelle. Die sich immer heftiger regenden Selbstvorwürfe liessen ihn nicht zur Ruhe kommen. Zu den ihm vorgehaltenen Anschuldigungen gab es nichts zu sagen. Er könne gehen, eröffnete ihm

Wachtmeister Meier am Mittwochnachmittag. Goran bat den Polizeibeamten, seinen Vater anzurufen und diesen zu bitten, ihn abzuholen. Nach dem kurzen Anruf richtete Meier ihm aus: „Er wird Sie abholen kommen, allerdings erst, nachdem er seinen Laden abgeschlossen hat.“ Er könne so lange im Vorraum warten.

Wie ein alter räudiger Hund schleppte sich Mirko neben der Beamtin, die ihn aus der Zelle geholt hatte, in den Besprechungsraum. Auch er wollte nichts zu dem ihm vorgelesenen Sachverhalt ergänzen, nur raus, so schnell wie möglich raus aus diesem Verlies. Er könne jetzt gehen, müsse sich jedoch weiterhin für Einvernahmen zur Verfügung halten, hatte ihm Vera Binggeli beschieden. In seinem Portemonnaie, das ihm mit weiteren Gegenständen anlässlich der Inhaftierung abgenommen worden war und nun wieder ausgehändigt wurde, befand sich genügend Geld, um in einem Restaurant bei einer Cola auf seinen Vater zu warten. Als er beim Verlassen des Polizeipostens Goran im Vorraum sitzen sah, schrie er ihn an, er sei ein Feigling und Verräter.

Mirkos Vater war eben von der Arbeit nach Hause gekommen, als ihn der Anruf seines Sohns erreichte. Er fuhr in die Stadt und wartete im Auto vor dem Lokal, in dem Mirko sass. Erst nach mehrmaligem Hupen bemerkte der den Wartenden, bezahlte und ging nach draussen. Der Vater beschimpfte seinen Sohn. Er habe ihn schon oft in Schwierigkeiten gebracht, es gehe auf keine Kuhhaut, für was alles er seinen Kopf hinzuhalten habe. Das hier sei nun doch der Höhepunkt, er scheue nichts mehr als die Polizei, und nun müsse er ihn nach einer Untersuchungshaft abholen. Auch sei die Presse vor seinem Haus gewesen. Bei der Arbeit werde er schräg angeschaut, hinter seinem Rücken werde getuschelt.

Gorans Vater blieb während der Fahrt stumm, als ob ihn die Sache nichts anginge. Offenbar hatte er das von seinem Sohn begangene Verbrechen und die Tragweite der Konsequenzen gar nicht bedacht. Wieder zu Hause, nahm ihn seine Mutter in die Arme. Tränenüberströmt tröstete sie ihren Jungen, der dreieinhalb Nächte alleine in einer Zelle eingesperrt gewesen war. Goran schämte sich. Seine Mutter wollte hingegen nichts hören von den Vorhaltungen gegen ihren Sohn: Er war und blieb ihr einziges Kind, dessen Wohl sie über alles stellte.

Da die Polizei am Sonntag weitere Informationen zur Vergewaltigung versprochen hatte, bestätigte diese am Mittwoch die Entlassung der in diesen Fall verwickelten Männer.

Vor dem Haus standen mehrere Autos, als Mirkos Vater davor anhielt. Sofort umringten rund zehn Männer und Frauen das Fahrzeug. Fotos wurden geschossen, Mikrofone entgegengehalten.

Mirkos Vater winkte ab: kein Kommentar. Sein Sohn sah das anders. Wieder in Freiheit, war sein in der Zelle abgekühltes Ego wieder in seiner ganzen Stärke vorhanden, gar gewachsen. Die Presseleute redeten mit ihm, fragten ihn nach seiner Darstellung des Geschehens. Es sei unwahr, dass er und sein Freund die junge Frau verschleppt hätten. Sie sei von sich aus eingestiegen, als sie erkannt habe, wer aus dem Auto fragte, ob sie mitfahren wolle. Auch könne von Vergewaltigung keine Rede sein. Sie habe ihn angetörnt, wollte eine Affäre mit einem zukünftigen Fussballstar. So, wie sie sich ihm hingegeben habe, sei sie darin offenbar nicht unerfahren.

Eifrig schrieben die Reporter mit. Ohne sich bei der Polizei nach deren Erkenntnissen zu erkundigen, verfassten sie rasch ihren Bericht.

Die Schlagzeilen der am Abend erschienenen Online-Ausgaben der Zeitungen waren noch harmlos im Vergleich zu denen in den gedruckten Ausgaben der Zeitungen am Donnerstag. In allen derselbe Grundtenor: Eine junge Frau habe einen aufsteigenden Stern am Fussballhimmel der Vergewaltigung bezichtigt. In der grössten Zeitung des Landes wurde Nicole als Fussballgroupie bezeichnet. Kein Zweifel, wer die junge Frau war, ihr Bild aus dem Faltblatt der Jugendmusik war nur leicht unscharf gemacht, sodass es gerade noch den gesetzlichen Bestimmungen des Persönlichkeitsschutzes genügte.

Schon um acht Uhr klingelte es bei Anne. Eine Reporterin des lokalen Fernsehens wollte ein Interview. Anne erschrak. Von den Zeitungsberichten wusste sie noch nichts. Wie hatte es dazu kommen können, dass das Verbrechen an ihrer Tochter in der Öffentlichkeit bekannt geworden war? Das Letzte, an das sie gedacht hatte, war eine Auseinandersetzung der schlimmen Tat in der Presse. Mit einem Mal war der Schutz der Persönlichkeit ihrer Tochter dahin: Der halbe Kanton wusste nun, was mit Nicole geschehen war.

Resolut trat Anne vor die Tür, verbot der Reporterin, Aufnahmen von ihr zu machen, und bat, das Thema nicht weiterzuverfolgen. Es sei im öffentlichen Interesse, über Mädchen, die sich an junge, erfolgreiche Männer werfen, zu berichten. Dies sei ein Fall, der sich lohne, etwas näher zu beleuchten. Es gehe doch nicht an, dass drei Männer über Tage in einer Zelle schmachten müssten, nur weil eine verwöhnte Göre sie der Unzucht beschuldige. Anne schlug die Tür zu. Fassungslos, wie sie war, fielen ihr keine Entgegnungen zu den unerhörten voreingenommenen Beschuldigungen der jungen Reporterin ein.

Panorma schrieb:

Vergewaltigung oder ein flotter Dreier in der Scheune?

[red.] Eine kurze Meldung der Polizei über einen Fall, an dem vier Jugendliche beteiligt waren, gab unserem Reporter Anlass zu weiteren Recherchen. In der Meldung werden zwei junge Männer beschuldigt, eine Minderjährige vergewaltigt zu haben. Panorama sprach mit einem der beiden Männer, einem talentierten Jungfussballer, der kurz davorsteht, von einem Nati-A-Klub unter Vertrag genommen zu werden. Seine glaubwürdige Aussage steht im Widerspruch zur Polizeinachricht. M. behauptet, die junge Frau habe sich ihm und seinem Freund für Sex zu dritt angeboten. Weiter meinte er, „die hatte Erfahrung, die wusste, wie" Offenbar handelt es sich bei der jungen Frau um die Enkelin eines bekannten Politikers. Ist das der Grund, weshalb die Polizei ein nebulöses Communiqué veröffentlicht? Wer wird hier geschützt? Wird ein Secondo beschuldigt, um vom verwöhnten Mädchen abzulenken?

Panorama bohrt weiter!

Bigler war von seinem allmorgendlichen Spaziergang mit Diva ins Haus zurückgekehrt, als ihn Annes Anruf erreichte. Sie erzählte, was sie eben erlebt hatte. Er musste sich hinsetzen, blieb sprachlos, hörte nicht das Rufen seiner Tochter, als er nicht antwortete. „Vater, was ist, geht es dir gut, warum gibst du keine Antwort?“

„Ich komme, unternehmt nichts, bis ich bei euch bin“, sagte er nach einer langen Weile leise. Am Kiosk an der Strasse im Nachbardorf kaufte er die zwei Zeitungen mit den grössten Schlagzeilen. Immer wieder musste er sich beherrschen, nicht zu schnell zu fahren. Seine Wut war grenzenlos, seine Gedanken sannen auf Rache.

Inzwischen war Nicole aufgestanden. Vor sich einen Grüntee sass sie am Tisch, als ihr Grossvater eintraf. Als Anne ihm die Tür öffnete, nahm sie ihm die beiden Zeitungen gleich ab und legte sie in ihr Büro. Biglers Erregung war deutlich sichtbar. Nicole fragte nach der langen Umarmung, ob es ihm nicht gut gehe, ob sein Blutdruck zu hoch sei. Er solle sich doch beruhigen, sie selbst habe ja auch etwas Abstand von den Ereignissen der Nacht auf Sonntag. Dann überlegten sie. Wie sollten sie agieren, was konnten sie unternehmen, damit Nicole nicht noch tiefer in den Sumpf des Unrechts sinken würde? Anne suchte nach Worten und erzählte, was in der Presse berichtet werde. „Unverschämt haben die Zeitungen Mirkos Lügen für bare Münze genommen und daraus ihre Storys gemacht.“

Das war der zweite Schlag gegen Nicole innert weniger Tage. Nicole begriff sofort die Tragweite des eben

Gehörten. Mit weit aufgerissenen Augen sank sie in ihrem Stuhl zusammen. Bigler konnte sie gerade noch halten, bevor sie zu Boden fiel. Unfähig, etwas zu sagen, schäumte sie aus dem Mund. Angst kam auf. Anne fühlte sich trotz ihrer medizinischen Ausbildung unfähig, ihrer Tochter zu helfen. Gemeinsam legten sie das Mädchen in ihr Bett. Während Bigler bei ihr blieb und Diva sich an ihre Seite legte, rief Anne ihren Hausarzt an.

Es dauerte. Dr. Blaser hatte eben begonnen, einen Patienten zu behandeln, als ihn der Notruf seiner Studienkollegin erreichte. Er bat seine Praxishilfe, sie solle die Leute im Wartezimmer informieren, dass er zu einem Notfall gerufen sei und sie etwas Geduld haben müssten. Anne öffnete ihm die Tür und erzählte, was Nicole in den vergangenen Tagen widerfahren war. „Das gibt es ja nicht, das darf doch nicht sein", hörte ihn Bigler sagen, als er ins Zimmer trat.

„Behandle zuerst meine Enkelin, dann reden wir weiter", sagte Bigler und verliess den Raum.

Eine Weile später eröffnete er Anne und Bigler seinen Befund. Er gehe von einem epileptischen Anfall aus, ausgelöst durch den Schock, den sie mit der Nachricht, wie die Presse mit der Wahrheit umging, erlitten habe. Eine Beruhigungsspritze lasse die Kranke in einen tiefen Schlaf fallen. Er werde am Abend nochmals vorbeischauen, sagte er zur verängstigten Anne.

Im Gang wartete Bigler. „Du bist doch mit der Tochter des Zeitungsmachers zusammen. Es kann doch einem Herausgeber nicht gleichgültig sein, was für Lügen in seinem Blatt verbreitet werden! Bitte sprich mit deinem Schwiegervater, fordere ihn auf, sich bei der Polizei zu informieren, was sich tatsächlich abgespielt hat." Blaser versprach, dass er seinen direkten Draht zum Herausgeber nutzen und ihn bitten werde, nochmals sauber recherchieren zu lassen. Doch jetzt müsse er gehen, in seinem Wartezimmer sässen Patienten.

Anne fragte ihren Vater, was er jetzt zu tun vorschlage. „Es wäre, wie ich schon gestern sagte, das Beste für unsere Kleine, für einige Zeit wegzugehen. Die Schule kann sie nachholen. Ob sie ein Jahr früher oder später ihre Matura macht, spielt für den Rest ihres Lebens keine Rolle. In einigen Monaten können wir mit ihr dann beraten, ob sie wieder in die öffentliche Schule zurückgehen will oder ob sie lieber eine private Schule besuchen möchte. Ich schlage ihr vor, mich nach Mallorca zu begleiten. Dort kann sie sich erholen, dort gibt es niemanden, der von ihrem Unglück weiss." Sie kamen überein, innerhalb der kommenden zehn Tage abzureisen. Er wolle noch einige Anrufe tätigen und sich am Abend wieder melden, sagte er, bevor er die Wohnung verliess und zu seinem Haus fuhr. Er wollte alleine sein, ungestört und ohne Mithörer seine Beziehungen nutzen. Auch hatte er das Bedürfnis, seinem Bruder von der an Nicole verübten Untat zu berichten.

Neun

Aus seiner Zeit als Grossrat war Bigler mit einflussreichen Leuten bekannt. Ein Parteifreund galt als einer der besten Anwälte im Kanton. Ein kurzer Anruf und sie vereinbarten ein Treffen am selben Abend. Bei der Jugendanwaltschaft erfuhr Bigler den Namen der mit dem Fall betrauten Anwältin. Mit ihr vereinbarte er einen Termin am Nachmittag.

Sein nächster Anruf galt dem Chef der Kantonspolizei – ebenfalls ein Bekannter aus seiner aktiven politischen Zeit. Nach einem kurzen „Schon lange nicht mehr gesehen, wie geht es dir, was macht Marie, deine Frau“, kam er zur Sache und fragte, ob er vom Wirbel, der auf dem Buckel seiner Enkelin ausgetragen werde, gehört habe. Natürlich habe er davon gehört, sein Telefon habe heute Morgen ununterbrochen geklingelt. Die Presse habe ihn traktiert, mit Fragen überhäuft und ihn zu Aussagen, die ihm gar nicht passen, verführen wollen. Leider seien ihm die Hände gebunden, über die Vernehmungsprotokolle dürfe er keine Auskünfte erteilen. Dr. Kalt, der Anwalt des einen Beschuldigten, habe ausdrücklich auf das jugendliche Alter der Beteiligten hingewiesen. Weil die beiden Hauptbeschuldigten noch unter achtzehn Jahre alt seien, bestehe vonseiten der Untersuchungsbehörden Schweigepflicht. Es tue ihm wirklich leid, nicht mehr zur Information der Öffentlichkeit beitragen zu dürfen. Der Persönlichkeitsschutz der Jugendlichen gehe da vor. Bigler insistierte. Falschaussagen des Haupttäters würden in der Presse als Wahrheit veröffentlicht. Was er denn tun könne, um das zu unterbinden? Er müsse sich die Presseleute selbst vorknöpfen, sagte der oberste Kantonspolizist, ihm seien die Hände gebunden. Enttäuscht beendete Bigler das Gespräch. Auch als Person des öffentlichen Lebens hatte er die Verbindungen zur Presse nie gepflegt. Hatte sich nur dann zu Anfragen geäussert, wenn er etwas zu sagen gehabt hatte. Nie hatte er seine politische Stellung für persönliche Anliegen gegenüber der Presse eingesetzt.

Holger, den er um die Mittagszeit am Telefon erreichte, war ausser sich, als er ihm das Leid klagte. Auch er hatte Nicole ins Herz geschlossen. Während der gemeinsamen Wochen auf der Finca waren sie zu einer verschworenen Gemeinschaft geworden. Für ihn war sie wie das Patenkind, das er nie gehabt hatte. Was er tun solle, um den in Umlauf gebrachten Falschinformationen zu entgegnen, was in dieser Lage sinnvoll sei, fragte Bigler seinen Bruder. Holger dachte nach und sagte dann, dass Reaktionen auf Aktionen in der Regel nur weitere Diskussionen auslösen. „Je länger ein Streit oder wie hier eine Unwahrheit in den Medien ist, umso länger bleibt sie im Gedächtnis der Leute. Oft ist es in solchen Situationen besser, abzuwarten. Nicole wird so oder so das Spiessrutenlaufen an ihrer Schule nicht erspart bleiben.“

„Anne und ich sind uns einig, dass die Kleine vorläufig nicht zur Schule geht. Ich nehme sie mit auf die Insel.“

„Dann sehen wir uns ja bald“, sagte Holger, bevor sie das Gespräch beendeten. Ruhe bewahren, nicht auf die dummen Sprüche des üblen Täters achten – die Justiz und das Gericht würden den richtigen Sachverhalt schon würdigen. Ein Ratschlag des Bruders, den es zu bedenken galt.

Auf dem Weg zur Jugendanwältin wurde Bigler hungrig. In der Dorfbäckerei kaufte er ein Sandwich. Die Verkäuferin grüsste kurz und schaute ihm dabei nicht in die Augen. Beim Herausgeben des Retourgeldes murmelte sie: „Ja, ja, mit den heutigen Mädchen hat man es nicht leicht." Erst im Auto begriff Bigler den Sinn der Worte. Die Leute glaubten Mirkos Version. Was auch immer geschehen würde – ein Schatten würde auf Nicoles Ehre liegen bleiben. Wo Rauch ist, ist auch Feuer, würde man sagen. Verzweifelt und wütend fuhr er zur Jugendanwaltschaft.

Vera Binggeli empfing ihn freundlich und machte ihn gleichzeitig auf den Jugendschutz, den die beiden Beklagten geniessen würden, aufmerksam. Er verlange nur Einsicht in die Vernehmungsprotokolle und in die Untersuchungen des Labors. „Sind Sie berechtigt, die Interessen von Nicole zu vertreten?", wollte sie wissen.

Ja, er sei ihr Grossvater, sie sei bei ihm und seiner Frau aufgewachsen und besuche ihn regelmässig, teilte er mit.

„Dann darf ich Ihnen die Dokumente leider nicht zeigen – nur wer die im Gesetz definierte elterliche Gewalt besitzt oder als Anwalt fungiert, hat ein Recht auf Akteneinsicht."

Bigler lief rot an. „Haben Sie nicht gelesen, was in den Zeitungen für Unwahrheiten verbreitet werden? Es geht hier um die Ehre meiner Enkelin. Und die wurde durch die Aussage eines der Täter mit Füssen getreten.

Bis heute kam weder von Ihnen noch von der Polizei eine Gegendarstellung. Und nun erlauben Sie mir nicht den Einblick in die Akten! Wo sind wir denn?"

Eingeschnappt erklärte sie ihm, dass es hier um rechtsstaatliche Verfahren gehe. Als ehemaliger Grossratspräsident wisse er sicher, dass auch die Justiz sich an die gegebenen Vorschriften zu halten habe. Sollte er mit einer schriftlichen Erklärung der Mutter des Mädchens nochmals vorbeikommen, würde sie ihm Einblick in die Protokolle gewähren. Allerdings mache sie ihn schon jetzt darauf aufmerksam, dass keine Informationen aus den Dokumenten an die Öffentlichkeit gehen dürften. Die beiden in den Fall involvierten Burschen unterstünden dem Jugendschutz, ihre Zukunft dürfe ihnen nicht mit der Veröffentlichung der festgehaltenen Tatbestände verbaut werden. „Aber die Schweine haben das Leben meiner Enkelin versaut, sie ist auch noch minderjährig, und ihr wird nicht geholfen! Schönes Recht haben wir!"

„Wir bieten Ihrer Enkelin eine Betreuung durch einen Jugendpsychiater an, der kann ihr helfen, ihre Erlebnisse zu verarbeiten."

Bigler platzte fast vor Wut. Er musste sich hinsetzen und versuchte, sich zu beruhigen. Nach einer Weile sagte er, er werde mit dem Mädchen für einige Zeit nach Mallorca reisen. Sollte sie mit ihr über das Vorgefallene reden wollen, müsse sie das innerhalb der nächsten Woche tun. Die Befragung müsse allerdings in seinem Haus erfolgen, zu ihr ins Amt würde er sie nie lassen. Dann stand er auf und ging ohne Gruss aus dem Büro.

Zurück in der Wohnung lag Nicole nach wie vor von Beruhigungsmitteln lahmgelegt in tiefem Schlaf. Bigler erzählte Anne, wie ihm auf der Jugendanwaltschaft geschehen war. Die dummen Worte der Bäckerin behielt er für sich.

Anne setzte sich an ihren PC. Sie fand eine Mustervollmacht für den Anwalt, den ihr Vater noch am selben Abend besuchen wollte. Vorsorglich unterzeichnete sie zwei Exemplare, die Bigler einsteckte. Anne machte sich Sorgen. Allzu lange konnte sie nicht ihrer Arbeit fernbleiben. Sie beschlossen, dass Nicole im Lauf des folgenden Tages zu ihrem Grossvater ziehen würde. Er konnte sich frei machen von Verpflichtungen und ihr als Pfleger und verständnisvoller Vertrauter beistehen.

Auch Biglers Freund und Anwalt konnte ihm kein befriedigendes Vorgehen gegen die verbreiteten Lügen zum Verbrechen an seiner Enkelin empfehlen. Er solle dem Gericht, das den Fall beurteilen werde, vertrauen. Eine weitere tiefe Enttäuschung.

Am nächsten Morgen gab es einen kleinen Lichtblick: Das „Blättli", wie die Tageszeitung schon seit Jahrzehnten genannt wurde, veröffentlichte auf der hintersten Seite eine Berichtigung: Der Bericht am Vortag habe sich in der Angelegenheit der polizeilich untersuchten Vergewaltigung in der Nacht zum Sonntag auf Aussagen eines in den Fall involvierten Mannes berufen. Die offizielle Verlautbarung der Polizei widerspreche jedoch dem am Vortag veröffentlichten Bericht. Für alle Beteiligten bestehe bis zu einer Verurteilung die Unschuldsvermutung.

Immerhin, sagte sich Bigler. Dr. Blasers Intervention bei seinem Schwiegervater hatte offenbar Wirkung gezeigt. Er fragte sich, ob Leute, die am Tag zuvor den mit grossen Schlagzeilen veröffentlichten Bericht gelesen hatten, auch die in normaler Schriftgrösse veröffentlichte Berichtigung auf der letzten Seite des Blattes lesen würden.

In Biswil fanden sich verschiedene Meinungen. „Typisch für die Presse, da bläst sich einer mit grosser Schnauze auf, und die Zeitungen glauben ihm auch noch." Andere fanden: „Da hat der alte Bigler wieder einmal seinen Einfluss geltend gemacht, seine Freunde ganz oben werden die Zeitung zur Meldung genötigt haben."

Nachmittags packte Nicole ihre Sachen und liess sich von Anne zum Grossvater fahren. Sie hatte sich vom Schock einigermassen erholt. Diva, die seit der Rückkehr aus Mallorca bei ihr war und offensichtlich spürte, wie schlecht es Nicole ging, liess sie keinen Moment aus den Augen.

Nachdem Anne sich verabschiedet hatte, machten sie und Bigler sich auf zu einem Spaziergang. Raus an die frische Luft, den Kopf lüften und sich ablenken. Ein kalter Wind pfiff ihnen um die Ohren, als sie gemütlich den Hang oberhalb des Hauses hochgingen. Diva hatte ein Stöcklein gefunden und forderte Nicole immer wieder auf, dieses zu werfen, um es danach fröhlich bellend zu suchen und wieder zurück zum nächsten Wurf zu bringen. Eine bessere Ablenkung hätte sich Bigler für seine Enkelin kaum vorstellen können.

Auf dem Rückweg fragte sie: „Meinst du nicht auch, dass ich morgen wieder zur Schule gehen könnte? Ich fühle mich stark und habe in der Schule meine Freundinnen."

Bigler runzelte die Stirne, zögerte einen Moment. „Ich denke, dass es für dich geschickter wäre, einige Wochen verstreichen zu lassen. Wir wissen ja nicht, wie sich deine Mitschüler dir gegenüber verhalten."

„Ja, schon", sagte Nicole, „aber die Jungs sind auch in einigen Wochen noch die gleichen, zudem verpasse ich den Unterricht."

Bigler suchte nach einer überzeugenden Begründung, weshalb sie einige Wochen warten sollte, bis sie wieder die Schule besuchen sollte. Doch er musste passen, es fiel ihm nichts Überzeugendes ein. „Es gefällt mir nicht, doch wenn du dich stark genug fühlst, dann versuch es", sagte er verunsichert.

„Meine Querflöte ist verloren gegangen", stellte Nicole, nachdem sie vom Spaziergang zurückgekommen waren, fest. Bigler rief auf der Hauptwache an und fragte, ob sich die Querflöte unter den Nicole gehörenden Sachen befinde, die zurückbehalten worden waren. Sie wisse von nichts, sagte die Beamtin am Telefon, sie frage nach. Nach einigem Warten und Knacken in der Leitung meldete sich Wachtmeister Meier. „Tut mir leid, Herr Bigler, das Etui mit der Querflöte haben unsere Beamten am Ort der Entführung Ihrer Enkelin gefunden, das Instrument wurde mehrmals überfahren und ist völlig zerquetscht. Wir haben das, was davon übrig geblieben ist, zu den Beweismitteln gelegt." Bigler dankte kurz und legte auf. „Auch das haben sie ihr genommen", murmelte er halblaut vor sich hin. Dann ging er zu Nicole und versuchte, ihr möglichst schonend den Verlust ihres Instruments beizubringen. Nicht unerwartet reagierte sie heftig. ein weiteres Mal hatte sie die Entführung von der Strasse, das Hineinzerren in den Golf vor Augen. Nur langsam beruhigte sie sich.

„Komm", sagte Bigler nach einer Weile, „zieh dich an, wir fahren nach Zürich, dort kaufe ich dir ein neues Instrument." Erst wehrte sie das Angebot ab, um dann eine halbe Stunde später zuzusagen. Ohne Instrument könne sie nicht üben, könne sie nicht spielen und sich dabei von allem um sich herum ablenken. Ein zwiespältiges Gefühl kam in Bigler hoch. Die relative Gelassenheit, wie sie seine Enkelin vorgab, war nur oberflächlich. Ihre Gedanken schienen nahe beim Erlebten. Wenn sie sich mit dem Wunsch, am nächsten Tag wieder zur Schule zu gehen, nur nicht zu viel zumutet, dachte der besorgte Bigler.

Eine halbe Stunde später sassen sie im Range Rover, Diva auf Nicoles Schoss, und fuhren Richtung Zürich. Bigler nahm wie üblich den kürzesten Weg zur Autobahn, bis Nicole plötzlich schrie: „Da haben sie mich gepackt und in ihr Auto gezerrt!" Ausser sich begann sie zu weinen, es war, als ob sie das Geschehen von Samstagnacht nochmals erleben würde. Bigler fuhr an den Strassenrand, hielt an und nahm die hysterisch Weinende in seine Arme. Er suchte zu trösten, fand jedoch keine Worte. Auch ihm tränten die Augen. In Gedanken verfluchte er die drei Täter. „Ich mache euch kaputt, ihr müsst büssen für das, was ihr meiner

Nicole angetan habt!“ Zum ersten Mal, seit er von der Tat erfahren hatte, kamen Rachegefühle auf. Nicht bestraft, sondern gerächt sollten die Verletzungen an Körper und Seele seiner Enkelin werden.

„Sollen wir wieder zurück?“, fragte er behutsam, als sich Nicole etwas beruhigt hatte. „Nein, fahren wir weiter, da muss ich durch, ich kann mich deshalb nicht ewig in ein Schneckenhaus zurückziehen.“ Einmal mehr zeigte sie grosse Stärke. Bigler bekam den Eindruck, dass ihre mentale Kraft die seine übertraf.

In Zürich besuchten sie das Musikhaus Hug. Die Auswahl an Instrumenten erstaunte. Bigler hatte der Verkäuferin zugeflüstert, dass sie bei der Präsentation keine Preise nennen solle. Er liess Nicole mit der Verkäuferin alleine, zog sich zurück, wollte nicht Einfluss auf ihre Entscheidung nehmen. Eine Weile später kam ihm ein strahlendes Gesicht entgegen. Nicole hatte ihre Wahl getroffen, in einem bunten Etui lag die Auserkorene. „Darf ich diese da haben, Grossvater?“

„Ja, wenn sie dir gefällt, gehört sie dir.“ Er begleitete die Verkäuferin zur Kasse und beglich die Rechnung mit seiner Kreditkarte.

Die Einladung zum Essen in einem Restaurant lehnte sie dankend ab. Sie wolle nach Hause und ihr neues Instrument spielen. Bigler wählte auf dem Rückweg eine andere Route und umfuhr so die Stelle, an der Nicole auf der Hinfahrt ausgerastet war.

Bigler hatte es geahnt: Bereits auf der Fahrt mit der Bahn zur Schule – Nicole wollte unbedingt ihren Schulweg so wie früher bewältigen – fühlte sie sich ausgestellt. Keiner sprach sie an, alle schauten weg.

War es aus Mitgefühl für eine Misshandelte oder aus Verachtung einer jungen Frau gegenüber, die es wie eine Schlampe mit mehreren Jungs gleichzeitig getrieben hatte? Sie fühlte sich als Exotin, als Aussätzige. Zu Fuss vom Bahnhof entlang der Hauptstrasse zum Gymnasium traf sie keine ihrer Mitschülerinnen. Sie fragte sich, ob sie zu spät dran sei, und übersah die sich von ihr in Distanz haltenden Klassenfreundinnen.

Im Klassenzimmer, das sie kurz vor Schulbeginn betrat, kehrte augenblicklich eine nie da gewesene Stille ein. Wie gewohnt begab sie sich an ihren Platz. Ein Tuscheln hinter ihr, leises, dennoch hörbares Grinsen vor ihr. Noch bevor der Klassenlehrer ins Zimmer kam, fragte Freddy, ein als Schlauberger bekannter Mitschüler, scheinheilig, wie sie sich als junge Frau heute fühle. Man sehe es ihr nicht an, dass sie seit ihrem letzten Schultag ihre Unschuld verloren habe. Schallendes Gelächter der Jungs. Die Mädchen reagierten irritiert, wurden rot, schämten sich. Einzig die neben Nicole Sitzende schalt Freddy einen Idioten. Wortlos erhob sich Nicole und nahm ihre Sachen. Beim Hinausstürzen stiess sie mit dem Deutschlehrer zusammen, der sich ihr Verhalten nicht erklären konnte.

„Was ist denn hier los?“, fragte er in die Runde, als er die aufgebrachte Bande von Mittelschülern endlich zur Ruhe gebracht hatte. Die Klassensprecherin fragte, ob er denn keine Zeitung lese, dort sei zu lesen, was Nicole erlebt habe. Sie nehme an, dass das auch der Grund sei, weswegen sie die letzten Tage nicht ins Gymi gekommen sei. Und nun habe es tatsächlich einer ihrer Mitschüler geschafft, ihre Schulkollegin so zu beleidigen, dass sie eben aus der Klasse geflohen sei. Zwar hatte er die Zeitungsberichte gelesen, aber dabei nicht erkannt, dass eine seiner Schülerinnen darin verwickelt war. Dass ausgerechnet die zurückhaltende Nicole Opfer einer Untat geworden war, fiel ihm schwer zu glauben.

Vorgesehen hatte er, mit seiner Klasse den Roman „Justiz“ von Friedrich Dürrenmatt, den seine Schüler schon mal gelesen hatten, zu besprechen. Die Frage nach Recht und Gerechtigkeit stellte er in den Mittelpunkt. Ohne sich von seinen vorbereiteten Fragen und Aufgaben an die Klasse allzu weit entfernen zu müssen, kam er auf den aktuellen Fall aus ihrem Umfeld zu reden. Was wäre eine gerechte Strafe, wenn sich bewahrheiten würde, dass ihre Klassenkameradin vergewaltigt worden war? Jane rief in die Klasse: „Jetzt bist du dran, Freddy, du hast Nicole blossgestellt. Zu welcher Strafe würdest du die Arschlöcher, die eine Frau vergewaltigen, verurteilen?“ Stumm schauten die Schüler einander an. Von Freddy kam kein Ton. Er wusste, dass er sich heute blamiert hatte; etwas, das ihm die Mitschülerinnen nie vergessen würden. Max, ein belesener und von seinen Mitschülern als Oberschlauer gehänselt, meldete sich und dozierte aus dem Strafrecht, in dem sinngemäss geschrieben sei, dass für Jugendliche bis achtzehn Jahre eine mildere Strafe für deren Vergehen vorgesehen sei. Und seines Wissens seien die Beschuldigten noch nicht achtzehn.

Nun tobten die jungen Frauen, und mit ihnen auch einige ihrer Mitschüler. „Was glaubst du denn! Einer

Vergewaltigten geht es genauso dreckig, ob ihr Vergewaltiger ein noch nicht achtzehnjähriger Idiot oder ein schon neunzehnjähriger Scheisskerl ist. Ihr Leben ist verschissen. Bis die je wieder mit einem Mann zärtlich sein kann, dauert es, wenn überhaupt, Jahre. Wegsperren sollte man die Täter, wegsperren, bis die alt und grau sind.“ Aufgewühlt schrie nun die ganze Klasse durcheinander. Ihr Lehrer spürte, dass da etwas aus ihnen herausgebrochen war, das die Jugendlichen sehr beschäftigte. Zum Glück läutete die Glocke. Die Deutschstunde war vorbei, ein anderer Lehrer würde in der Folgestunde Mathe unterrichten.

So rasch sie konnte, rannte Nicole von der Schule weg. Weder links noch rechts schauend überquerte sie den grossen Kreisel, den wild hupenden Autofahrer, der sie beinahe überfuhr, beachtete sie nicht. Ihre Füsse trugen sie die engen Gassen hinunter zur Aare. In ihrer Aufregung ging sie rasch dem Ufer entlang, immer den Fluss an ihrer Seite. Ihre Füsse schmerzten, ihr war kalt. Auf einer Holzbank ruhte sie sich kurz auf, fror aber im kalten Wind noch mehr. Ein Schütteln durchdrang ihren Körper. Langsam begannen sich ihre Gedanken zu ordnen. Wie soll es weitergehen mit mir, fragte sie sich unentwegt. Immer heftiger gewann die aus ihrer Sicht einzige Lösung Oberhand: in den Fluss, dann hätte ihr Leiden ein Ende.

Sie stand auf, ging langsam der Aare entlang, ihren Kopf immer wieder dem Fluss zugewandt. Wie ein Magnet zog sie das schnell fliessende Wasser an. Eine kurze Treppe führte sie zur Strasse, die über die Brücke führte. Sie bog ein und ging auf dem Gehsteig bis zur Mitte der Brücke. Das hohe, mit Drahtgittern versehene Geländer würde sie schon überwinden. Dazu müsste sie den wärmenden Mantel ausziehen.

Was nützt mir der Mantel im kalten Wasser, eine Erkältung hole ich mir bestimmt nicht – vorher bin ich tot und meine Sorgen los.

Sie liess den Mantel fallen und begann, das Hindernis, das sie von ihrer Erlösung zurückhielt, hinaufzuklettern. Immer wieder rutschte sie mit ihren Schuhen aus dem Gitternetz. Auch die Schuhe musste sie ausziehen, dann könnte es gelingen. Es würde schmerzen, mit blossen Füssen in die engen Maschen des Drahtgitters zu steigen.

Was sind schon schmerzende Füsse gegen eine gequälte Seele, dachte sie. Dann zog sie zuerst den linken Schuh, dann den rechten aus, liess sie achtlos am Boden und versuchte erneut, das Drahtgitter zu besteigen. Einen kurzen Moment stockte sie, achtete nicht auf den Kleinlaster, der auf ihrer Höhe anhielt. Zwei starke Arme rissen sie vom Geländer weg und hielten sie fest. Ohne Gegenwehr liess sie sich fallen.

Der Mann redete sie in kaum verständlichem, gebrochenem Deutsch an. „Nicht gut, was du machen, so jung und traurig, nicht sterben." Der Fahrer des mit Baumaterial beladenen Wagens rief mit seinem Handy die 144, schaltete die Warnblinker ein und ging zu seinem Kollegen. Er nahm den am Boden liegenden Mantel und wickelte ihn um die Frierende. „Gleich kommen Hilfe."

Nicole schrie ihn an. „Niemand kann mir helfen,

meine Leben ist verpfuscht, ich will nicht mehr!“ Dann fiel sie ihrem Retter in die Arme, ein Weinkrampf schüttelte sie. Erst als die Notfallsanitäter eintrafen, liess sie von ihm ab und liess sich, ohne Widerstand zu leisten, in das Ambulanzfahrzeug legen. Eine Polizeipatrouille hielt und befragte die beiden Bauarbeiter, was vorgefallen sei. Dann folgten sie dem Rettungswagen ins Spital, zur Notfallaufnahme.

Anne hatte ihr Mobiltelefon in ihrem Büro gelassen, eine komplizierte Gebisskorrektur erforderte ihre volle Konzentration. Erst gegen Mittag sah sie den verpassten Anruf einer ihr unbekannten Nummer. Erst überlegte sie, ob sie überhaupt zurückrufen solle – in den vergangenen Tagen hatten verschiedene Presseleute versucht, sie so zu erreichen. Trotzdem drückte sie auf die Verbindungstaste und erschrak, als sich die Notfallabteilung des Kantonsspitals meldete.

„Ihre Tochter wurde heute Morgen eingeliefert. Sie hat versucht, sich umzubringen, ist jedoch körperlich unversehrt.“ Als Erstes gingen ihr die Worte ihres Vaters durch den Kopf, der davor gewarnt hatte, Nicole so kurz nach der Vergewaltigung wieder zur Schule gehen zu lassen. „Ich komme sofort.“ Im selben Moment sah sie ihre Agenda vor Augen – sie konnte den schon einmal verschobenen Patienten nicht wieder absagen. „Nein, nicht ich komme, mein Vater wird Nicole abholen.“

Von Abholen habe sie nicht gesprochen, sagte die Ärztin am anderen Ende, „unser Chefarzt ist der Meinung, dass die junge Frau zur Beobachtung in die Psychiatrie einzuweisen ist“.

Anne schäumte vor Wut. „Wissen Sie, was meine Tochter in den vergangenen Tagen durchgemacht hat, dass man sie auf schändlichste Weise entführt und missbraucht hat? Es war ein Fehler, dass wir ihr erlaubt haben, heute wieder zur Schule zu gehen. Da muss etwas vorgefallen sein, das sie völlig durcheinandergebracht hat. Ich verbiete Ihnen, meine Tochter von Ihrer Abteilung in eine andere zu verlegen. Noch einmal: Mein Vater wird sie am Nachmittag abholen."

„Da müssen Sie uns eine Erklärung abgeben, dass Sie die volle Verantwortung für das Handeln Ihrer Tochter übernehmen." Das sei kein Problem, sie werde eine derartige Bestätigung erhalten.

Gleich nachdem sie das Gespräch beendet hatte, rief sie Bigler an. Ein weiterer erschütternder Tiefschlag traf ihn. Er werde Nicole abholen und zu sich nehmen. Schon am nächsten Tag fliege er mit ihr weg, weg aus dieser verdorbenen Gesellschaft. Er werde das von Anne unterzeichnete Schreiben, in dem sie die volle Verantwortung für ihre Tochter übernehme und ihr Vater die Vollmacht habe für alle Nicole betreffenden Entscheide, auf dem Weg zum Spital bei ihr in der Praxis abholen.

Was war bloss geschehen, was hatte die Kleine zum Suizidversuch getrieben? Sie schien doch am Morgen, als sie zur Bahn ging, zuversichtlich und mutig? Irgendetwas musste doch vorgefallen sein, dass ihr ihre Zukunft derart ausweglos geworden schien. Nach dem kurzen Abstecher in Annes Praxis fuhr er zum Gymnasium.

Einige der Schulfreundinnen hatten Nicole schon besucht, als sie bei ihm in Biswil war. Er wartete ab, immer zehn Minuten vor der Stunde gab es eine kurze Pause. Gleich drei Mädchen aus Nicoles Klasse, darunter Jane, kamen ihm entgegen. Sie gingen auf Bigler zu, und Jane schaute ihn fragend an: „Wenn Sie Nicole suchen, die ist nicht hier. Sie verliess, noch bevor die Schule begann, fluchtartig das Klassenzimmer."

Bigler berichtete kurz: „Nicole ist im Spital, sie wollte sich heute Morgen das Leben nehmen. Es muss etwas vorgefallen sein, das sie zur Verzweiflung getrieben hat."

„Daran ist Freddy schuld", rief eine der anderen Mitschülerinnen, „dieser Lackaffe hat sie mit seinen blöden Sprüchen gedemütigt, bis sie das Zimmer völlig verstört verliess."

„Freddy und was?", fragte Bigler zurück.

„Dort steht Schneider, der lange Lulatsch mit der Zigarette im Mund, typisch, der hält sich an keine Regeln, im Schulhaus herrscht Rauchverbot."

Schnurstracks ging Bigler auf ihn zu. „Du hast meine Enkelin beleidigt, hast sie wegen des an ihr begangenen Verbrechens verhöhnt. Was bist du nur für ein gefühlloser Idiot! Nur mit Glück konnte verhindert werden, dass sie heute früh nicht gestorben ist."

Lässig schaute der Angesprochene auf Bigler herab. „Bei uns gilt nach wie vor Redefreiheit. Wenn Ihre Enkelin sich mit gleich zwei Männern einlässt, hatte sie vorher offensichtlich etwas verpasst."

Lautlos ging er zu Boden – der kräftige Schlag kam unerwartet und heftig. Ohne zurückzuschauen verliess

Bigler den Schulhof und fuhr zum Spital.

Da lag er, der Lange, blutete aus seiner Nase und atmete heftig. Die brennende Zigarette war durch sein offenes Hemd gefallen und brannte auf seiner Brust weiter. Rasch bildete sich ein Kreis um den am Boden Liegenden. „Legt ihn auf die Seite, der kommt wieder", rief Jane. Der Hauswart kam dazu, fühlte seinen Puls und sagte das Gleiche wie Jane. Ob die Rettung gerufen werden solle, fragte einer der Mitschüler. „Wartet ab, wenn er in fünf Minuten noch nicht zu Bewusstsein kommt, könnt ihr ja die 144 rufen", riet der Hauswart.

Insgeheim empfand er Genugtuung – endlich hatte der ungehobelte Schneider eine Lektion erhalten.

Und tatsächlich: Bald öffnete Freddy seine Augen, spuckte und begann an seinem Hemd zu zerren. Er schrie, setzte sich auf und zog das Hemd aus. Er hatte Brandwunden an der Brust und am Bauch – die noch glühende Zigarette hatte sich im Gurt verklemmt. Beim Herausziehen verbrannte er sich auch noch an einem Finger. Die Mädchen lachten: „Das geschieht dir recht, du mit deiner grossen Klappe hast endlich eine Antwort auf dein dummes Gerede erhalten. Eine Antwort, die du noch lange spüren wirst. Schau dir deine Nase an, die ist sicher gebrochen. Sie sitzt zwar noch in der Mitte deiner Fratze, aber steht nach links ab. Freddy mit der Boxernase! Jeden Morgen, wenn du in den Spiegel schaust, wirst du daran denken müssen, dass du ein Mistkerl bist, der eine Mitschülerin beinahe in den Tod getrieben hat!" Ein lauter Applaus, nicht nur von den Schülerinnen, übertönte das Jammern des

Geschlagenen. „Und noch was: Wir alle haben gesehen, wie du in deiner überheblichen Art über den am Boden stehenden Abfalleimer gestolpert und auf dem Boden aufgeschlagen bist. Wenn einer so doof ist wie du kleiner Wichser, kann ihm so ein Missgeschick passieren."

Freddy stand auf und ging zur nächsten Toilette. Sein Magen rebellierte. Das Mittagessen, das er in der Mensa hinuntergeschlungen hatte, landete halb verdaut in der WC-Schüssel. Vor dem Spiegel betrachtete er sein Gesicht und wischte mit einem feuchten Papiertuch das Blut aus seinem Gesicht. Ins Klassenzimmer zurück konnte und wollte er nicht. Ein Arzt müsste seine Nase untersuchen. Jane hatte ihm ohne Absicht eine gute Ausrede für seinen Unfall geliefert.

Er holte seine Jacke aus der Garderobe, verliess das Schulgelände und suchte den Hausarzt der Familie auf. Eine schlimme Sache sei das mit der Nase, da sei einiges gebrochen, ob er eine Begegnung mit Cassius Clay gehabt habe, fragte der Arzt nach der ersten Untersuchung. – Dass Freddy kaum wissen konnte, wer Cassius Clay gewesen war, realisierte der Arzt erst, nachdem er seinen Patienten entlassen hatte. Zu viele Jahre her war es, seit dieser Boxweltmeister seinen Namen geändert hatte und nicht mehr aktiver Boxer war. – Er sei gestolpert und direkt auf den harten Betonboden gefallen, eben dumm gelaufen, gab Freddy zurück.

„Wers glaubt, zahlt einen Franken, aber es ist ja Ihre Nase und Ihre Geschichte", antwortete der Arzt ein wenig belustigt.

Biglers rechte Hand schmerzte. Noch nie war er mit

seiner Faust auf jemanden losgegangen. Eine bisher unbekannte, zwiespältige Regung kam in ihm hoch: Genugtuung, diesem unerzogenen Grobian eine Lektion erteilt zu haben, Bedenken, seine Wut unkontrolliert mit der Faust explodieren gelassen zu haben. Wir sind doch in einem Rechtsstaat, dachte er, wo die Justiz Unrecht ahndet und körperliche Gewalt nur im Notfall zur Selbstverteidigung gestattet. Doch was wäre das Resultat einer Klage gegen den dummen Jungen, gegen einen, der meint, sich mit dummen Sprüchen und Beleidigungen aufspielen zu müssen? Nichts würde geschehen – am Ende wäre er als Kläger mit abgesägten Hosen dagestanden, hätte sich blamiert und würde verlacht werden. Und noch schlimmer, der Name seiner Enkelin würde erneut in den Schmutz gezogen. „Klar", sagte er sich, „wenn der Junge mich verklagt, bin ich dran, dann werde ich mich rechtfertigen müssen."

Nicole lag apathisch im Bett, als er ins Krankenzimmer trat. Sie war wach, wirkte jedoch wie weggetreten. Offensichtlich stand sie unter einem Psychopharmakon. Sie rückte etwas zur Seite, als er sich zu ihr aufs Bett setzte. Schweigend sass er einfach da, noch nicht bereit, mit ihr zu reden. Er liess sie in ihrem nebelhaften Zustand.

Eine Ärztin trat ins Zimmer und richtete sich vor ihm auf. „Ich habe heute mit Ihrer Tochter über den Zustand des Mädchens gesprochen. Ich und mein Kollege sind nach wie vor der Meinung, dass die Patientin zur Beobachtung nach Königsfelden gehört. Wir müssen die Ursachen, die sie zum versuchten Suizid getrieben haben, klären." In einem Satz war Bigler auf den Beinen. „Gehen wir nach draussen, das Kind hat schon genug mitgemacht, sie muss sich Ihren Unsinn nicht auch noch anhören." Er öffnete die Tür und zog die Ärztin in den Flur. „Kennen Sie die Geschichte meiner Enkelin denn nicht, wissen Sie nicht, was ihr vor vier Tagen widerfahren ist? Die Vergewaltigung ist die Ursache für ihren Suizidversuch. Heute Morgen hat sie sich genügend stark gefühlt, um wieder zur Schule zu gehen. Ein Vollidiot hat sie vor der ganzen Klasse blossgestellt und ihr unterstellt, mitschuldig zu sein an dem, was man ihr angetan hat. Sie als Frau sollten ein Sensorium dafür haben, was in ihr vorgegangen sein muss, und wenn nicht, sind Sie hier definitiv am falschen Ort."

Nun schluckte die Frau, die zuvor so forsch aufgetreten war, einmal leer. Uninformiert, ohne die Vorgeschichte zu kennen, hatte sie eine Beurteilung zum Zustand der eingelieferten Patientin gemacht. Sie bat ihn, ihr zu berichten, was Nicole erlebt hatte, auch das, was nicht in den Krankenakten stehe.

Bigler beruhigte sich. Offensichtlich fehlten der Ärztin die Informationen über die Erlebnisse des Mädchens. In kurzen Sätzen berichtete er über die Entführung und die Vergewaltigung. Dann erzählte er von den falschen, tendenziösen Berichten in der Presse und von der in der Schule erfahrenen Demütigung. „Wenn das ein junges Mädchen nicht brechen kann", frage er sie, „was muss denn noch mehr geschehen?" Er beabsichtige, mit seiner Enkelin, für die er wie ein Vater sei, die ihm vertraue und die er liebe wie nichts anderes auf dieser Erde, schon am nächsten Tag nach Mallorca zu fliegen. Auf seiner Finca, fernab vom Geschehen, werde sie sich erholen können. Erst wenn Nicole sich von der Attacke auf ihren Körper und ihre Seele erholt habe, werde er wieder zurückkehren. Ob das in einem oder erst in drei Monaten sei, werde man sehen. In die Schule müsse sie sicher nicht mehr zurück. Er werde für sie eine geeignete Privatschule suchen. Möglicherweise werde sie die Matur ein Jahr später als geplant machen.

„Wenn das so ist, wie Sie sagen, lasse ich das Mädchen ohne Auflagen mit Ihnen gehen. Ich schreibe Ihnen ein Rezept und gebe Ihnen die Adresse eines Kollegen in Palma, den sie nötigenfalls kontaktieren können. Entschuldigen Sie mein unprofessionelles Auftreten." Sie rief eine Pflegefachfrau, die Nicole für die Heimreise vorbereiten sollte.

Zum zweiten Mal innert weniger Tage verliess Nicole das Spital, diesmal mit ihrem Grossvater.

Unterwegs hielten sie bei Annes Wohnung. In Nicoles Zimmer packten sie noch einige Kleider ein.

Endlich daheim angekommen, drehte Diva, die seit Mittag mit im Auto war, eine Runde auf der Wiese und rannte den beiden ins Haus nach. Müde, noch unter dem Einfluss der Medikamente, legte sich Nicole in ihr Bett. Diva, die normalerweise auf einem Hundebettchen im Wohnzimmer schlief, sprang zu ihr und kuschelte sich an sie.

Bigler reservierte zwei Plätze im Flieger – schon nächsten Mittag würden sie auf Mallorca sein. Dann folgte ein langes Telefonat mit seinem Bruder. Bigler erzählte, was geschehen war. Holger war der Meinung, dass Bigler richtig gehandelt hatte, als er dem frechen Mitschüler eine heruntergehauen hatte.

Erst spät am Abend – Nicole war in der Zwischenzeit aufgestanden, hatte geduscht und etwas Weniges gegessen – traf Anne ein. Ihr schlechtes Gewissen, immer dann, wenn ihre Tochter sie brauchte, nicht abkömmlich oder nicht erreichbar zu sein, hatte sie nachdenklich gemacht. Sie setzte sich mit Nicole in eine Ecke, wo sie lange und einfühlend miteinander redeten, auch über ihre Ängste und über Dinge, zu denen sie sich zuvor noch nie ausgetauscht hatten.

Bigler bestellte ein Taxi, das sie am anderen Morgen zum Flughafen nach Basel brachte. Er wollte seiner Enkelin ersparen, im Zug angestarrt zu werden. In der einen Hand hielt Nicole ihre kleine Reisetasche, in der anderen die Sonderanfertigung der Transporttasche für Diva.

Die Akte von Mirko und jene von Goran landeten bei den unerledigten Fällen. Bereits am Folgetag lag die eines neuen Falls obenauf.

Mit der internen Post schickte Wachtmeister Heierle die Einvernahmeprotokolle von Nils, der als über Achtzehnjähriger unter dem ordentlichen Strafrecht stand, an die Staatsanwalt Lenzburg-Aarau. Nach kurzer Durchsicht legte der leitende Staatsanwalt die Akte von Nils in den Korb von Grit Bähler, einer seit einem Jahr als Staatsanwältin gewählten Frau. Es war der erste neue Fall seit über drei Monaten, den er ihr zuwies. „Ich muss sie ins Gebet nehmen“, dachte er dabei. Seit sie in ihrem Amt war, hatte sie noch keinen Fall abschliessen können. Chaotisch bearbeitete sie die Fälle, fand immer wieder neue Gründe, um nochmals über die Bücher zu gehen. Der Fall Nils schien ihm leicht zu bewältigen: Die Sachverhalte waren klar, höchstens zwei weitere Einvernahmen, Vergleiche der Ermittlungen der Jugendanwaltschaft zu den Akten Mirko und Goran sowie die Auswertung der medizinischen Akten.

Zehn

Nicole erholte sich auf der Finca zusehends. War sie zu Beginn noch gefangen von der Schmach und musste das Erlebte fast jede Nacht in Albträumen aufs Neue erleben, verdrängten allmählich erfreuliche Erlebnisse die Vergangenheit. Anfangs hing sie noch schlapp herum und konnte sich zu keiner Tätigkeit motivieren. Einzig mit Diva beschäftigte sie sich, unternahm mit ihr erst kurze, dann längere Spaziergänge. Sie studierte mit ihr kleine Kunststücke ein, sehr zur Freude der Kinder des Pächterehepaars. Mit diesen begann langsam eine stets inniger werdende Beziehung. Als Einzelkind aufgewachsen, entwickelte sich eine liebevolle Zuneigung zum älteren Mädchen und dem ein Jahr jüngeren Buben. Von ihnen lernte sie Spanisch und den mallorquinischen Dialekt, als Gegenleistung half sie den beiden bei den Schulaufgaben.

Regelmässig übte sie auf der Querflöte, allerdings merkte sie bald, dass sie mit ihrem Können an Grenzen stiess. Dank der Vermittlung des Anwalts, den Bigler bei der Suche nach einer Unterrichtsmöglichkeit um Unterstützung bat, fand sich ein pensionierter Musiker, der sich nach langen Jahren mit Tourneen auf Mallorca niedergelassen hatte, jemand, der noch so gerne weiterhalf. Einmal pro Woche fuhr Bigler Nicole zum privaten Unterricht nach Andratx. Während Nicole unterrichtet wurde, erledigte er seinen wöchentlichen Einkauf. Nach dem Unterricht gabs von der Frau des älteren Herrn Kaffee und Kuchen, zu dem auch Bigler eingeladen war. Es folgten Einladungen zum Essen.

Die beiden Männer verstanden sich prächtig und konnten stundenlang über Politik und Gesellschaft diskutieren.

An einem der Treffen nahm die Gattin Nicole zum Hafen mit und flanierte mit ihr durch die Boutiquen. Der Musiker packte die Gelegenheit und fragte Bigler, ob seine Nichte wegen ihrer körperlichen Behinderung gehemmt sei. Es sei ihm aufgefallen, dass sie aus nichtigem Anlass plötzlich wie abwesend und kaum ansprechbar sei. Nie für lange, oft nur wenige Augenblicke. Bigler überlegte kurz und erzählte dann mit Tränen in den Augen, was seine Enkelin erlebt hatte.

Es dauerte, bis sein Gegenüber wieder Worte fand. Dann dankte er für die Offenheit und versprach, nur mit seiner Frau darüber zu sprechen. Als Psychologin werde sie mit diesem Wissen diskret umgehen und mit dem notwendigen Mitgefühl. Bigler stellte richtig: „Seit der Ankunft auf der Insel vor zwei Monaten hat sich Nicole erstaunlich gut von der Geschichte erholt, gewinnt auch täglich mehr Abstand und blüht sichtbar auf. Gleich nach der Untat hatte sie sich geweigert, sich Hilfe von Psychologen zu holen. Ich bitte Sie, nur mit ihr über ihr Problem zu reden, wenn sie es selbst wünscht." Der Musiker versicherte, dass Nicole weder bedrängt noch der Umgang mit ihr anders als bisher sein werde. Als die Zeit nahte, zu der die beiden Frauen zurückkommen sollten, wechselten die beiden Männer das Thema.

Auf ihrem Bummel kehrten die Frauen in einem Lokal am Hafen auf einen Apéro ein. Die Frau bot Nicole an, sie künftig als ihre ältere Freundin zu betrachten und Gertruth zu nennen. Aufgekratzt von ihrem vergnüglichen Nachmittag kehrten sie zurück. Nicole erzählte von den Geschäften und dem emsigen Treiben am Hafen.

Die wöchentlichen Musikstunden erwiesen sich je länger, je mehr zu einem für alle Seiten mit Freude erwarteten Ereignis. Der kinderlos gebliebenen Gertruth wuchs Nicole immer mehr ans Herz. Umgekehrt genoss diese die sich entwickelnde mütterliche Freundschaft. Sie brauchte das, denn zur eigenen Mutter war nie eine innige Mutter-Tochter-Beziehung entstanden. Aufgewachsen bei den Grosseltern, hatte sie die Grossmutter als zwar sehr fürsorgliche und liebe, aber halt immer kränkliche Frau erlebt.

Nicole begann sich wieder, so wie früher, um die Umgebung und das neue Haus auf der Finca zu kümmern. Vom Grossvater liess sie sich erklären, warum und weshalb dies oder jenes getan werden musste. Das Interesse am Ausbau und der Neuorientierung der Landwirtschaft auf dem grossen, meist kahlen Grundstück schien Bigler ein Zeichen der Erholung ihrer Seele zu sein. Nur noch selten dachte Nicole an ihre Misshandlungen. Meist war es ein unerwarteter Anlass, eine Begegnung, die Erinnerungen hervorriefen, mal war es der Geruch von Stroh, dann ein VW Golf, ein Fussballspieler am Fernsehen oder ein Zeitungsbericht. Sie litt immer noch, fühlte aber auch, dass sie die dunklen Erlebnisse allmählich weniger belasteten. Gertruth, mit der sie nie darüber sprach, gab ihr Vertrauen in zuvor fremde Menschen zurück. Ob sich je mit einem jungen Mann ein vertrauensvolles Liebesverhältnis entwickeln könnte, bezweifelte sie.

Im Frühling kam Holger für zwei Wochen zu Besuch. Nicole fiel ihm am Flughafen um den Hals und begrüsste ihn sichtlich erfreut.

Sie hat ihre Lebensfreude zurückgewonnen, das färbt auch auf mich alten Onkel ab, dachte er.

Auf der Fahrt zur Finca erzählte sie davon, was sich in den vergangenen vier Monaten verändert hatte, von ihrer Freundschaft mit Gertruth und den täglichen Aufgabenhilfen für die beiden Kinder der Finca. Es sprudelte nur so aus ihr heraus, weder Holger noch Bigler kamen zu Wort. Das Beste, was Bigler hatte machen können, war, Nicole aus ihrer gewohnten Umgebung zu nehmen und in die Abgeschiedenheit der Finca zu fahren, dachte Holger.

Diesmal waren keine Arbeiten rund ums Haus geplant. Sie wollten den Frühling erleben und vor dem grossen Ansturm der Touristen die schönsten Orte der Insel besuchen, die blühenden Mandelbäume geniessen. Zeit gab es auch, über die Zukunft zu reden. Nicole selbst hatte das Thema auf den Tisch gebracht. So sehr sie die Gemeinschaft mit ihrem Grossvater auch genoss – sie wollte lernen. Die Matur bestehen und studieren. Sie wusste auch, was. Auf ihren täglichen Spaziergängen mit Diva, manchmal war auch Bigler mit von der Partie, wurde ihr Interesse an der Botanik geweckt. Nach ihren Erfahrungen mit ihren Mitschülern sah Nicole ein, dass es die beste Lösung war, ihr letztes Gymnasialjahr in einer Privatschule zu absolvieren. Holger hatte schon vor dem Besuch auf der

Insel einige Angebote geprüft. Gegen einen Internatsbetrieb hatte Nicole nichts einzuwenden, allerdings sollte es ihr möglich sein, die Wochenenden beim Grossvater oder bei der Mutter zu verbringen.

Am ehesten entsprach eine Schule auf dem Zugerberg den gestellten Anforderungen. Holger übernahm es, nach seiner Rückkehr in die Schweiz die Schule zu besuchen, und sofern die Schule sowohl schulisch als auch menschlich seinen hohen Ansprüchen genügen sollte, Nicole provisorisch anzumelden.

Elf

Nach dem Pfingstwochenende flog Bigler mit Nicole und Diva in die Schweiz. Kein Vergleich zur Stimmung bei der Hinreise war ihre Laune, sie war wie ein umgedrehter Handschuh: fröhlich, mit Bigler schäkernd und immer wieder zu Diva in ihrer Transporttasche schauend. Sie schien zufrieden. Ihm war diese zur Schau getragene Fröhlichkeit suspekt. Ist diese beinahe euphorische Beschwingtheit echt, wird ihr Gemütszustand auf der Fahrt durch das Wynental sich in depressives Erinnern wechseln, fragte er sich.

Das Taxi brachte sie bis vor die Haustür. Bigler entliess den Fahrer und stieg Nicole nach in ihre Wohnung. Er wollte bleiben, bis Anne nach Hause kam, und sich von ihr nach Biswil fahren lassen.

Nicole packte ihren Koffer aus. Den grössten Teil der Wäsche hatte sie noch am Tag vor der Rückreise gewaschen und konnte diese sauber in ihren Schrank einräumen.

Bigler setzte sich derweil ins Wohnzimmer und las die am Flughafen gekaufte Zeitung. Nicole machte Kaffee und setzte sich zu ihm. „Du bist wirklich der beste Grossvater, den es gibt, ohne dich wäre ich kaum mehr unter den Lebenden. Du hast mir geduldig beigestanden. Ohne grosses Aufheben zu machen, warst du da, bei mir, und hast mich deine Anteilnahme spüren lassen. Jetzt geht es mir gut und ich denke, dass ich blöde Bemerkungen über den Überfall wegstecken kann.“ Sie legte sich in seine Arme und küsste ihn herzhaft auf die Wange.

Anne, die zwischenzeitlich nach Hause gekommen war, wartete im Flur und trat, erleichtert über den Gemütszustand ihrer Tochter, ins Zimmer. „Was habe ich da eben gesehen: Eine hübsche Frau küsst einen alten Mann!“, zog sie die beiden auf und trat zu ihrer Tochter.

„Mama, wir hatten eine so tolle Zeit, ich habe tolle Leute kennengelernt. Grossvater hat alles für mich getan, und ich bin glücklich, wieder hier zu sein.“ Sie umarmte ihre Mutter und genoss die Nähe sichtlich.

Bigler war zufrieden, das Tief schien überwunden. Er liess sich und Diva von Anne zu seinem Haus fahren, nicht ohne sie auf den geplanten Besuch im Internat zu erinnern. Im Auto berichtete er seiner Tochter, wie Nicole allmählich aus ihrer Lethargie herausfand und langsam die Lebensfreude zurückkehrte. Allerdings wisse er natürlich auch nicht, wie weit ihre Psyche tatsächlich gefestigt sei. Er hoffe, dass nichts passiere, das den Erfolg gefährden würde.

Anne sagte, dass sie am nächsten Tag nicht zur Arbeit gehe, sie habe sich vorgenommen, künftig mehr Zeit mit ihrer Tochter zu verbringen.

Im August, zum neuen Schuljahr, zog Nicole ins Internat. Bigler hatte anlässlich ihres Besuchs den Schulleiter über den gewalttätigen Missbrauch an seiner Enkelin informiert. An sich sollte der Fall in der Schule nicht bekannt sein. Man wisse jedoch nie, ob irgendein Schüler oder eine Schülerin davon wisse und die Geschichte in Umlauf bringe. In diesem Fall erwarte er, dass die Schulleitung angemessen reagiere. Doch nichts dergleichen geschah. Nicole fühlte sich rasch in den Schulbetrieb ein. Ihr Zimmer teilte sie mit einer Gleichaltrigen aus Italien. Giovanna stellte sich als eine aufgeschlossene, immer zu Spässen aufgelegte Kollegin heraus. Nach der ersten Woche fuhr Nicole am Freitagabend fürs Wochenende zu Bigler. Ihre Erzählungen vom Verlauf der ersten Woche bestätigten ihm, dass er mit dieser Schule die richtige Wahl getroffen hatte. Nicole erzählte auch von ihrer Zimmerkollegin. Ob sie Giovanna einladen dürfe, das kommende Wochenende mit nach Biswil zu kommen. Sie könne nur während der Schulferien zu ihren Eltern reisen, die im untersten Süden des Stiefels zu Hause seien. „Selbstverständlich darfst du deine Kollegin einladen, ich freue mich, sie kennenzulernen", sagte Bigler.

Von nun an kam Nicole in Begleitung ihrer mittlerweile zur Freundin gewordenen Giovanna.

In der Regel verbrachten sie die Wochenenden bei Bigler, hin und wieder bei Anne.

Anlässlich eines Besuchs nach den Herbstferien nutzte Giovanna die Gelegenheit, als Nicole mit einem Fahrlehrer unterwegs war, und fragte Bigler, ob er sich vorstellen könne, weshalb sich Nicole standhaft weigere, in den Ausgang zu gehen. Es gebe doch sicher in der Nähe Treffpunkte für junge Leute. Aber Nicole weigere sich, immer wieder finde sie Gründe, weshalb gerade jetzt nicht. Ob sie irgendwann ein traumatisches Erlebnis gehabt habe, denn es komme auch vor, dass Nicole im Schlaf schreie und dann total verschwitzt aufwache.

Nicht, dass Bigler davon überzeugt war dass Nicole ihre Erlebnisse verarbeitet und frei von Ängsten war, doch erschreckten ihn Giovannas Fragen. Wie tief sitzt dieser Schmerz, welcher Teufel schürt und hält die Tragödie warm? „Giovanna, ich habe dich als eine aufrichtige und reife junge Frau kennengelernt", begann Bigler. „Ich verrate dir etwas, aber du musst mir versprechen, es für dich zu behalten. Nicole hat Schreckliches erlebt."

Verblüfft und gleichzeitig neugierig versprach Giovanna, über das, was sie über ihre Freundin erfahren würde, zu schweigen. Bigler erzählte in kurzen Sätzen, was geschehen war und wie Nicole danach von der Presse und an ihrer Schule gedemütigt worden war. Auch ihm kamen die Tränen, als Giovanna laut zu schluchzen begann. Ihr Mitgefühl übermannte sie – auch in ihrer Vergangenheit gab es schreckliche Erlebnisse. Sie erzählte stotternd, dass sie nur deshalb im Internat in der Schweiz sei, weil ihre ältere Schwester von einem nahen Verwandten missbraucht worden war und sie nun vor diesem geschützt weit weg von zu Hause leben müsse.

Bigler goss Tee auf und beruhigte seinen Gast. Er wollte nicht, dass Nicole sie bei der Rückkehr in einem derart aufgelösten Zustand antraf. Giovanna versprach, mit ihr nicht mehr über samstagabendliche Vergnügen zu reden. Bigler wiederum bot an, die beiden jungen Frauen ins Kino oder Theater nach Aarau oder Luzern zu fahren und falls gewünscht dorthin zu begleiten.

In den folgenden Tagen dachte Bigler immer wieder über seine Enkelin nach. Durch Giovanna erhielt er die

Bestätigung, dass es nach wie vor eine offene Wunde gab. Er begann sich auch zu fragen, wann den Vergewaltigern der Prozess gemacht würde. Vera Binggeli von der Jugendanwaltschaft vertröstete ihn auf irgendwann im kommenden Jahr. Der Anwalt Dr. Kalt habe immer wieder Eingaben zum Fall gemacht, auch gebe es aus ihrer Sicht keinen Grund zur Beschleunigung des Verfahrens, schliesslich seien die beiden Beklagten in einem gut betreuten Umfeld und Fluchtgefahr bestehe sicher nicht. Auch die Nachfrage bei der Staatsanwaltschaft, wie weit die Untersuchungen gegen Nils vorankommen würden, war enttäuschend. Die Anklägerin putzte Bigler genervt herunter; es gebe auf ihrem Schreibtisch wichtigere Fälle. Schliesslich sei niemand zu Tode gekommen und eine Wiederholung der Tat sei nicht anzunehmen.

Nach Rückfrage bei seinem Freund und Anwalt Markus erfuhr Bigler, dass unter Insidern die angesprochene Staatsanwältin bekannt sei für ihre chaotische Arbeitsweise. Zudem setze sie Prioritäten, die er nicht verstehe. So sei bekannt, dass sie einen riesen Wirbel verursacht und veranlasst habe, dass Dutzende von Polizisten von ihren üblichen Arbeiten abgezogen wurden, um in Bauernhöfen des Bezirks nachzuforschen, ob dort nicht illegal Kaninchen geschlachtet würden. Tagelang hatten Beamte von Hof zu Hof gehen müssen, hätten auch nicht bäuerliche Kaninchenhalter überprüft, ob denen ein Vergehen gegen die Schlachtverordnung nachgewiesen werden könnte. Ein Schlag ins Wasser – schon nach dem ersten Besuch auf einem Hof sei über Radio M1 von den Durchsuchungen berichtet worden. Alle möglichen Täter seien gewarnt gewesen und hätten etwaige Beweismittel verschwinden lassen können. Frau Staatsanwältin sei offensichtlich immer noch am Bearbeiten ihres Leerlaufs.

„Solange die Prozesse nicht abgeschlossen sind, wird es für Nicole unmöglich sein, sich von ihrer Last zu befreien.“ Frustriert ob der Untätigkeit der Justiz wollte Bigler seine eigenen Recherchen über die Beteiligten machen, die heutigen Lebensumstände der drei Schänder kennen. Dazu müsste er sich in der Nähe der Jungs bewegen und aufhalten. Doch wie sollte er sich, ohne erkannt zu werden, ihnen nähern? Sie kannten ihn ja von der Schule her, als er ihnen mit dem Haselstock gedroht hatte.

An einem Montagmorgen setzte er sich in seinen Range Rover und fuhr über Genf nach Lion. Aus seiner Zeit als Theaterspieler war ihm der Name eines kleinen Herstellers von Perücken bekannt. Im Internet hatte er den Namen gefunden und erfahren, dass eine Tochter des ihm noch bekannten Inhabers in vierter Generation das Atelier weiter betrieb. Er liess sich eine Perücke aus schwarzem und eine aus blondem Echthaar nach Mass anfertigen, dazu einen Schnurrbart, ebenfalls aus Echthaar. Die Nacht verbrachte er in der Stadt und liess sich in einem kleinen Restaurant kulinarisch verwöhnen. Bereits am Dienstagnachmittag war er zurück in Biswil. Zehn Tage später brachte die Post die bestellten Requisiten.

Jetzt galt es nur noch, Schminke zu organisieren.

Kein Problem für ihn – Theaterschminke konnte er leicht übers Internet bestellen. Er wartete mit der Bestellung bis am Freitag, um zu vermeiden, dass diese bereits am Samstag vom Pöstler geliefert wurde und Nicole sich über die Zusendung wundern würde.

Von Mirko war im „Blättli" hin und wieder zu lesen. Seine Karriere beim Fussballklub in Zürich schien nicht so steil zu verlaufen, wie es vor dem Transfer erwartet worden war – noch immer spielte er im B-Team. Zwischen den Zeilen der Zeitungsberichte konnte man erfahren, dass andere als fussballerische Gründe einen Einsatz im A-Kader verzögerten.

Bigler nahm sich vor, sich beim ehemaligen Klub umzuhören. Jeweils am Donnerstagabend fand das Konditionstraining der Aktiven in einer Sporthalle statt. Er nahm an, dass sich die Spieler nach dem Training irgendwo ein Bier genehmigen würden.

In Freizeitkleidung, mit schwarzer Perücke, Schnauz und einem Béret auf dem Kopf fuhr er an einem Donnerstagabend im gemieteten Kleinwagen zum Trainingsort. Ausserhalb des Areals der Sporthalle blieb er im Wagen und beobachtete den Eingang. Kurz vor neun Uhr fuhr ein aufgemotzter Audi A3 auf dem Gehweg direkt vor den Eingang. Nach einem kurzen Aufheulen des Motors stieg Mirko aus dem Wagen und ging zur Tür. „Bingo", dachte Bigler, „der besucht seine alten Kollegen, bei denen kann er angeben – im neuen Klub scheint er keine Freunde gefunden zu haben."

Es dauerte. Gegen halb zehn verliessen die frisch geduschten Sportler die Halle und stiegen in ihre Autos. Mit lautem Getöse fuhren sie dicht hintereinander weg. Bigler folgte und wurde so zum Stammlokal des Vereins geführt. Er beschloss, jetzt nicht ins Lokal zu gehen und stattdessen nach Hause zu fahren. Seine Verkleidung wäre an diesem Abend unnötig gewesen.

Zwei Wochen später – Bigler hatte am Vormittag am Bahnhof in Aarau eine „Le Monde“ gekauft – fuhr er wieder als Franzose verkleidet zum Klublokal der Fussballer. Nach neun trat er dort ein, sah sich um und suchte sich in der Nähe des Stammtischs einen Platz. Er bestellte bei der Bedienung eine einfache Mahlzeit, dazu ein Glas Rotwein. Die Zeitung neben dem Teller, schaute er sich im Lokal um. Nur wenige Gäste waren anwesend. Entweder ist es zu spät am Abend oder der Koch ist ein Dilettant, dachte er. Nach einer kurzen Viertelstunde brachte die hübsche, geschätzte dreissig Jahre alte Serviererin die bestellte Bratwurst mit Rösti. Freundlich wünschte sie einen guten Appetit und fragte, ob sie noch ein weiteres Glas vom Roten bringen dürfe. „Oui, Mademoiselle, s'il vous plaît.“ Die Bratwurst war würzig und die Rösti perfekt, leicht braun gebraten, dazu gab es eine braune Zwiebelsauce.

Noch während er sein Essen genoss, stürmten die jungen Fussballer ins Lokal. Mittendrin Mirko. Unüberhörbar verlangte er, an seinem angestammten Platz zu sitzen. Einen wie es schien erst kürzlich zur Truppe Gestossenen, eher Kleingewachsenen, der sich ohne Absicht an Mirkos Platz gesetzt hatte, scheuchte Mirko unwirsch von seinem Sitzplatz: „Geh weg, du Zwerg, Stars haben hier Vorrang.“

Noch sassen nicht alle am Tisch, schon riefen die Ersten laut nach der Bedienung. Nach dem Training knurrten die Mägen und die Kehlen waren trocken. Nun stand sie mit ihrem Notizblock am Tisch, bereit, die Bestellungen aufzunehmen. „Bring mir erst mal ein Bier", bellte Mirko sie an.

„Ich würde lieber zuerst alle Essensbestellungen aufnehmen, der Chef hat Spaghetti ob, wenn jemand etwas anderes wünscht kann ich das der Küche melden so kommt das Essen rascher", erklärte die Frau.

Die allgemeine Zustimmung zum Bestellprozess wurde übertönt von Mirko. „Ich will jetzt ein Bier, du Schlampe, alles andere ist mir egal, ich habe schon früher gegessen und will nicht weiter warten."

„Lass sie doch, wir haben noch nichts zum Beissen gehabt und sind hungrig, dann bestellen auch wir unser Bier", rief der Trainer dazwischen.

„Ihr seid Waschlappen, die sich von einem Weib befehlen lassen, wie es abläuft", begehrte Mirko auf.

Nur kurz darauf kam die Bedienung erneut an den Tisch und nahm die Bestellungen der Tranksamen auf. Bis auf einen wollten alle ein Bier.

Die Küche kannte die Vorlieben der hungrigen Sportler und hatte bereits deren meistgefragte Lieblingsspeise, Spaghetti Bolognese, vorbereitet. Immer drei Teller aufs Mal trug die Bedienung die Speisen an den Tisch. Als sie einen Teller dem neben Mirko Sitzenden zuschob, langte ihr Mirko mit der einen Hand an die Brust und mit der anderen an ihren Hintern. „Hör sofort auf damit, ich lasse mich von niemandem begrapschen", sagte sie und schob, als sie den Teller loslassen konnte, seine Hände von sich weg. „Ich bin nicht ein Irgendjemand! Wenn ich ein Weib will, dann kriege ich es. Du weisst offenbar nicht, wer ich bin, sonst würdest du mir mit mehr Respekt begegnen.“ Augenblicklich verstummte das laute Gerede. Der Trainer sah sich ein weiteres Mal gezwungen, einzuschreiten: „Mirko, du übertreibst es wieder einmal. Nur weil du in der B-Mannschaft eines grossen Vereins spielst, hast du kein Recht, unanständig zu sein.“ Dabei betonte er für alle hörbar den Ausdruck B-Mannschaft.

Mirko schäumte vor Wut – er war vor der ganzen Truppe zurechtgewiesen worden. Nach wie vor schien ihm die Serviererin die schwächste Person im Lokal zu sein, sodass er noch einmal über sie zu lästern begann. „Das ist doch nur ein Weib, eine, die im Kauern pisst. Das sind Menschen zweiten Grades, deren Dasein ist nur berechtigt, weil sie Männern – und das sind diejenigen Leute, die aufrecht pissen – zudienen und sie befriedigen müssen, merk dir das, du Schlampe.“ Die Stimmung am Tisch sank auf den Gefrierpunkt. Keiner lachte, einige hatten hochrote Gesichter, jeder verachtete den aufgeblasenen Gockel. Einer der älteren Spieler am anderen Ende des Tischs begann, „We are the Champions“ zu singen. Der Filmriss schien geklebt, alle sangen mit.

Bigler beobachtete die ganze Zeit, was sich am Nebentisch abspielte. Er musste sich ob der Ausfälligkeiten des Vergewaltigers seiner Enkelin zurückhalten. Am liebsten wäre er aufgestanden und hätte ihm eine runtergehauen. Doch er blieb ruhig, merkte sich dessen

Worte, stellte zu seiner Beruhigung fest, dass seine Kollegen am Tisch die Grobheiten nicht goutierten. Er nahm seine Zeitung, entfernte sich unauffällig vom Tisch und bezahlte seine Konsumation am Buffet, nicht ohne die Küche zu loben und der Bedienung ein anständiges Trinkgeld zuzuschieben.

Im Auto blieb er erst mal sitzen. Ein solch ungehobelter und frecher Mensch war ihm noch nie zuvor begegnet. Er sinnierte, dass Mirko auch nach seinem achtzehnten Geburtstag, also dem Tag, an dem junge Leute die Volljährigkeit erreichen und damit auch die volle Verantwortung für ihr Handeln zu tragen haben, der gleiche Charakterlump wie zuvor geblieben war. Eine Weile später entledigte er sich noch auf dem Parkplatz seiner Verkleidung und liess Béret, Perücke und Schnurrbart in einer Tasche verschwinden. Zu Hause versteckte er diese in seinem Schreibtisch in der untersten Schublade.

Er machte sich Sorgen, nun, da er selbst als Zeuge im Hintergrund mitbekommen hatte, dass Mirko als derber und aggressiver Macho seit seiner Untat eher noch schlimmer geworden war. Respektlos, frech und von sich eingenommen. Eine Horrorvorstellung, sollten sich Nicoles und sein Weg jemals kreuzen. Von da an verfolgte ihn diese Vorstellung Tag und Nacht.

Ohne Frage hielt er Mirko für den Gefährlichen, den Macho und Anführer, der vor nichts zurückschreckt. Dennoch – auch Goran war ein Beteiligter. Auch er hatte sich an Nicole vergangen.

Von ihm gab es keine öffentlichen Informationen. Er

lebte bei seinen Eltern, machte seine Lehre als Lackierer. An seinen freien Tagen bastelte er mit einem Kollegen an einem alten Chevy. Er war für die Karosserie und den Fahrerraum, sein Freund für die mechanischen Teile zuständig. Wo nötig halfen sie einander. Seine Lust an Sprayereien war nach wie vor da. Nun, seit er mehrere Male mit der Polizei zu tun gehabt hatte, waren er und seine Sprayerfreunde aus der Stadt noch vorsichtiger. Immerhin, es gelang ihnen, dass kein einziger Wagen der Schmalspurbahn ohne ihre farbigen Figuren umherfuhr. Dass auch Goran daran seinen Beitrag geleistet hatte, vermuteten alle. Nur fehlten Beweise. Sich nicht erwischen lassen war für den Trupp die wichtigste Devise. Und der Stolz übermannte sie, wenn es ihnen gelungen war, ein weiteres Mal ein sichtbares Zeichen ihres Tuns zu sehen, wenn ein Bahnwagen mit der noch kaum richtig getrockneten Farbe vom Triebwagen das Tal hinaufgezogen wurde.

Um den Sprayern das Handwerk legen zu können, hätten diese auf frischer Tat ertappt werden müssen. Einige Namen kannte die Polizei. Der Aufwand jedoch, diese Leute dauernd zu überwachen, schien unverhältnismässig. Die Laisser-faire-Politik der Polizeileitung war den meisten Beamten an der Front nicht geheuer. Hartnäckig hielt sich das Gerücht, dass zu den Sprayern auch eine Tochter des Polizeichefs gehöre.

Die Zeit, die der Polizei für eine lückenlose Überwachung fehlte, hatte Bigler. Erst nahm er Gorans Tagesabläufe unter die Lupe. Jeweils am Dienstag und Mittwoch bastelte er mit seinem Freund am Ami-Schlitten. Am Donnerstag musste er im Laden seiner

Eltern Kisten mit Gemüse und Obst einlagern und ordnen. Bigler wollte sich bestätigen lassen, dass jeweils in der Nacht auf Samstag gesprayt wurde. Den Beweis dafür erhielt er, als er einem der Arbeiter des Bahnunterhalts in der Pinte ein Feierabendbier bezahlte. Er redete mit ihm über seine Arbeit, über Politik und das Wetter. Beiläufig kam er auf die versprayten Bahnwagen zu reden. Es war ein Leichtes, von ihm bestätigt zu bekommen, dass die Verunstaltungen stets in der Nacht zum Wochenende bei schwachem Mond vorgenommen wurden. Mit diesem Wissen war es leicht, die Nächte, in denen die Sprayer ihrer Tätigkeit nachgingen, vorauszusehen. Vor der ersten Nacht, in der er Goran zum Treffpunkt der Truppe folgen wollte, vereinbarte er mit Nicole, dass sie das Wochenende bei ihrer Mutter verbringen sollte.

Gegen elf Uhr konnte Bigler, versteckt in seinem gemieteten Kleinwagen, beobachten, wie Goran die Wohnung seiner Eltern verliess und zur Garage, in der er seinem Hobby nachging, lief. Dort verschwand er durch die Tür. Ohne Licht gemacht zu haben, trat er nach wenigen Minuten mit einem Rucksack am Rücken auf die Strasse. Zu Fuss ging er durchs Dorf. Kurz vor der Bahnstation stieg er in einen dort wartenden alten dunkelfarbigen Fiat. Bigler verfolgte das Auto in einiger Distanz. Es fuhr auf direktem Weg nach Aarau und hielt unweit des Polizeikommandos vor einem siloähnlichen Gebäude, dessen Fassaden versprayt waren und farbig leuchtende Lampen den Eingang markierten. Zwei weitere schwarz bekleidete Personen stiegen in den Fiat. Zielstrebig fuhr der Wagen zur Autobahn und dort bis zu einer nur dem Werkverkehr dienenden Ausfahrt. Nun hatte Bigler genug erfahren. Es war ihm nicht darum gegangen, Zeuge eines Vergehens zu werden, doch er hatte nun die Bestätigung, dass Goran sich an solchen Aktionen beteiligte und damit seine Leidenschaft auslebte. Ein Kick, etwas Illegales zu tun. In der Szene angesehen und akzeptiert zu sein. Er fuhr zurück zum Silo, wo die beiden Mitfahrer zugestiegen waren.

Gegen ein Uhr kamen sie zurück und parkierten den Fiat. Ihre dunklen Überkleider und Mützen hatten sie abgelegt. Lachend und einander auf die Schultern klopfend betraten sie das Gebäude.

Bigler sah, dass dort nur Jugendliche ein und aus gingen. Unmöglich, als älterer Mann dort aufzukreuzen, ohne aufzufallen. Er notierte sich das Kennzeichen des Fiats und fuhr nach Hause. Es stellte sich heraus, dass das Auto auf einen Lehrer an der Kunstgewerbeschule eingelöst war. Ob der Lehrer selbst mit dem Fiat unterwegs war oder ihn jemand anders ausgeliehen hatte, schien irrelevant.

Nach den gemeinsamen Herbstferien auf der Finca flog Nicole im gleichen Flieger wie Holger zurück. Als sie über die Privatschule redeten und sie auch von ihrer neuen Freundin Giovanna erzählte, vertraute sie ihm an, dass es ihr nicht mehr möglich sei, sich in Gesellschaft junger Männer ungezwungen zu fühlen. „Es geht so weit“, sagte sie, „dass ich in Arbeitsgruppen, an denen Jungs teilnehmen, gehemmt bin und mich in Diskussionen kaum äussere. Ich sehe hinter jedem einen Rohling, einen, der nur darauf aus ist, mich bei der nächsten sich bietenden Gelegenheit zu missbrauchen. Ich traue nur den Mitschülerinnen, wobei es unter denen auch solche gibt, die einen festen Freund haben, mit dem sie die Wochenenden verbringen. Wenn die erzählen, was sie mit ihren Freunden im Bett so alles treiben – das kann doch nicht Spass machen ...“ Holger schluckte leer. Da war offenbar etwas, das Nicole noch nicht verarbeitet hatte. Etwas, das ihre Persönlichkeit erheblich belastete. Eine junge Frau, in deren Alter sich erste Liebschaften entwickeln, wo Freunde zu Liebsten werden, wo erster Liebeskummer formt und stärkt. In einem Alter, da Erfahrungen und der Umgang mit Sexualität zur Entwicklung eines Teenagers und zur Frau gehören. All dies ist unmöglich, wenn Angst und Misstrauen als Barrieren jede persönliche Beziehung verhindern. Nicole musste geholfen werden, ihre geschundene Seele zu heilen. Ihr geholfen werden zu erkennen, dass es andere Männer als die drei Verbrecher gibt, solche, denen Frauen gleichberechtigte Partnerinnen sind, mit denen sie ihre Zeit und irgendwann ihr ganzes Leben verbringen möchten.

Pädagogisch geschult, den Umgang mit jungen Menschen gewohnt, stand er vor einer kaum lösbaren Aufgabe. „Nicole“, begann er, „es ist für mich ein grosser Vertrauensbeweis, wenn du mich in deine intimen Sorgen einweihst. Es ist sicher nicht richtig, wenn du hinter jedem Jungen einen möglichen Unmenschen siehst. Es gehört dazu, dass sich junge Männer für gleichaltrige Frauen interessieren. Es sind oft kleine Merkmale, die ein Gegenüber interessant machen:

kluge Fragen oder Antworten im Gespräch, Äusserlichkeiten, die den einen anziehen, den anderen kaltlassen. Flirten unter Gleichaltrigen hat nicht automatisch damit zu tun, dass jemand nur Sex haben will. Es kann der Beginn einer Freundschaft werden, später Liebe. Und zur Liebe gehört Sex. Das ist nichts Anrüchiges, das ist nicht Ausbeutung, das kann und soll die Erfüllung der gegenseitigen Liebe werden. Versuche es, such dir einen Freund, mit dem du eine innige Beziehung entwickeln kannst. Lass dich nicht ein mit jenen, die schon beim ersten Date mit dir ins Bett wollen. Denk daran: So, wie nicht jeder Mann oder jede Frau ein Dieb oder eine Diebin, ein Betrüger oder eine Schwarzfahrerin ist, ist auch nicht jeder Mann ein Vergewaltiger."

Nicole dachte lange nach, versuchte, Onkel Holgers Worte zu verarbeiten. „Danke, ich werde es mir zu Herzen nehmen und darüber nachdenken. Bitte sag Grossvater nichts über meine Ängste, er sorgt sich schon genug um mich."

Im McDonald's durfte Nils nicht an der Theke arbeiten. Im Hintergrund rüstete er Gemüse, räumte Abfälle weg und reinigte Kochgeräte. Sein Gesicht, dicht mit Pickeln übersät, wollte der Geschäftsführer des Esslokals nicht im Gästebereich sehen. Sein Aussehen sei ein Widerspruch zur Identität der Kette – schnell, jung, frisch, sauber. Nils hatte begriffen und es war ihm auch egal. Hauptsache ein Job. Und weitab von den Gästen, unter denen es viele gab, die ihn kannten, zu arbeiten, war ihm mehr als recht. Andere in seinem

Alter hatten die Pickeljahre längst hinter sich. Bei ihm waren es mehr und sie wollten nicht verschwinden.

Seitdem er als einer der Mittäter und zum Kreis von Vergewaltigern bekannt wurde, schnitten ihn seine ehemaligen Kollegen und Kolleginnen. Mirko gelang es, ihn gezielt in den Verruf eines Feiglings und Schwulen zu bringen. Er war dabei gewesen, er hatte den Golf gefahren und geholfen, die sich mit Händen und Füssen Wehrende zu entkleiden und mit aller Kraft niederzudrücken. In seinen Fantasien sah er das nackte Mädchen und stellte sich vor, es wäre ein Junge gewesen. Jedes Mal wurde ihm bewusst, dass er mit dem gleich verfahren wäre wie Mirko und Goran mit dem Mädchen. Die Grausamkeit und Gewalt machten ihn an und er wünschte sich, seine Triebe auf ähnliche Weise befriedigen zu können. Je länger er mit seinen Pusteln im Gesicht herumgehen musste, umso heftiger wuchs das Verlangen, seine Sexualität ausleben zu können. Aber so fand er keinen gleichgesinnten Freund, zu abstossend wirkte er. Seine Arbeitskolleginnen hänselten ihn beinahe täglich. Auch seinen Eltern konnte er sich nicht öffnen. Sein Vater hatte ihn aus dem Haus gewiesen. Nils ging davon aus, dass er ahnte, dass er sich nichts aus Frauen machte, auch tat er seine Enttäuschung mit eindeutigen Bemerkungen kund: Einer, der dumm und dazu noch schwul sei, würde er nie in seinem Geschäft arbeiten lassen, hatte er ihn einmal sagen hören. Der Gedanke, sich aus dem Leben zu verabschieden, wuchs in ihm. Er wusste nur nicht, wie er es anstellen sollte.

Der Gast mit langen blonden Haaren und dunkler

Brille, der sich eines Abends im Lokal aufhielt, fiel ihm nicht auf. Doch jener sah genug und machte sich seine Notizen.

Jede Nacht dachte Bigler an seine Enkelin. Bevor der Prozess gegen die drei jungen Männer nicht vorüber war, würde er nicht zur Ruhe kommen. Die Verhandlungen würden die etwas ruhenden Ängste und Erinnerungen wieder aufleben lassen.

Nach mehrmaligen Anfragen und einem bitterbösen Brief seines Anwalts an die Jugendanwaltschaft erfuhr er, dass die Jugendanwältin erwog, den Fall mit einer Mediation abzuschliessen. Schliesslich seien die zwei Jugendlichen seit der Tat nicht mehr auffällig geworden, es habe seither keine polizeilich bekannten Klagen gegen die zwei gegeben. Es würde zu keinem Prozess kommen, die Täter müssten unter der Beobachtung eines Sozialarbeiters eine Anzahl Stunden unentgeltliche Arbeitsleistung erbringen.

Bigler las den Bericht und schlug wütend die Faust auf den Tisch, dass es nur so klirrte. „Das darf doch nicht sein, das ist doch ungerecht“, rief er fassungslos, „jetzt kommen die Kerle mit ein bisschen Schulhofwischen davon! Ein regulärer Prozess muss denen gemacht werden, eine echte Strafe sollen sie bekommen, eine, die richtig schmerzt. Und ein Eintrag ins Strafregister ist das Mindeste, das den beiden blühen soll!“ In seiner Wut und Empörung dachte er allerdings weniger an eine Strafe als an Rache. Daran, dass mit dem vorgeschlagenen Verfahren Gras über das Verbrechen wachsen würde und Nicole nicht nochmals mit der schlimmen Nacht im Heuschober konfrontiert würde, wollte er nicht denken. Über seinen Freund Markus liess er beim Chef der Jugendanwaltschaft protestieren und verlangte einen ordentlichen Prozess vor Jugendgericht.

Noch bevor die langsam mahlenden Mühlen der Justiz einen Prozess gegen die beiden eröffneten, wurde Nils vors Bezirksgericht geladen. Nicoles Anwalt verlangte, dass der Prozess unter Ausschluss der Öffentlichkeit stattfinden sollte. Nils' Vater war nicht bereit gewesen, für seinen Sohn einen Anwalt zu bezahlen. „Wenn der Idiot sich nicht beherrschen kann und sich von seinen lieben Freunden in eine solche Sache reinziehen lässt, soll er die versalzene Suppe, so wie er sie sich eingebrockt hat, auch selbst auslöffeln."

Wegen des möglichen Strafantrags von mindestens zwei Jahren teilte ihm das Gericht einen amtlichen Verteidiger zu. Geständig der Vorhaltungen, verlief sein Prozess rasch. Das Gericht erkannte die Schwere der Tat und führte zu seinen Gunsten ins Spiel, dass zuvor und danach keine Klagen gegen ihn erhoben worden waren und dass er zur Tatzeit nur wenige Monate über dem Alter des Jugendstrafrechts war. Es führte ins Feld, dass er seine Schuld bekenne und er sich aufgrund der Aussagen der beiden anderen Täter und des Opfers nicht an ihm vergangen hatte. Immerhin beurteilte das Gericht die Tat als scheusslich und grausam. Nach kurzer Beratung wurde er zu einer bedingten Strafe von vierzehn Monaten mit einer Bewährungsfrist von zwei Jahren verurteilt.

Niemand ausser den Beteiligten nahm Kenntnis von

der Gerichtsverhandlung. Es war uninteressant, wenn keine zuvor noch nicht bekannten Details zum Verbrechen für eine Schlagzeile gut genug waren. Bigler kochte, tobte in seinem Haus herum. Einer, der die Zukunft seiner Enkelin versaut hatte, ohne den es nicht zur Schändung gekommen wäre, sollte mit einer bedingten Strafe davonkommen. „Der lacht sich doch den Bauch voll. Die Gerichtskosten, die ihm aufgebrummt wurden, zahlt der mit einem halben Monatslohn. Was muss denn noch geschehen, bis solchen Elementen harte Strafen erteilt werden?“ Auch der Presse schien der kurze Prozess keine Meldung wert.

Nach weiteren Wochen des Wartens wurde der Prozess gegen die zwei jüngeren Täter angesetzt. Bigler erfuhr von seinem Freund, dass der Anwalt, der schon nach der Festnahme vor Ort war, die Sache aufblase und mit allen Mitteln versuche, aus dem unter Ausschluss der Öffentlichkeit stattfindenden Prozess eine öffentliche Verhandlung zu machen. Der Typ wollte mit allen Mitteln im Rampenlicht stehen und beweisen, dass er die Jungs rehabilitieren und einen Freispruch herausholen könne. Bigler hatte sich schon kurz nach der Tat über diesen Dr. Kalt informiert und dann – in der Erwartung, dass dieser nicht weiter am Fall beteiligt sein würde – weitere Erkundungen zu seiner Person eingestellt. Nun wollte er dies nachholen.

Bei seinen Nachforschungen erfuhr er, dass sich Kalt jeweils am dritten Donnerstag im Monat mit ehemaligen Schulkollegen zum Jassen im „Bären“ in Suhr traf. Wieder holte er seine Verkleidung hervor. Die Jassrunde sass bereits an ihrem Stammtisch, als er mit blonder Perücke und schwarzer Brille, die „Süddeutsche Zeitung“ in der Hand, an einem Nebentisch einen Platz fand.

Beinahe wortlos spielten die vier einen Schieber. Konzentriert, nur hin und wieder einen Schluck Bier trinkend, fielen die Spieler nicht auf. Doch mit einem Mal ein lautes Hallo und Gelächter. Kalt gratulierte seinen Mitspielern zum Kontermatch und bestellte eine Runde Bier auf seine Rechnung.

Von da an ging es hoch her. Aus mit Spielen, jetzt war Diskutieren angesagt. Erst über Politik, dann über einen kürzlich Verstorben aus der Klasse und dann die neusten schlüpfrigen Witze.

„Du machst offensichtlich wieder einmal Wind am Gericht“, sagte einer zu Kalt. „Du verteidigst die Vergewaltiger, wie fühlt man sich da?“

„Was heisst hier Vergewaltiger – die Jungs haben einfach eine sich bietende Gelegenheit wahrgenommen. Wem ist es schon vergönnt, mit einer Jungfrau zu schlafen!“

Das Lachen am Tisch erstarb.

„Aber es wäre doch nur gerecht, wenn die bestraft werden, es darf doch nicht sein, dass sich jeder nimmt, was er will.”

„Was heisst hier gerecht! Es geht nicht um Gerechtigkeit, es geht um Justiz, und das ist meine Berufung und da kenne ich mich aus. Ich werde die Jungs heraushauen.“ „Noch einmal: Die haben eine noch Minderjährige geschändet, das darf doch nicht ungesühnt bleiben.“

„Was heisst hier geschändet! Frauen in ihrem Alter haben doch heute ihre Freunde, die hat eben am selben Abend zwei gehabt und ist jetzt gleichauf mit ihren Kolleginnen.“

„Du spinnst wohl, das ist doch nicht dein Ernst! Was würdest du tun, wenn anstelle des Mädchens deine Tochter an diese Blödiane geraten wäre?“

„Erstens tummelt sich meine Tochter nachts nicht auf einsamen Strassen rum. Zweitens wäre es nicht zu vergleichen mit diesem Fall, und drittens: Sollte sich tatsächlich einer an meiner Tochter vergehen, würde er das nicht überleben.“

Derjenige, der insistiert hatte, erhob sich vom Stuhl und verabschiedete sich. „Mir genügs für heute. Du bist ein kalter Mensch, einer, der für seine Karriere über Leichen geht.“

Am Tisch blieb es ruhig. Keiner der beiden Kumpane fand den Faden, um ein neues Gesprächsthema aufzunehmen. Schliesslich rief Kalt die Serviertochter, zahlte die Zeche und zog von dannen.

Bigler hatte sich hinter seiner Zeitung versteckt. Mehrmals war er versucht, aufzustehen und Kalt zur Rede zu stellen. Doch er beherrschte sich, blieb sitzen und wartete, bis alle Tischnachbarn gegangen waren. Im Auto blieb er eine Weile sitzen – sein Puls musste wieder runter, bevor er sich traute, nach Hause zu fahren. Auf der Fahrt grübelte er. Wie kann ich verhindern, dass Nicole als Zeugin zum Prozess erschcinen muss? Sie würde zusammenbrechen, wenn der sie befragen und sein zynisches Plädoyer halten würde. Über den muss ich noch mehr wissen.

Wo hält er sich an anderen Abenden auf, mit wem ist er zusammen?

Die Abendzeitung schrieb:

Hoffnungsvolles Fussballtalent kehrt zu seinem ehemaligen Klub zurück

(red.] Wie wir aus gut unterrichteten Quellen erfahren, soll der vor einem Jahr an den Zürcher Grossklub verkaufte Spieler Mirko S. zurück zum FC Wohlen transferiert werden. Über die Gründe wurde nichts bekannt. Eigene Recherchen ergaben, dass der talentierte Stürmer nie in der A-Mannschaft eingesetzt worden war. Man munkelt, Mitspieler hätten sich geweigert, den überaus ehrgeizigen Stürmer in ihrer Mannschaft zu dulden. Ausserhalb des Spielfelds wurde Mirko S. beschuldigt, eine junge Frau brutal vergewaltigt zu haben. Der Prozess wird in wenigen Wochen stattfinden. Bis dahin gilt die Unschuldsvermutung.

Bei Bigler läuteten sämtliche Alarmglocken. Zum einen war da die Bestätigung, dass der junge Mann Probleme im Umgang mit seinem Umfeld hatte. Der Hinweis auf den in Kürze stattfindenden Prozess würden Mirko und sein ebenso ehrgeiziger Anwalt zum Anlass nehmen und Nicole bezichtigen, am Rausschmiss aus dem Zürcher Verein mitschuldig zu sein. Auch würde das öffentliche Interesse am Fall wieder aufblühen. Das bisschen Gras, das über die Geschichte gewachsen war, war ausgerissen worden. Immer grösser wurden seine Bedenken, ob es richtig sei, auf einem Prozess gegen die beiden Jugendlichen zu bestehen, damit die Öffentlichkeit auf den Fall aufmerksam zu machen und möglicherweise Nicole ins Rampenlicht zu bringen. Doch es war zu spät: Er hatte sich über seinen Anwalt eingesetzt, dass ein Prozess stattfindet, eine Rückzugsmöglichkeit gab es nicht mehr. Die Mühlen der Justiz waren am Mahlen. Es blieb ihm nichts anderes, als Nicole vom Rampenlicht fernzuhalten und ihr Hilfestellung zu gewähren.

Beinahe täglich telefonierte Bigler mit Holger. Die Empörung über die Entwicklung übertrug sich auf den Bruder. „Soll ich nicht doch zu dir kommen und dich vor Ort unterstützen?“, fragte Holger. Doch das wollte Bigler nicht, noch nicht. Er meinte, es könne von Vorteil sein, im Hintergrund zu bleiben.

An den folgenden Abenden beobachtete Bigler Kalts Haus. Bald fand er heraus, dass der jeweils am Dienstag und am Freitag ausritt, an den Freitagen in Begleitung seiner Tochter. Eine Stunde ritten sie, die Tochter auf ihrer leichten, führigen Stute, er auf seinem schwarzen Hengst, immer denselben Weg. Vom Stall, zwei Dörfer von ihrem Haus entfernt, ritten sie der Aare entlang, überquerten sie und kamen auf der anderen Flussseite wieder zurück. Unweit des Stalls mussten sie absteigen und ihre Pferde über einen schmalen Steg wieder über den Fluss zurückführen. Nachdem sie ihre Tiere im Stall versorgt hatten, fuhren sie im Auto zurück zur Villa, die Kalt einige Jahre zuvor hatte bauen lassen.

An den Dienstagen lief es nicht immer gleich ab. Manchmal nahm Kalt eine Route, die ihn nach einer Dreiviertelstunde zu einem Lokal führte. Das Pferd hinter der Gaststätte an einem Eisenring angebunden, genoss er am Stammtisch das gutbürgerliche Essen. Oft traf er Leute, mit denen er dann hängen blieb und erst nach Betriebsschluss nach draussen ging. Sein Pferd kannte den Rückweg und führte ihn sicher zum Stall. Die Versorgung des Hengstes geschah dann nachlässig, der Stallbursche übernahm die Pflege am folgenden Morgen. Auf Schleichwegen fuhr er, manchmal mit viel Alkohol im Blut, nach Hause.

Für Bigler war es eine aufwendige und langweilige Observation. Einmal regnete es den ganzen Abend und auf dem verschlammten Trampelpfad gelang es ihm nicht mehr, mit seinem Fahrrad dem Reiter zu folgen. Doch er kannte dessen Ziel und verpasste nichts.

In seinen unruhigen Nächten, nur mit Diva alleine im Haus, entwickelte er immer detailliertere Szenarien, wie er das Recht in seine Hände nehmen würde, wenn die Haupttäter vom Gericht nicht gebührend bestraft würden. Anfangs wies er die trüben Gedanken von sich, um diese, je länger es dauerte, auch am Tag und in Wachphasen immer weiter zu verfeinern. Die schrecklichen Pläne wurden zur Obsession, die sich nicht mehr verdrängen liess, um dann, nach Momenten der Ablenkung, wieder hinterfragt und als Unrecht abgelegt zu werden. Dann besann er sich auf seinen Glauben an die staatlichen Institutionen, deren Teil er selbst gewesen war. Der zivilisierte Umgang miteinander, die Rechtsstaatlichkeit, die er als Politiker hochgehalten und als Errungenschaft der Gesellschaft stets hochgelobt hatte. Doch er konnte die Geister der Nacht nicht abwehren, wenn er erwachte und sich die erlittene Schmach an seiner Enkelin übermächtig vor alle anderen Überlegungen und Grundsätze drängte. Ich glaube, ich beginne zu spinnen, dachte er nach solchen Nächten am Morgen beim Licht des Tages. Doch hatte sich im Schlaf die Rachegöttin Tisiphone in seinem Hinterkopf festgesetzt.

Von all dem versuchte Bigler seine Enkelin fernzuhalten. Die Zeitung mit dem Bericht über Mirko verbrannte er, bevor sie zum Wochenende kam. Doch das Internat war nicht auf einem anderen Planeten, nationale und internationale Tageszeitungen lagen auf. Im Unterricht wurden daraus Diskussionsstoffe gefunden und erörtert. Auch die „Aargauer Zeitung“ lag auf.

Beim Nachtessen am Freitagabend war Nicole wortkarg. Bigler spürte die Verunsicherung, etwas beschäftigte seine Enkelin. Erst nach dem Essen suchte er die Ursache ihrer Befindlichkeit zu ergründen. Es brauchte nicht viel, bis Nicole in Tränen ausbrach und vom

Zeitungsartikel, der sie erschreckt hatte, redete. „Ich habe Angst ... All das, was ich verdrängen konnte, ist wieder hochgekommen. Und bald wird wieder in allen Zeitungen darüber geschrieben. So geschrieben, dass selbst die, die bisher noch nicht wussten, wer die Frau war, die misshandelt wurde, mich als diese Person erkennen. Ich will nicht dorthin, wo mich alle anstarren, wo ich berichten muss, was mir geschah, will nicht Antworten auf peinliche intime Fragen geben."

Bigler erkannte, dass Verdecken und Totschweigen keine Option mehr war. Jetzt war handfestes, greifbares Handeln gefragt. „Ich habe meinen Anwalt beauftragt, zu verhindern, dass du als Zeugin vor Gericht deine Peiniger anschauen musst. Du bleibst in einem Nebenraum, in den die Verhandlung übertragen wird."

„Aber ich muss antworten", begehrte sie auf, „ich werde befragt werden und ich muss Auskunft geben, auch auf Fragen, die ich nicht einmal hören will!"

Ihm fehlten glaubhafte und verbindliche Antworten. Er wusste es, schon weil er sich darüber nächtelang das Hirn zerbrochen hatte. Die Richtlinien des Gerichts bestanden, ein Prozess hat seine Regeln, daran konnte weder er noch sein Anwalt rütteln. Irgendwie musste sie da durch.

Wortlos ging Nicole in ihr Zimmer und schloss sich ein. Nie hatte sie sich ihrem Grossvater verschlossen. Bigler wurde sich seiner noch nie dagewesenen Hilflosigkeit bewusst. Weder am Samstag noch am Sonntag gelang es ihm, mit Nicole ins Gespräch zu kommen, sie wich aus, nahm Diva an die Leine und machte mit ihr lange Spaziergänge.

Nur zehn Tage später rief Anne an. In der Post war die Vorladung an Nicole, sie habe sich als Zeugin im Prozess des Jugendgerichts gegen Mirko S. und Goran Y. am 3. Dezember um zehn Uhr beim Sekretariat im Gerichtsgebäude Aarau zu melden. „Wie bringen wir ihr das bei, und wie wird sie die Vorladung verkraften? Was können wir unternehmen, um sie vor Gaffern und anderen sensationslüsternen Typen, die sich vor dem Gerichtsgebäude aufhalten, zu beschützen?“, fragte sie besorgt.

„Du musst sie dorthin begleiten, sie braucht jemanden, dem sie vertraut und der sie beschützt“, sagte Bigler. „Sie muss hin, auch ich kann es nicht verhindern.“

Anne erklärte, dass sie an jenem Tag freimache und Nicole zum Termin begleiten werde. Sie vereinbarten, sich am kommenden Wochenende bei Anne zu treffen und mit Nicole zu reden. Sie wollten versuchen, ihr die Angst vor dem Prozess auszureden und sie zu beruhigen.

Am Freitagabend übergab Anne Nicole die Post der Woche. Sie las die Vorladung und legte sie gleich wieder weg. Aus den Augen, aus dem Sinn, dachte sie. Als ob nichts Besonderes vorgefallen wäre, erzählte sie von der Woche im Internat, von ihrer Freundin Giovanna, deren Grossmutter verstorben war, weshalb sie nach Hause reisen musste. Ob sie wieder zurück an die Schule komme, sei nicht sicher. Anne und der später dazugekommene Bigler nahmen am regen Gespräch über Gott und die Welt teil. Beide wollten die Lockerheit der Runde nicht mit ihren Sorgen stören. In stillschweigendem Übereinstimmen kamen sie zum Schluss, die Sache ruhen zu lassen.

Beim Abschied kündigte Bigler einen weiteren Besuch am Sonntag an, vor Nicoles Rückfahrt ins Internat.

Normalität aufrechterhaltend, bat Anne ihre Tochter, sie am Samstag zum Einkaufen zu begleiten. Sie wolle sich einen neuen Wintermantel kaufen und denke, dass Nicole sie dabei beraten könne. Mit dem Wagen fuhren sie nach Aarau und parkten im Parkhaus nahe der Altstadt. Nichtsahnend zog es sie in das Damenmodegeschäft, in dem Anne schon seit Längerem ihre Garderobe auswählte und kaufte. Man kannte sie beim Namen und der Inhaber begrüsste die Frau Doktor überschwänglich. Ob es ihr etwas ausmache, wenn ein junger Mann, den er zur Probe als neuen Verkäufer angestellt habe, bei der Beratung mitwirke. Lachend sagte Anne zu und gemeinsam begaben sie sich die Treppe hoch ins Obergeschoss. Zielstrebig ging der Inhaber voraus zu den Wintermänteln. Auf dem Weg dahin bat er einen herumstehenden Mitarbeiter, den Neuen zu rufen.

„Was stellen Sie sich denn vor, Frau Doktor, einen Mantel für alle Tage, oder darf es etwas Exklusives sein?“ „Nun, schon für alle Tage, doch es darf auch etw...“ Ihr blieb das Wort im Hals stecken. Aus einem Nebenraum kam Mirko, in einem Anzug in den Farben der anderen Verkäufer. „Unser neuer ...“ Weiter kam auch er nicht. Anne sah, wie Nicole weinend weglief, und schrie dem Geschäftsinhaber ins Gesicht: „Mit Verbrechern wollen wir nichts zu tun haben! Wie können Sie es sich erlauben, dieses Schwein zu beschäftigen!“ Anne nahm ihre Sachen und rannte ihrer Tochter hinterher. Erst ausserhalb des Hauses holte sie Nicole ein. „Komm, wir fahren nach Hause, darüber müssen wir reden.“ Auf der Heimfahrt weinte Nicole, Anne hatte keine Chance, sie zu beruhigen. Daheim legte sich Nicole auf ihr Bett und wollte niemanden zu sich lassen.

Der Inhaber des Modehauses verstand die Welt nicht mehr. Noch nie war eine Kundin wutentbrannt aus seinem Geschäft geflohen. „Was ist los, Mirko, kennen Sie die Frau?“

„Ja, das war Frau Doktor Bigler und ihre geile Tochter.“

Nun war sein Chef aufgebracht – so zu reden war in seinem Laden nicht üblich. „Wieso kennen Sie die Frau, was ist gewesen, dass sie sich bei Ihrem Anblick derart erschreckt hat? Gibt es etwas, das ich wissen sollte?“

„Ja, die hat mich beschuldigt, ich hätte sie vergewaltigt. In drei Wochen werden wir dann sehen, wer recht hat und wer nicht.“

Was denn in drei Wochen sei, wollte der Chef wissen. Dann finde der Prozess vor Jugendgericht statt, er und sein Anwalt sähen dem Prozess aber gelassen entgegen. Selbst wenn das Gericht zum Schluss komme, dass er schuldig sei, würde er nur eine Jugendstrafe kassieren.

Er solle ihm unverzüglich aus dem Weg gehen und nie wieder sein Geschäft betreten, mit solchen Leuten wie ihm wolle er nichts zu tun haben, schrie der Geschäftsführer ihn an. „Kein Problem, mit solchen hochgestopften Weibern, wie in diesem Geschäft verkehren, will ich sowieso nichts zu tun haben. Und Sie als Chef schauen aus wie eine Tunte, unter so einer will ich nicht arbeiten." Mit diesen Worten machte er rechtsumkehrt und liess erhobenen Hauptes einen verstörten und zur Konter unfähigen Inhaber zurück.

In ihrer verzweifelten Hilflosigkeit rief Anne ihren Vater an. „Das ist es, was mir Sorgen macht, die Begegnung mit den Halunken, noch schlimmer die aggressive Art ihres Verteidigers. Ich versuche nochmals, Nicole vom Erscheinen vor Gericht dispensieren zu können." Er werde am Sonntagmittag vorbeikommen und hoffe, dass dann ein Gespräch mit Nicole möglich sei. Unmittelbar nach dem Anruf versuchte er, seinen Anwalt auf dem Handy zu erreichen. Seine Mailbox nahm den Anruf mit dem Versprechen eines Rückrufs am Montag entgegen. Er sah keine Chance, irgendjemanden, der ihm hätte weiterhelfen können, zu erreichen. Auch die Jugendanwaltschaft hatte für derartige Anliegen nur während der Bürozeiten geöffnet. Es blieb nur noch ein Arztzeugnis, das vor Gericht als Entschuldigung der Absenz angenommen würde. Darüber wollte er mit Nicole reden.

Das Gespräch am Sonntag verlief chaotisch. Anfangs schien Nicole sich beruhigt zu haben, doch als Bigler ein Dispens mit Arztzeugnis zur Sprache brachte, flippte sie aus. „So ein Zeugnis kann nur ein Psychiater ausstellen, und so was wird mich als psychisch Kranke abstempeln – da könnt ihr mich ja gleich nach Königsfelden in die Psychi schicken!“

Anne versuchte zu beruhigen, die Wogen zu glätten. Dann stand Nicole auf, zog sich Mantel und Schuhe an, nahm Diva und sagte, sie mache jetzt einen Spaziergang an der frischen Luft.

Nach zwei Stunden war sie zurück. Nicole erklärte, sie werde am Prozess teilnehmen, sie fühle sich jetzt stark

Vor der Rückfahrt zum Internat vereinbarten sie, dass Nicole erst zwei Tage vor dem Gerichtsprozess zurückkommen würde. Dann würde sie vom sie begleitenden Anwalt nochmals instruiert über die Formalien und wie sie sich in möglichen Situationen verhalten solle.

Eine Woche vor dem Prozesstermin lud Dr. Kalt die Presse zu einem informativen Gespräch. Entgegen allen Usanzen – Verhandlungen vor Jugendgericht sind „zum Schutz der Beteiligten“ nicht öffentlich – brachte er den Fall in Erinnerung. All die Vorhaltungen und Darstellungen, die er ein gutes Jahr zuvor vorgebracht hatte, erneuerte er. Behauptete, Nicole sei aus freien Stücken mit den beiden Jungs gegangen und habe sich dabei amüsiert, habe gar aktiv am Geschehen mitgemacht. Sein Klient habe unter den Vorhaltungen und Anschuldigungen leiden müssen. Die Fussballkarriere sei wegen der Beschuldigungen zuungunsten des hoffnungsvollen Talents verlaufen. Das Fass zum Überlaufen gebracht habe jedoch ein Vorfall wenige Tage zuvor. Die Mutter der jungen Frau habe es, auch dank ihrer Reputation als Frau Doktor Zahnarzt, so weit gebracht, dass dem jungen, willigen Mann die Stelle als Verkäufer in einem Modegeschäft gekündigt worden sei. Es gehe ihm nicht darum, das Gericht zu beeinflussen, er werde jedoch alles tun, um den jungen Mann vom an ihn gerichteten Vorwurf reinzuwaschen. Die Öffentlichkeit habe ein Recht zu erfahren, was sich hinter den Mauern des Gerichts abspiele.

Die Lokalzeitung widmete Dr. Kalts Mitteilungen nur zwei kurze Sätze, ohne auf den Inhalt der Vorwürfe einzugehen. Für die Boulevardpresse hingegen war das die Gelegenheit, wieder einmal grosse Buchstaben zu verwenden. „Fussballtalent wird von Groupie beschuldigt" stand in einer Zeitung, in einer anderen „Die Karriere eines Fussballers verhindert – wird er von der Enkelin eines Lokalpolitikers zu Recht beschuldigt?".

Der Gerichtspräsident rief Dr. Kalt an. Was er da vor der Gerichtsverhandlung inszeniere, verstosse gegen den Anstand und den Gedanken des Jugendstrafrechts. Auch der Präsident der Anwaltsvereinigung rief ihn an. Es gebe Kollegen, die der Meinung seien, dass die Art und Weise, wie er sich vor einem Prozess vor Jugendgericht aufführe, gegen alle Standesregeln verstosse. Er bitte ihn zur Zurückhaltung. „Das ist doch purer Kollegenneid! Das lässt mich kalt, so kalt wie mein Name", war seine Antwort, bevor er die Verbindung unterbrach. Der Zweck seines Auftritts war erfüllt, er hatte die gewünschte Publizität.

Nicole erfuhr von der geschickt eingefädelten Manipulation der öffentlichen Meinung. Die Schlagzeilen der Zeitungen waren gross genug und der Hinweis auf ihre Person eindeutig. In der Schule wurde darüber gesprochen, nicht direkt, doch hinter ihrem Rücken wurde getuschelt, Gerüchte gingen herum, Halbwahrheiten wurden verbreitet. Noch mehr als zuvor zog sich Nicole zurück in ihr Zimmer. Bleich und unaufmerksam folgte sie dem Unterricht.

Je näher der Tag des Gerichtstermins rückte, umso grösser wurde die Angst – die Angst, am Pranger zu stehen für etwas, das man ihr angetan hatte.

Panorama schrieb:

Skandal um jungen Fussballer

[red.] Anlässlich einer Presseinformation vor dem Gebäude des Jugendgerichts sagte Dr. Kalt, der Anwalt des aus Sicht der Verteidigung unschuldigen Mirko S., dieser sei bereits vorverurteilt. So habe die Mutter des „Opfers" ihren Einfluss als stadtbekannte Zahnärztin genutzt, um den tüchtigen Mirko S. von seiner Arbeitsstelle als Verkäufer zu drängen. Er, Dr. Kalt, werde dafür sorgen, dass im Prozess, an dem leider die Öffentlichkeit nicht zugelassen sei, die Wahrheit um die sexsüchtige „Jungfrau" auf den Tisch komme und das Gericht diese würdigen müsse. Er werde nach dem Prozess weiter informieren.

Panorama bohrt weiter und wird nach dem Prozess wieder berichten.

Am Tag, bevor Nicole wie vereinbart nach Hause kehren sollte, rief sie Anne an und bestätigte ihre Heimkehr am Nachmittag des folgenden Tags. Anne hatte sich freigenommen – sie wollte da sein, wenn ihre Tochter ankam. Auch sie sah dem Prozess mit gemischten Gefühlen entgegen. Einerseits wäre es aufwühlend, wenn das schwere Verbrechen in allen Details aufgerollt würde – das würde Emotionen auslösen. Dann war da aber auch der Abschluss, nach dem endlich alles zur Ruhe kommen konnte.

Nervös schaute sie auf ihre Uhr. Eine Stunde nach der Zeit, zu der Nicole in der Wohnung hätte eintreffen sollen, rief sie in der Schule an und fragte, ob ihre Tochter nicht abgereist sei. Sie bekam bestätigt, dass Nicole um die übliche Zeit zum Bus gegangen war. Anne lief unruhig in der Wohnung umher, dann rief sie ihren Vater an. Ob Nicole zu ihm gefahren sei, fragte sie. Nun kam Panik auf. Bigler nahm seinen Wagen und fuhr zu Anne. Diese ging alle Möglichkeiten durch: Wo war sie, wo könnte sie sein? Steckte die Bahn wegen einer Stellwerkstörung wieder einmal fest? Aber dann hätte sich Nicole auf ihrem Handy gemeldet. Erst jetzt kam Anne drauf und wählte Nicoles Handynummer. „Diese Nummer ist zurzeit nicht in Betrieb.“ Die Meldung brachte sie nicht weiter, im Gegenteil, sie verunsicherte noch mehr.

Bigler fuhr zum Bahnhof. Auf dem Bahnhofplatz standen uniformierte Bahnangestellte mit roten Warnwesten bekleidet. Leute standen herum, offensichtlich warteten sie. Was denn hier los sei, fragte er einen der Bähnler. „Es geht noch etwa eine Stunde, bis die Bahn wieder fährt, bis dahin fahren Ersatzbusse.“ Bigler wollte es genauer wissen. „In Aarau hat es einen Personenunfall gegeben, das dauert dann, bis alles geregelt ist, bis die Polizei mit ihren erkennungsdienstlichen Aufnahmen fertig ist, das Personal befragt und ein Ersatz-Zugführer aufgeboten ist. Dann muss der Zug komplett gereinigt werden, bis keine menschlichen Überreste mehr daran haften.“ So genau hatte er es nicht wissen wollen. Zudem kam in ihm eine Höllenangst auf. Er stieg in seinen Wagen und fuhr so schnell es im dichten Verkehr möglich war nach Aarau. Er parkte vor dem niedrigen alten Gebäude hinter dem Hauptbahnhof. Polizeiautos, Erkennungsdienst und ein schwarzer Kombi. Er stieg aus und ging zu den Geleisen; etwa hundert Meter vom Bahnhofgebäude entfernt hinter einer Gruppe von Gaffern sah er die Absperrbänder. Ein grosses Zelt war aufgestellt.

Langsam ging er darauf zu. Er drängte sich durch die Leute, fragte und bekam aber keine Antwort. Die Beamten, die es gewohnt waren, von Sensationslüsternen bei ihrer traurigen Arbeit beobachtet zu werden, verdrängten in ihrer Wahrnehmung die Leute auf der anderen Seite der Absperrung. Bigler wartete. Es begann zu regnen, langsam lichtete sich die Menge der Gaffer, die Polizisten räumten ihre Gerätschaften zusammen. Das Absperrband blieb. Er folgte einem der Beamten, der zu seinem Einsatzfahrzeug ging, um einen grossen Koffer einzuladen. Er stellte sich vor, “Bigler. Wissen Sie schon, wer die verunfallte Person ist?” Erst wies ihn der Mann unwirsch ab, stutzte dann kurz und bat ihn, mitzukommen. Er führte ihn über die

Absperrung zum Leiter der Truppe. „Da ist ein Herr Bigler. War das nicht der Name auf den Ausweispapieren in der Handtasche, die neben dem Zug lag?"

„Folgen Sie mir ins Zelt", sagte der Mann.

Biglers Beine begannen zu zittern. Er fühlte sich unsicher und wurde gewahr, dass ihm eine schreckliche Erkenntnis bevorstand. „Ja, das ist die Handtasche meiner Enkelin", konnte er noch sagen, bevor seine Beine versagten und er in sich zusammensackte.

Der Notfallarzt, der noch auf Platz war, wurde gerufen. Bevor Bigler wieder bei Sinnen war, lag er bereits in einem Rettungswagen.

Anne hatte von ihrer Wohnung aus überall hin, wo Nicole sich hätte aufhalten können, telefoniert. Beim ersten Anruf bei der Polizei wusste niemand etwas, man vertröstete sie. Vermisste junge Frauen gebe es oft, meist kämen die spätestens am Folgetag wieder zurück, sagte ihr der Beamte am Telefon. In keinem der Spitäler in der Umgebung war eine Frau, wie Anne sie beschrieb, eingeliefert worden. Dann erinnerte sie sich, dass Nicole schon einmal versucht hatte, in die Aare zu gehen. Kurz entschlossen zog sie sich an und fuhr auf derselben Strasse wie eine halbe Stunde zuvor ihr Vater nach Aarau. Vor dem Ufer der Aare parkte sie. Nachdem sie den Motor abgestellt hatte, stellte sie Biglers Handynummer ein. Es klingelte lange. Kurz bevor sie wieder unterbrechen wollte, vernahm sie eine weibliche Stimme. Im ersten Moment glaubte sie, ihre Tochter zu hören, erkannte jedoch rasch, dass jemand anderes am anderen Ende war. Die Stimme fragte:

„Sind Sie Frau Bigler, so wie es auf dem Display auf dem Handy angezeigt wird?“ Nachdem Anne das bestätigt hatte, sagte die Stimme, dass ihr Vater einen Zusammenbruch gehabt habe und sich in der Notaufnahme des Spitals befinde.

Irgendwas musste geschehen sein, etwas, das ihn zusammenbrechen liess. Unschlüssig, der Aare nach zu gehen oder ihren Vater im Spital zu besuchen, blieb sie einige Minuten sitzen. Schliesslich fuhr sie ins Spital, in der Hoffnung, Bigler ansprechen zu können und zu erfahren, was der Auslöser für seinen Schwächeanfall gewesen war.

Er berichtete ihr stockend und völlig ausser sich, was offensichtlich geschehen war. Es war ihre Tochter, die sich vor den Zug gestürzt hatte. Das musste sie selbst am Tag darauf bei der Leichenschau bestätigen. Noch bevor klar war, dass es sich bei der Toten um Nicole handelte, hatten die Zeitungen ihre Schlagzeile. „Angebliches Sexualopfer stürzt sich zwei Tage vor dem Prozess vor einen Zug“ schrie ihr die Tageswerbung des Blattes vor dem Kiosk des Spitals entgegen.

Bigler lag auf der Station und schlief tief, als Anne sein Zimmer betrat. Die Pflegefachfrau, die kurz nach ihr vorbeischaute, meinte, dass Herr Bigler nach einer unruhigen Nacht nochmals eine „Beruhigung“ erhalten habe und deshalb kaum vor dem Abend wach werde. Anne hinterliess einige Zeilen und fuhr in ihre Wohnung. Sie versorgte Diva, ging kurz mit ihr nach draussen und legte sich aufs Sofa. Sie fühlte sich unbeschreiblich allein. Der einzige ihr verbliebene geliebte Mensch lag im Spital. Unter Tränen nahm sie eine

Schlaftablette und meinte, im Schlaf ihre Ruhe zu finden, den Problemen auszuweichen. Erst nach einer geraumen Weile konnte sie einschlafen, doch vor dem Geschehenen gab es auch im Schlaf kein Entrinnen. Im Traum verfolgte sie ihr bisheriges Leben, ein Leben, das ganz auf ihren Beruf konzentriert war. Es tat weh. Von Erholung durch den Schlaf keine Spur.

Gegen Abend, mit einem schweren Kopf und ratlos, was als Nächstes zu tun sei, raffte sie sich auf. Diva forderte ihre Rechte. In einen warmen Mantel gekleidet nahm sie den Hund an die Leine und ging an die frische Luft. Immer weiter, zum nahen Wald, durch den Biswind über die in Winterruhe liegenden Felder. Todmüde kehrten sie zurück in die Wohnung, ein kalter Imbiss stillte Annes Hunger. Nun, am Tisch sitzend, überlegte sie, was zu erledigen war. Sie musste die Beerdigung ihrer Tochter organisieren. Die Schule über ihren Tod informieren. All den Amtskram erledigen.

Mit der Organisation der Beerdigung wollte sie warten, warten, bis ihr Vater so weit genesen war, dass er sich dazu äussern konnte.

Zwölf

Was geschehen war, war sich Bigler voll bewusst. Ob wach oder im Dämmerschlaf – das Geschehene blieb präsent. Mit jeder Stunde mehr überwogen Rachegedanken die Trauer. Gedanken, die er schon in den Wochen zuvor gehabt und die er immer wieder zu vertreiben versucht hatte, gewannen Oberhand und wurden allmählich zur Besessenheit. Er überlegte sich, wer seine Rache zu spüren bekommen sollte. Wer bestraft werden musste und wie hart die Strafe jeweils ausfallen sollte. Er machte sich zum Richter über die Beschuldigten und würde zudem der Vollstrecker der über die Beschuldigten verhängten Strafen sein. Die sollten büssen. Und zwar so, dass sie ihr ganzes Leben lang an ihre Schuld erinnert würden und darunter leiden müssten. Für jeden am Tod seiner Enkelin Schuldigen ersann er sich eine adäquate Strafe. Bis ins letzte Detail, nie die Rechtmässigkeit seines Vorhabens hinterfragend, plante er seinen Rachefeldzug. Genauestens überlegte er, wie er vorgehen wollte und welche Hilfsmittel er benötigte. Er würde das allein machen, ohne jemand anderen reinzuziehen. Seine Erkundigungen über die Beteiligten, die er in den Wochen zuvor eingeholt hatte, halfen ihm bei der Planung.

In einer der stets länger werdenden Wachphasen kam ihm in den Sinn, dass sein Bruder Holger noch nichts von der Tragödie wissen konnte. Er verlangte sein Mobiltelefon und rief ihn an. Dieser fand bestätigt, was er befürchtet hatte. Die Schlagzeilen an den Zeitungsständern hatten ihn stutzig gemacht und er hatte deswegen eine der Boulevardzeitungen gekauft. Das konnte nur Nicole sein, von deren Tod hier geschrieben wurde. Nur das Versprechen, das er seinem Bruder gegeben hatte, hinderte ihn, sofort nach Aarau zu fahren. Nun, da er von Bigler hörte, was wirklich geschehen war, fiel auch er in einen Weinkrampf. Es dauerte Minuten, bis er wieder ansprechbar war. Ob er Bigler nicht doch besuchen sollte, um ihm in diesen schweren Tagen beizustehen, fragte er. Bigler verneinte. Er habe in den langen Stunden im Bett Pläne ausgeheckt, in denen Holger nur passiv beteiligt sei, aber doch eine wichtige Rolle spielen werde. Er solle abwarten; in wenigen Tagen werde er ihn am Bodensee besuchen.

Unter der Bedingung, dass er seine Medikamente gemäss der Verordnung einnehme und seinen Hausarzt regelmässig besuche, durfte Bigler drei Tage nach der Einlieferung nach Hause. Anne holte ihn ab und fuhr ihn nach Biswil. Schon auf dem Weg dorthin diskutierten sie über die Beerdigung.

Bigler hatte sich dazu im Spital auch seine Gedanken gemacht. „Wir bestatten die Asche im Grab von Olga, die sollen zusammen sein. Das machen wir ohne Pfarrer – von Nächstenliebe, Vergebung und Schuldigkeit will ich nichts hören! Wir wollen keine Öffentlichkeit, noch weniger die Presse. Das ist eine Angelegenheit, die nur uns beide betrifft.“ Zuerst wollte Anne protestieren. Nach einer Weile musste sie sich allerdings gestehen, dass so einige ihrer Sorgen und Ängste vor einem erwarteten Rummel um den Tod ihrer Tochter vom Tisch wären.

Ein paar Tage vor der Beerdigung eröffnete der Jugendrichter den Prozess gegen Mirko. Einleitend verkündete er, dass die in diesem Fall als Opfer und Zeugin vorgeladene Nicole Bigler am Tag zuvor verstorben sei. Deshalb würden wo möglich ihre Aussagen der polizeilichen Einvernahmen, die kurz nach der Tat erfolgt seien, berücksichtigt.

Nun war die Stunde des Dr. Kalt gekommen. Wie einen zugespielten Steilpass nahm er den Freitod zum Anlass, gegen die Verwendung der Verhörprotokolle zu protestieren. Man wisse, dass Polizeibeamtinnen und Jugendanwältinnen bei Anschuldigungen von Frauen gegen Männer voreingenommen seien, dass sie Suggestivfragen stellen und mit feinen, nur Frauen verständlichen Signalen Aussagen beeinflussen würden. Die Tatsache, dass das vermeintliche Opfer selbst nicht vor Gericht hatte erscheinen wollen, weise auf Angst vor der Wahrheit hin. Er beantrage, dass der Beklagte mangels Beweisen freigesprochen werde.

Davon, dass eine reguläre Verhandlung des Falles nicht möglich sei, wollte der Richter nichts wissen. Vera Binggeli, die Jugendanwältin, verwahrte sich gegen die subtil unterlegten Beschuldigungen weiblicher Komplizenschaft bei der Aufklärung des Falles. Gegen Kalt hatte sie allerdings kaum eine Chance – er trumpfte in einer Art und Weise auf, wie das vor Jugendgericht nicht üblich war. Er verdrehte Tatsachen und fand immer wieder Gelegenheiten für Seitenhiebe. Einmal spielte er die Karte der verwöhnten Zahnarzttochter gegen die fleissigen Underdogs aus, dann jene auf die Vaterlose, deren Mutter es offensichtlich nicht so genau nehme, mit wem ihre Tochter verkehre. Der

Vorfall im Modegeschäft wurde zum Exempel, wie die wohlhabende Mutter mit ihrer in einer Privatschule versorgten Tochter die Zukunft des zu einer Verkäuferlehre willigen Mirko verbaut hatte.

Schliesslich verurteilte der Richter den Angeklagten zu einer bedingten persönlichen Leistung von drei Monaten. Da die geschädigte Person verstorben sei, sehe er keinen Anlass für eine Wiedergutmachung.

Zum Schluss erlaubte sich der Richter, den Vertreter des Beklagten, Dr. Kalt, darauf hinzuweisen, dass die Verhandlungen vor Jugendgericht deshalb nicht öffentlich seien, weil die Privatsphäre der Beteiligten hoch zu werten sei. Er verurteile, dass sich Dr. Kalt vor der Verhandlung gegenüber der Presse geäussert hatte, und sei bestürzt gewesen über den Inhalt der abgegebenen Informationen. Er bitte ihn nochmals eindringlich, insbesondere nach dem tragischen Tod der jungen Frau, sich gegenüber der Presse zurückzuhalten. Kalt lächelte und zeigte sich von der Ermahnung unbeeindruckt.

DieAbendzeitung schrieb:

„Opfer" entzieht sich anstehendem Prozess durch Suizid

(red.] Der gestern kurz gemeldete tödliche Personenunfall im Schienenverkehr hat Auswirkungen auf den Morgen stattfindenden Prozess vor Jugendgericht: Bei der Toten handelt es sich um das „Opfer" bzw. die Zeugin im Verfahren. Wie Dr. Kalt, der Anwalt eines der Beklagten, auf Anfrage erklärte, werde es von seiner Seite aus Rücksicht auf die Angehörigen der Verstorbenen nach dem Prozess keine Informationen geben. Aus seiner Sicht habe sich die Frau durch Suizid „feige der Befragung" entzogen.

Hoch erhobenen Hauptes verliess Mirko das Gebäude. Kalt hatte vorgesorgt – einige Journalisten warteten auf seine Kommentare. Er habe gerade eine Lektion erhalten, rief Kalt den Wartenden zu. Man habe ihm einen Maulkorb verpassen wollen, doch das beeindrucke ihn nicht – das Volk habe das Recht, über ungerechtfertigte Anschuldigungen und die wahren Tatsachen informiert zu werden. Sein Klient sei zu einer bedingten persönlichen Leistung verurteilt worden. Leider sei es dem Gericht nicht möglich gewesen, die ganze und reine Wahrheit des Vorfalls zu finden, da die Hauptperson des Falles sich durch Suizid feige der Befragung durch das Gericht entzogen habe.

Weiter kam er nicht. Selbst die abgebrühtesten Journalisten buhten, in der Nähe stehende Passanten erhoben lautstarken Protest, eine ältere Frau ging mit ihrem Regenschirm auf Kalt los. Kalt drehte sich um, lief schnell weg und verschwand in der nahen Tiefgarage. Sein Klient stand nun ohne Unterstützung da und musste den Zorn der Leute über sich ergehen lassen. Nichts wie weg von hier, so schnell es ging abtauchen.

Die Presse berichtete am Tag von Nicoles Beerdigung nur am Rand über ihren Fall; im Vordergrund standen die allgemein als Entgleisung empfundenen Aussagen des Anwalts. Kalt hatte die gewünschte Aufmerksamkeit, allerdings nicht so, wie er sich das vorgestellt hatte. Die Zeitungen übertrafen sich mit gegen ihn gerichteten Schlagzeilen:

„Da hat einer über das Ziel hinausgeschossen!“

„Pietätloser Anwalt verschafft jugendlichen Tätern ein Pro-forma-Urteil!“

„Darf ein Anwalt alles sagen?“

„Was steckt hinter den dubiosen Anschuldigungen?“

Am folgenden Morgen, nachdem Bigler und Anne die Urne mit der Asche der Verstorbenen in Olgas Grab bestattet und sich dann wortlos getrennt hatten, reiste Bigler nach Mallorca. Tags darauf stiess Holger zu ihm.

Es dauerte, bis sie in der Lage waren, über das, was geschehen war, einigermassen rational zu reden. Die Empörung über die juristische Verarbeitung teilten beide. Bigler begann von Ungerechtigkeit und Vergeltung zu sprechen. Davon, dass er Pläne habe, das Verbrechen an Nicole angemessen zu vergelten. Nicht von Rache sprach er – er wollte seinen Bruder nicht mit einem verwerflichen, unzivilisierten Vorhaben erschrecken. Doch bald konnte er erkennen, dass auch Holger über Vergeltung nachdachte und sich dazu bekannte. Im Spital habe er lange und bis ins kleinste Detail individuelle Rachepläne ersonnen, sagte Bigler. Der Tod sei für die Halunken keine gerechte Strafe. Aber ein langes Leben, in dem die Erinnerung an die Tat täglich präsent und nicht umkehrbar sei, sei schwer zu ertragen. Im Detail müsse Holger nicht wissen, was er vorhabe. Hingegen könne er ihn im Hintergrund unterstützen und ihm als Alibi dienen.

Zehn Tage später flog Holger zurück, Bigler mit Diva einige Tage später. Zurück in der Schweiz ergänzte er die Liste der benötigten Hilfsmittel, fuhr über den Rhein nach Süddeutschland und besorgte sich alles.

Während Bigler auf Mallorca war, fand ohne Aufsehen der Prozess gegen Goran statt. Sein Pflichtanwalt

Dr. Anderegg stellte ihn als Mitläufer dar, der sich ohne Mirko nie zu einer derart scheusslichen Tat hätte hinreissen lassen. Auf die Frage des Richters, ob Goran zu den Aussagen des Opfers aus der ersten Befragung etwas zu ergänzen habe, verneinte er und weinte, als ihm diese vorgelesen wurden. Auch wenn er nicht der Initiant des Verbrechens war, hätte er sich gegen die Entführung und Vergewaltigung auflehnen können, beschied ihm der Richter, zudem habe Goran die drangsalierte Frau ebenfalls vergewaltigt. Deshalb werde er zur gleichen Strafe verurteilt wie sein Mittäter. Seinen Kopf unter der Kapuze seiner Jacke versteckt, verliess Goran das Gericht unerkannt Richtung Bahnhof.

Mitte Januar buchte Bigler für sich und Diva erneut einen Flug nach Mallorca. Auf der Post in Biswil füllte er, wie schon oft, das Formular für den Zustellungsunterbruch seiner Briefpost vom 16. Januar bis am 10. Februar aus. Am Reisetag fuhr er mit Reisegepäck und Diva in seinem Range Rover zur Autobahnraststätte Würenlos vor Zürich. Diva und seine Reisepapiere mit Pass und Divas Impfausweis liess er im geparkten Wagen. Einen mittelgrossen Seesack auf dem Rücken überquerte er die Autobahn durch die Ladenstrasse und stieg auf der gegenüberliegenden Seite in Holgers geparkten Opel. Mit dem Reserveschlüssel startete er und fuhr zur nächsten Ausfahrt, um in der Gegenrichtung an den Bodensee zu Holgers Haus zu fahren. Derweil stieg Holger, der vom Restaurant aus beobachtet hatte, wie sein Bruder in seinem Opel wegfuhr, in den Range

Rover und tat das Gleiche wie der, allerdings auf der anderen Fahrspur, und steuerte den Flugplatz in Basel-Mülhausen an. Wie es Bigler üblicherweise handhabte, wenn er nur für wenige Wochen auf die Insel flog, stellte er den grossen Wagen auf den Langzeit-Parkplatz. Er nahm das Reisegepäck, Diva an die Leine und ging ins Abfertigungsgebäude.

Eine Flugbegleiterin erkannte den oft auf dem gleichen Flug Reisenden und grüsste ihn freundlich als Herrn Bigler. Darauf war er gefasst – er hatte sich vorgenommen, sich so zu verhalten wie sein Bruder. Freundlich distanziert erwiderte er den Gruss und stellte die Tasche mit Diva vor sich auf den Boden.

Den Pächter der Finca hatte Bigler schon am Tag zuvor angerufen und ihm seine Ankunft angekündigt. Zuverlässig wartete dieser beim Ausgang des Flughafens und begrüsste die beiden Angereisten. Er hatte beim letzten Besuch von Nicoles Tod erfahren, kannte jedoch weder die Umstände noch die Todesursache. Auch er und seine Frau waren traurig und bezeugten dies mit Zurückhaltung und Schweigen.

Bigler nahm Besitz von Holgers Haus, schaufelte den Zufahrtsweg frei vom frisch gefallenen Schnee und zündete im Cheminée ein Feuer an. Nach einer langen Nacht, in der er seinen Plan nochmals durchging und nach möglichen Lücken im Ablauf suchte, gönnte er sich am Morgen ein kräftiges Frühstück. Im Dorfladen holte er ein Brot, genauso, wie es Holger üblicherweise tat. Um zehn Uhr kam der angemeldete Monteur der einen Service am Ölbrenner ausführte. Als dieser sich gegen Mittag verabschiedet hatte, schminkte er sich im Bad – zuerst dezent rote Wangen und Nase, dann dunkle Augenbrauen. Gegen Nachmittag setzte er sich ins Auto, seinen Seesack hatte er bei der Ankunft gar nicht ausgeladen.

Er hatte Zeit. Eigentlich war er zu früh, doch er wollte nicht wegen eines Staus auf der Autobahn seinen Plan ändern müssen. Vor Winterthur liess er das Auto stehen, entnahm dem Seesack eine grosse Plastiktasche mit vorbereitetem Inhalt, setzte sich die blonde Perücke auf, schlüpfte in eine Kapuzenjacke und bestieg den Zug nach Zürich. Dort stieg er um auf die S-Bahn.

Das Wintertraining der Fussballer in der Sporthalle war für 19 Uhr angesetzt. Im Lichtschatten stehend beobachtete Bigler die ankommenden Sportler. Seine blonde Perücke hatte er durch eine schwarze, den Hut durch ein Béret ersetzt und unter der Nase klebte ein Schnauz. Er wartete geduldig. Wieder erschien der Fussballstar mit Verspätung. Seinen A3 musste er wohl oder übel weit hinten in der Reihe parken.

Kaum hatte er die Tür zum Aussteigen geöffnet, durchzuckte ihn ein Stromstoss und liess ihn zurück in den Recaro-Sportsitz fallen. Erschrocken vom unerwarteten Schlag des Viehtreibers in den Händen des grimmig dreinschauenden Mannes getraute er sich nicht zu schreien. „Machst du nicht, was ich dir sagen, wird Strom stärker“, sagte der aus der Dunkelheit Aufgetauchte, gebrochenes Deutsch Sprechende. Mirkos Augen liessen in sein Innerstes blicken. Angst, pure Angst hatte das Grossmaul.

Wer will da etwas von mir, ging ihm durch den Kopf.

War das nur ein Scherz oder etwas Ernsthaftes? Zu vielen Menschen war er in der vergangenen Zeit auf die Füsse getreten. Nie hatte er einen Stromstoss erlebt. Feige hatte er sich immer vor der Mutprobe, den Draht eines elektrischen Viehzauns zu berühren, gedrückt. Deshalb konnte er auch die Stärke des Stromschlags, den er so unerwartet erhalten hatte, nicht einordnen. Dann das fremde Gesicht. Der Mann mit rabenschwarzem Haar und dem grossen Schnurrbart. Wenn der mir mein Geld oder Handy abnehmen will, dann soll er es haben, dachte er.

„Hände auf Steuerrad, nahe zusammen“, befahl der Mann. Bevor er wusste, wie ihm geschah, waren seine Unterarme mit einem Kabelbinder zusammengebunden. Er musste auf den Beifahrersitz rutschen, was ihm mit gefesselten Händen etwas Mühe bereitete. Ein weiterer Stromstoss half ihm, sich damit nicht allzu schwer zu tun. Kaum auf dem Sitz, schlang sich ein weiterer Kabelbinder um seinen Hals und fesselte ihn an die Nackenstütze. Auf den Rücksitz warf Bigler die grosse Migros-Plastiktasche mit seinen Utensilien und setzte sich ans Steuer. Langsam fuhr er weg. Niemand hatte die Entführung beobachtet.

Mirko jammerte auf seinem Sitz, fragte, was das solle, weshalb er entführt werde und wohin die Fahrt gehe. Bigler sagte nur: „Du schon erfahren, was ich machen mit du.“ In Mirko rotierten die Gedanken. „Der ist nicht von hier, ein Südländer, schon wie der aussieht und dann wie er spricht. Hat jemand einen Killer engagiert, macht der mich kalt?“ Er begann zu zittern, nackte Panik kam hoch. Er versuchte, sich von seinen

Fesseln zu befreien. Bigler nahm den Viehtreiber aus seiner Jackentasche, drehte anscheinend an einem Knopf und hielt seinem Beifahrer die Kontakte an den Hals. „Wenn nicht sofort ruhig, dann elektrisch“, knurrte er. Von da an hielt sich Mirko ruhig, starrte nach vorne in die Nacht. Dichter Nebel hatte sich bis auf Strassenhöhe gesenkt.

Nach kaum fünf Minuten, kurz vor Lenzburg, blinkte Bigler links und parkte den Audi auf einem Parkplatz. Sicher tausendmal war Mirko hier schon durchgefahren, doch den Platz und die dahinterliegende kleine Wiese mit Lindenbäumen und der auf einem Sockel stehenden mannshohen Holzfigur hatte er nie beachtet.

Es gab nur wenig Verkehr auf der Strasse und diejenigen, die unterwegs waren, mussten sich im dichten Nebel auf die Strasse konzentrieren. Bigler stieg aus und nahm die Tasche. Es dauerte. Mirko fragte sich schon, ob der Mann ihn hier sitzen lasse und der Spuk damit zu Ende sei. Doch zu früh gefreut – Bigler hatte einen Einweg-Schutzanzug angezogen, die Lederhandschuhe gegen Gummihandschuhe getauscht. Als er die Beifahrertür öffnete und den Kabelbinder um den Hals zerschnitt, verlor Mirko endgültig allen Mut. Szenen aus Horrorfilmen, von denen er beinah jeden gesehen hatte, kamen ihm in den Sinn. „Aussteigen und vor mir laufen, keine dumme Gedanke, sonst elektrisch.“ Bigler hielt ihm den Viehtreiber an den Hals und führte ihn auf die Wiese. Er musste sich auf den Sockel neben die Holzfigur setzen. Ein Kabelbinder um den Hals und um die Figur verhinderte jede Fluchtmöglichkeit. Bigler öffnete seinem Gefangenen den Hosengurt und zog ihm die Hose samt Slip herunter. Dann band er einen weiteren Kabelbinder um Mirkos Unterschenkel. „So, jetzt du büssen, nie mehr Fussball spielen, mit kaputte Kniescheibe nicht gut", hörte Mirko leise an seinem Ohr. Etwas Watteartiges wurde in seinen Mund gestopft. Bevor er darüber nachdenken konnte, was wohl als Nächstes komme, kam der erste Schlag. Der zweieinhalb Kilo schwere Hammer zertrümmerte zuerst die eine, dann die andere Kniescheibe. Das Ding im Mund dämpfte die Schreie, brachte ihn beinahe zum Ersticken. Mirko verlor die Kontrolle über seinen Körper, urinierte, wollte zusammensacken. „Noch nicht fertig, du letztes Mal als Mann gepisst, du künftig kauern wie Frauen, du sein wie Weib." Durch die von Tränen verschleierten Augen hatte Mirko das Metzgermesser in Biglers Hand gar nicht gesehen. Mit einem einzigen Schnitt war er entmannt. Alles, was einen Mann ausmacht, lag vor ihm. Es blutete stark. „Du jetzt Frau, du jetzt Damenbinde brauchen", sagte der Peiniger, als er ihm eine zwischen die Beine schob.

Aus Mirkos Jackentasche entnahm Bigler dessen Handy, packte seine wenigen Sachen zusammen, legte sie in die Tasche und fuhr mit dem Audi davon. Nur wenige Kilometer weiter hielt er auf dem Parkplatz einer Firma und entledigte sich des Überzugs und der Gummihandschuhe, zog seine Lederhandschuhe an und stellte die 144 ein. „Beim Matter-Denkmal ist ein Mann am Verbluten." Mehr sagte er nicht. Den Wagen liess er beim Bahnhof in Schönenwerd stehen, nahm seine Tasche und wartete im Dunkeln auf den nächsten Zug. In eine mitgebrachte Zeitung vertieft blieb er bis vor Grenchen sitzen. Kurz vor der Ankunft nahm er seine Sachen und ging zur Toilette. Während der Zug hielt, verwandelte er sich wieder. Die Einkaufstasche samt Inhalt stopfte er in den darin mitgebrachten Rucksack, den Schnurrbart und die schwarze Perücke in eine der Aussentaschen, der er seine blonde Langhaar-Perücke entnahm. Seine beidseitig tragbare Regenjacke wendete er. Mit den einsteigenden Passagieren ging er in einen Wagen weiter hinten, wo er während der kurzen Fahrt bis Biel sitzen blieb. Bevor er ausstieg, klemmte er Mirkos Handy zwischen Sitz und Rückbank.

Über Bern, wo er den letzten Zug nach Zürich Winterthur erreichte, fuhr er zurück zum parkierten Wagen. Gegen halb zwei stand er im Haus seines Bruders unter der Dusche.

Nicht einmal sechs Minuten nach der Meldung traf eine Ambulanz beim Schwerverletzten ein. Noch bevor die erste Streife vor Ort eintraf, lag Mirko im Rettungswagen und wurde ärztlich versorgt. Die abgeschnittenen Körperteile packten die Notfallsanitäter in einen Plastiksack. Kurz vor der Wegfahrt erklärte der Fahrer der Ambulanz den Polizisten, was sie vorgefunden hatten.

Alarm in der Bereitschaft, ein Verbrechen beim Matter. Wachtmeister Heierle war sauer – wieder ein Fall kurz vor Feierabend. Auf dem Platz hatte die Streife eine mobile Beleuchtung aufgestellt, die Strasse gesperrt und die Autofahrer umgeleitet. „Was ist denn hier los gewesen? Man sieht ja nichts“, schnaubte Heierle, als er den Tatort betrat. Die Spurensuche sei bald hier, er solle nicht zum Denkmal gehen und die schon von den Sanitätern zertrampelte Wiese noch weiter belasten. Wenn es da nichts Weiteres zu sehen gebe, könne er ja wieder gehen, murrte er. Staatsanwalt Felder fuhr ein, wollte von ihm Details, die er nicht kannte. „Offenbar ist ein Mann, dessen Identität noch unbekannt ist, schwer verletzt worden. Der Mann, oder was von ihm als Mann noch übrig ist, liegt jetzt im Notfall. Er lebt, scheint jedoch viel Blut verloren zu haben."

Was er damit meine mit: was als Mann noch übrig geblieben sei, fragte der Staatsanwalt.

„Tja, die haben ihn entmannt. Wie der Sanitäter sich ausgedrückt hat, wird der nie mehr in ein Pissoir pissen. Das abgetrennte gute Stück haben sie mit der Ambulanz mitgenommen."

Felder schaute sich um und sagte schliesslich nach einigen Überlegungen: „Hier wurde doch vor über hundertfünfzig Jahren der Bernhard Matter geköpft, der letzte im Aargau zum Tod verurteilte Gauner. Wurde der Mann wohl mit Absicht auf diesem Richtplatz verstümmelt? Hat da jemand Recht gesprochen und sein Urteil selbst vollstreckt?" Heierle musste sich eingestehen, dass Felder schneller im Denken war als er. Er nickte. „Dann müssen wir unsere weiteren Untersuchungen morgen weiterführen, wenn wir mehr über die Person, die hier beinahe geschlachtet wurde, wissen." Darin waren beide gleicher Meinung. Sie liessen die Spurensicherung ungestört ihre Arbeit erledigen und machten sich auf in den Feierabend.

Kaum hatte sich Heierle am darauffolgenden Morgen

an seinen Schreibtisch gesetzt, kamen die ersten Anrufe. Obschon dichter Nebel mit eingeschränkter Sicht herrschte, war der Aufmarsch der Polizei beim Matter beobachtet worden. Ein zur Umkehr aufgeforderter Automobilist hatte seine Beobachtungen dem lokalen Radiosender gemeldet und dafür seine fünfzig Franken Prämie als Hörerreporter erhalten. Er könne noch keine Auskunft geben, sagte Heierle, die Ermittlungen seien im Gang. Die Identität der aufgefundenen Person sei noch unbekannt. Das Nachbohren der Journalisten klemmte er ab und versprach eine Medienmitteilung im Lauf des Tages.

Die Operation an Mirko dauerte eine knappe Stunde. Eine Wiederherstellung war ausgeschlossen. Bei der ersten Notfalloperation blieb den Chirurgen nur, die Blutungen zu stillen, die Wunden so gut wie möglich zu verschliessen und Infektionen zu verhindern.

Bevor er in eine Narkose geschickt wurde, hatte Mirko der Pflegefachfrau noch seine Personalien angeben können. Den Namen erfuhr die Polizei am frühen Morgen. Der Patient sei noch im Tiefschlaf und könne frühestens am späten Nachmittag kurz befragt werden, teilte die zuständige Ärztin am Telefon mit. Heierle rief den Staatsanwalt an. „Ein uns bekannter Kunde ist es, der im Spital liegt. Einer, der sich mit seiner grossen Schnauze viele Feinde gemacht hat. Erst vor Kurzem stand er in einer Vergewaltigungsgeschichte vor Jugendgericht und kam dabei glimpflich davon. Ich denke, da müssen wir nicht weit suchen, wer sich da als Rächer aufführt."

Felder bedankte sich für die Mitteilung. Seine Assistentin beauftragte er, die Akte Mirko zu suchen und ihm vorzulegen.

An der Sitzung mit seinen Leuten drängte Heierle darauf, dass sofort jemand zu Biglers Haus fahre und diesen dingfest mache. Ein schneller Erfolg, noch bevor die Presse über den Fall berichten konnte, würde ihm sicher von oberster Seite eine Belobigung einbringen.

Seine Leute sahen es nicht so: „Wenn es Bigler nicht gewesen ist, stehen wir mit abgesägten Hosen da und blamieren uns“, warfen sie ein. Zuerst müsse der Geschädigte befragt werden, der könne sicher mehr zur Person des oder der Täter aussagen. Heierle stampfte mit den Füssen und unterstellte seiner Truppe, ihm einen raschen Erfolg zu missgönnen. Doch er musste nachgeben, die Ermittlungen sollten nach den üblichen Regeln ablaufen.

Beim Rapport am späten Nachmittag landete Heierle dann auf dem Boden der Tatsachen. Die Beschreibung des Mannes, die Mirko den beiden Beamten, die ihn im Spital aufgesucht hatten, gegeben hatte, passte nicht auf Bigler. Eine rasche Aufklärung des Falles schien in weiter Ferne.

Ein Südländer wurde gesucht, einer, der sich in der Region gut auskannte und sich der Symbolik des Tatorts bewusst war.

Mirkos Eltern, vom Spital informiert, besuchten ihn, kurz nachdem die Polizei ihn befragt hatte. Aus Scham und weil er selbst nicht alle seine Verletzungen kannte, bat er die Ärztin, seinen Eltern darüber Auskunft zu geben. Der Vater, ein rasch aufbrausender Wichtigtuer, verlangte, einen Arzt zu sprechen. Seine Haltung Frauen gegenüber glich jener seines Sohnes.

„Wenn Sie wissen wollen, welche Verletzungen Ihr Sohn erlitten hat, dann bleibt Ihnen nichts anderes übrig, als mit mir vorliebzunehmen“, gab ihm die Frau bestimmt zur Antwort.

Das lasse er sich nicht bieten. Er verlange, von einem Mann Auskunft zu erhalten, andernfalls kümmere sich sein Anwalt darum.

„Wie Sie wollen“, sagte die Ärztin, machte rechtsumkehrt und ging wieder ihrer Arbeit nach.

Dr. Kalt erhielt den Anruf, als er vom Ausreiten mit seiner Tochter zurück in seiner Villa war. Er erfuhr, dass sein ehemaliger Klient misshandelt worden sei und dessen Eltern nicht über die Folgen informiert worden seien. An sich hatte er den Fall abgeschlossen, dazu gab es nichts mehr zu sagen. Anderseits sah er sich schon erneut im öffentlichen Rampenlicht stehen.

Vor dem Spital traf er eine Stunde später auf Mirkos Vater. Beim Empfang verlangte Kalt den behandelnden Arzt zu sprechen. Frau Doktor sei jetzt auf Visite und könne erst in rund einer Stunde Auskunft erteilen, bekam er zur Antwort. Das könne er nicht akzeptieren, sein Klient verlange, von einem männlichen Arzt über die Verletzungen des offenbar schwer verletzten Sohnes zu erfahren. Man habe Rücksicht auf die Befindlichkeit der schon schwer geprüften Eltern zu nehmen, er wolle den Chefarzt, und zwar subito. Nach einigen

Telefonaten erschien der Chefarzt. Ganz in Rage stauchte er den Anwalt zusammen und sagte ihm, dass es hier keine Sonderwünsche betreffend das Geschlecht des behandelnden Personals gebe. Die Ärztin habe die Eltern des Patienten informieren wollen, was dem Herrn da nicht gepasst habe. In einer Stunde sei sie bereit, dies nochmals zu tun. Sichtlich verärgert drehte er sich um und liess den Anwalt stehen.

Kalt redete auf die Eltern ein und erklärte, dass ihnen nichts anderes übrig bleibe, als zu warten und sich von der Frau informieren zu lassen. Wenn es ihnen recht sei, bleibe er bei ihnen.

„Seine beiden Kniescheiben sind irreparabel zertrümmert“, erklärte die Ärztin später.

Bevor sie weiterreden konnte, fiel ihr Mirkos Vater ins Wort. „Dann ist aus mit Fussball, unser Sohn ist ein Krüppel.“

Sie bestätigte, dass es mit zwei künstlichen Kniescheiben wohl kaum möglich sei, gleich gut Fussball zu spielen wie mit unversehrten. „Und dann ist da noch etwas ... Es gibt weitere Verletzungen, die Mirko erlitten hat – er wurde entmannt. Seine äusseren Geschlechtsteile sind weggeschnitten worden.“

Mirkos Mutter, die zuvor immer im Schatten ihres Mannes geblieben war, die sich nie geäussert hatte, schrie laut auf und kollabierte.

„Das darf nicht sein, das ist unerhört, haben Sie das nicht verhindern können!“, schrie der Vater.

„Tut mir leid, doch wir konnten nur noch verhindern, dass der junge Mann verblutet. Was weg ist, bleibt weg, damit wird er leben müssen. – Gibt es noch etwas, das Sie wissen wollen? Ich habe noch Patienten, die auf mich warten.“ Nach einer halben Minute stand sie auf und ging, ohne sich zu verabschieden.

Kalt hatte rasch geschaltet. Emotionslos, rational dachte er das Gleiche wie schon Heierle am Morgen: Das konnte nur Biglers Werk sein.

Mirko hatte anlässlich der ersten Befragung am Morgen auch von seinem Auto und dem Handy gesprochen. Beides habe ihm der brutale Typ weggenommen. Sofort hatte Heierle eine Handyortung veranlasst. Am Nachmittag erhielt er ein E-Mail des Providers, dass das letzte Signal des Handys am späten Abend in Lausanne geortet worden sei. Ob es dann abgestellt wurde oder die Batterie leer sei, könne nicht festgestellt werden. Der letzte Anruf sei an die 144 gegangen. Alle Streifenwagen erhielten den Auftrag, auf den Parkplätzen um Bahnhöfe nach Mirkos Audi zu suchen.

Um halb fünf am Nachmittag hatte sich neben den Zeitungsjournalisten auch das lokale Fernsehen im Presseraum der Einsatzzentrale eingefunden. Heierle und Felder berichteten vom Vorfall, ohne den Namen und die Art der dem Opfer zugefügten Verletzungen zu nennen. Ob es denn Hinweise auf die Personen gebe, die am Überfall auf den jungen Fussballer beteiligt waren, lautete die erste Frage eines Reporters. Es gebe Hinweise auf einen Mann südländischer Herkunft, antwortete Heierle. Ob im vorliegenden Fall Rückschlüsse auf den Jugendgerichtsfall, des Opfers der vor wenigen Wochen stattgefunden hat, gezogen werden könnten, fragte ein weiterer. Es werde in allen Richtungen untersucht, sagte Heierle. Dass er mit seinen Antworten Mirkos Identität bestätigte, konnte er nicht vermeiden.

Kurz bevor Heierle die Presseorientierung beenden wollte, betrat Dr. Kalt den Raum. Er habe gerade erfahren, dass dem jungen hoffnungsvollen Fussballer beide Kniescheiben zertrümmert worden seien. Noch viel schlimmer sei für den Mann aber, dass er von der Täterschaft verstümmelt worden sei. Ohne ins Detail zu gehen, stehe jedenfalls fest, dass das Opfer nie würde Kinder zeugen können. Nun war die Journalistenmeute nicht mehr zu beruhigen. Dennoch schloss Bezirksanwalt Felder die Orientierung in bestimmtem Ton und versprach weitere Informationen zum gegebenen Zeitpunkt.

Es war ein gefundenes Fressen: Der Mix aus Tatsachen, Halbwahrheiten und Gerüchten liess die Zeitungsmacher rotieren. Jeder wollte seine Schlagzeile.

Gegen Mitternacht stiess eine Streife auf den abgeschlossenen Audi. Ein Abschleppfahrzeug wurde aufgeboten und brachte den Wagen in die Werkstatt der Spurensicherung. Den blutverschmierten Einweg-Overall hatte Bigler absichtlich im Fahrzeug gelassen. Fingerabdrücke gab es zuhauf, allerdings keine von ihm – nie hatte er sich ohne Handschuhe im Wagen befunden. Wem diese zuzuordnen waren, gab den Untersuchenden schon mal zu tun. Zwei schwarze Haare im Overall waren der Höhepunkt der Aktion. Heierle hatte was für die Presse. Allerdings würde eine DNA-Analyse erst drei Tage später vorliegen. Über seinen Freund bei der Staatsanwaltschaft machte Kalt

Druck. Das konnte nur Bigler gewesen sein. Niemand anderes hätte ein Motiv gehabt, den Jungen derart zu malträtieren.

Die Abendzeitung schrieb:

Neue Erkenntnisse im Fall Mirko S.
[red.] Anlässlich der heutigen Presseorientierung bestätigte der Polizeichef indirekt das Gerücht, dass es sich beim gestern beim Matter-Denkmal Aufgefundenen um den jungen Mirko S. handelt. Dieser ist aus unterschiedlichen Gründen bekannt. Offenbar hatten seine Leistungen als Fussballer dem Verein in Zürich, zu dem er ein Jahr zuvor transferiert worden war, nicht genügt, sodass er in letzter Zeit wieder bei seinem alten Verein trainiert hat. Als Hauptbeschuldigter in einem Prozess, bei dem es um Vergewaltigung ging, wurde er zu einer geringen Jugendstrafe verurteilt. Die ihm zugefügten Verletzungen sollen derart gravierend sein, dass er seine Fussballkarriere beenden muss. Im Weiteren konnte der Anwalt Dr. Kalt, der Mirko S. seinerzeit vor Gericht vertreten hatte, bekannt geben, dass das Opfer im Intimbereich ernsthaft verletzt wurde. Die Polizei sucht aufgrund ihrer Ermittlungen nach einem Südländer, der gebrochen Deutsch spricht. Es gibt Hinweise, dass der Täter sich nach der Tat mit der Bahn in Richtung Frankreich abgesetzt hat. Hinweise aus der Bevölkerung zum Mann oder Beobachtungen rund um das Matter-Denkmal nimmt die Polizei jederzeit entgegen.

Die Polizeistreife, die zu Biglers Haus geschickt wurde, traf dort die Putzfrau an, die auch während seiner Abwesenheit zum Haus schaute, Blumen goss und den Briefkasten leerte. „Herr Bigler ist seit einigen Tagen auf seiner Finca in Mallorca“, gab sie den Beamten Auskunft.

„Also scheidet Bigler aus“, sagte Heierle, als er über Funk davon erfuhr. Die junge, aufmerksame Beamtin Dolores in seinem Büro meinte: „Der könnte ja auch nicht geflogen sein und sich irgendwo aufhalten, oder er ist am Tatabend zurückgekommen und am Morgen wieder weggeflogen.“ Heierle knurrte etwas in seinen Dreitagebart. „Das könnte sein, klären Sie das ab.“

Schon am Mittag lagen die Berichte der Fluggesellschaften auf ihrem Tisch. Nur der Hinflug am Dienstag wurde bestätigt. Die Beamtin rief Anne an und fragte sie nach der Adresse der Finca. Diese war ungehalten über den Anruf und verstand nicht, weshalb die Polizei die Adresse ihres Vaters wissen wollte. Widerwillig gab sie sie an. Die fliessend Spanisch sprechende Dolores rief die Polizei in Palma an und bat um Auskunft. Sie solle ihr bestätigen, wann Bigler angekommen war und ob er dortgeblieben sei.

Nur eine knappe halbe Stunde dauerte es, bis der Rückruf kam. Sie hätten mit dem Pächter und ehemaligen Besitzer der Finca gesprochen. Der mit dem Hund sei am Dienstag angekommen und geblieben. Er habe jeden Abend zusammen mit der Familie gegessen. Das wörtlich übersetzte Gesprächsprotokoll legte sie Heierle auf den Tisch, bevor sie in die Pause ging.

Heierle, der sonst nicht viel auf sich hielt, oft ungepflegt zur Arbeit erschien und aber dafür bekannt war, dass er jedes Protokoll pingelig auf Schreib- und Tippfehler prüfte und diese mit Bleistift korrigierte, las das kurze Protokoll. „Ja, die Secondos – schon gut, wenn die mehrsprachig sind, aber richtiges Deutsch sollten sie trotzdem können." Mit dem Bleistift korrigierte er „von der mit dem Hund ist" in „der ist mit dem Hund". Nun stand fest: Bigler selbst konnte es nicht gewesen sein. Er liess Nicoles Akte kommen. Ganz aufgeregt zeigte er Dolores, die aus der Pause zugekehrt war, das Dokument. „Nicoles Vater war ein Franzose, die Mutter hat das Mädchen nach ihrer Rückkehr aus Paris unehelich zur Welt gebracht. Die Spur nach Westen wird langsam heiss!"

Er rief Felder an. Der Fall begann internationale Kreise zu ziehen, jetzt musste der Staatsanwalt aktiv werden.

Einem seiner Kumpel, der ihn im Spital besuchte, hatte Mirko von einem Franzosen erzählt. Hatte ihn beschrieben, auch über das wenige, das er gesagt hatte, berichtet. Am selben Abend erzählte der Kollege nach dem Training alles im Stammlokal. „Da war doch vor ein paar Wochen am Abend, als Mirko die Serviererin anmachte, am Nebentisch ein Franzose. Der hat doch eine französische Zeitung gelesen und ein Béret getragen", rief der Goalie in die Runde. Jetzt erinnerten sich auch andere, die Figur wurde zur Gewissheit. Tags darauf meldete sich der Trainer beim Polizeikommando und berichtete von den Beobachtungen im Lokal.

Endlich trafen die Ergebnisse der DNA-

Untersuchungen ein. Sie waren allerdings eher verwirrend als hilfreich: Eines der im Auto des Entführten gefundenen Haare stammte von einer Frau. An der allmorgendlichen Zusammenkunft der im Fall ermittelnden Beamten war man sich einig, dass dieses Haar höchstwahrscheinlich einer der jungen Frauen, die sich mit Mirko im Auto vergnügt hatten, zugeordnet werden musste. Ermittlungsrelevant schien es nicht zu sein.

Die Indizien liessen sich auf eine südländische Person, vermutlich Franzose, konzentrieren, gab Heierle an der Presseinformation am späten Nachmittag bekannt. Man nehme an, dass der Täter mit der Bahn bis in die Westschweiz gefahren sei. Der letzte Hinweis sei das dem Opfer entwendete Handy, dessen letztes Signal in Lausanne geortet worden sei. In Paris sei eine Person zum Fall befragt worden. Die aus den im Wagen gefundenen Haaren erstellte DNA-Analyse ergebe keine Übereinstimmung mit einer in der internationalen Datenbank registrierten Person.

Im Bericht unterschlug Heierle den Fund des zweiten Haares. Auf Fragen der Anwesenden wollte er aus Rücksicht auf die laufenden Ermittlungen keine weiteren Auskünfte erteilen.

Nicoles leiblicher Vater hatte vom Tod seiner Tochter erfahren. Zeit ihres Lebens hatte er sie nie gesehen, jedoch pünktlich zu jedem Monatsende tausend Euro an Anne überweisen lassen. Seine Frau hatte nichts davon gewusst. Wenige Wochen, bevor sich Nicole das Leben nahm, war sie an Leukämie verstorben.

Damals dachte er wieder vermehrt an seine uneheliche Tochter und beabsichtigte, mit Anne Kontakt aufzunehmen und sie und Nicole zu besuchen. Die Nachricht ihres Todes traf ihn schwer, trotzdem wollte er sich mit Anne treffen.

Die Befragung durch die Pariser Polizei nahm er zum Anlass, nach Aarau zu reisen. Anne, zuerst nicht gerade erbaut über den angekündigten Besuch, empfing ihn im „Einstein". Das Restaurant nahe beim Bahnhof schien ihr für das erste Wiedersehen mit dem Vater ihrer Tochter geeignet.

Sie begrüssten einander wie alte Bekannte. Der Zwei-Meter-Mann machte auf Anne einen geknickten Eindruck. Viel hatten sie einander zu erzählen, traurig waren die Erlebnisse der vergangenen zwei Jahre. Patric berichtete von der Befragung der Polizei in Paris. Anne konnte ihm nur so weit, wie sie es selbst wusste, Auskunft geben. Er werde sich am folgenden Tag bei der hiesigen Polizei melden, sagte er und bemerkte gleichzeitig, dass das nicht der Grund sei, weswegen er angereist sei. Es sei Anne, die er habe sehen wollen. Sie verabredeten, sich am nächsten Abend wiederzusehen.

Heierle empfing den vornehm wirkenden Fremden in seinem Büro. Allerdings kam er mit seinem Schulfranzösisch nicht weit, eine Konversation war unmöglich. Dolores musste her. Sie erklärte Patric, nachdem er seine Personalien bekannt gegeben hatte, um was es im vorliegenden Fall ging.

Dass er als Täter auszuschliessen war, schien allen

klar. Die Beschreibung wies auf einen wesentlich kleineren Mann hin. Auch der Overall hätte ihm nicht gepasst. Zudem wurde bereits in Paris ein für die Tatzeit wasserdichtes Alibi bestätigt.

Es gab keine Anhaltspunkte, keine Spur zum Täter. Vor dem Weggehen konnte Dolores seine Handynummer notieren. Er werde sich noch einige Tage in der Schweiz aufhalten und stehe für weitere Auskünfte zur Verfügung.

Am Abend führte Patric Anne zum Essen nach Zürich aus. Sie fühle sich in Aarau stets beobachtet, deshalb meide sie die Stadt, hatte sie ihm zu verstehen gegeben. Im Gespräch kamen sie sich immer näher. So vieles gab es, das in den beinah zwanzig Jahren, seit sie in Paris zusammen waren, geschehen war. Er konnte ihr glaubhaft machen, dass er seine Tochter hatte besuchen und sehen wollen, etwas, das ihm nun verwehrt war. Warum Anne nicht geheiratet hatte, traute er sich nicht zu fragen. Das wollte er sich aufsparen.

Schliesslich blieb er eine ganze Woche und jeden Tag sahen sie sich. Beim Abschied versprach Anne, ihn im kommenden Frühling in Frankreich zu besuchen.

Gut zwei Wochen später kehrte Holger mit Diva zurück. Im Range Rover fuhr er kurz nach Basel auf den Parkplatz der Raststätte Pratteln. Wie bei der Übergabe vor der Abreise durchquerte er das Gebäude und fuhr in seinem auf der anderen Strassenseite geparkten Opel nach Hause. Bigler, der im Restaurant einen Kaffee getrunken hatte, ging zu seinem Auto, wo er stürmisch von Diva empfangen wurde.

Schon einen Tag später suchte ihn Heierle auf. Er wolle sich mit ihm über den Fall seiner Enkelin unterhalten, es habe ein Ereignis stattgefunden, in dem er einen Zusammenhang zu ihm sehe. Was denn geschehen sei, fragte Bigler erstaunt. Nach seinem unvollständigen Bericht sagte Bigler nur: „Das geschieht dem Schweinehund recht, aber weshalb erzählen Sie mir das?“ „Könnte ja sein, dass Sie mit der Sache etwas zu tun haben“, sagte Heierle mit einem süffisanten Lächeln. Er solle verschwinden, solche so weit hergeholten Beschuldigungen seien unangebracht, sagte er, drehte sich um und knallte die Tür vor Heierle zu.

Etwa zwei Wochen nach dem Überfall konnte Mirko das Spital fürs Erste verlassen. Weitere Operationen sollten folgen. Jetzt im Rollstuhl war er auf seine Freunde angewiesen. Tagelang musste er zu Hause bleiben. Eine Spitex-Frau besuchte ihn täglich, wusch ihn, leerte den an einem Katheter hängenden Urinsack. Zum ersten Spiel bei schönem Frühlingswetter holte ihn einer seiner Fussballerkollegen ab. Den Rollstuhl vom Auto aus zu besteigen, fiel ihm schwer. Noch ungeübt und sich wegen seiner Unbeholfenheit schämend, parkten sie etwas ausserhalb.

Der erwartete Applaus seiner ehemaligen Mitspieler blieb aus. Nur kurz grüssten sie. Die Zuschauer wandten sich von ihm ab. In der Pause kamen Fans der Gastmannschaft vorbei. Bierselig und johlend umringten sie ihn. Ein kleiner Dicker begann sich vor ihm aufzuplustern. Mit den Armen machte er Flügelbewegungen, dazu gackerte er wie ein Huhn. Seine Freunde lachten und taten es ihm gleich. Dann ein Hallo und „sag nur, wenn du mal musst, wir bringen dich zur Damentoilette“. Mirko versank in seinem Rollstuhl. Seine früher bekannte grosse Klappe blieb stumm, er begann leise vor sich hin zu weinen. Nach dem Wiederbeginn des Spiels musste ihn sein Kumpel zurück ins Auto und nach Hause bringen. Nie wieder sah man ihn bei einem Fussballspiel, er wollte nicht mehr aus dem Haus. Auch nach der Implantation künstlicher Kniescheiben sah man ihn nicht mehr in der Öffentlichkeit, die Besuche ehemaliger Kollegen wurden mit jedem Monat weniger, bis Mirko ganz vergessen ging.

Den Hinweis, dass sich der Franzose offenbar schon früher in Mirkos Nähe aufgehalten hatte, nahm Heierle zum Anlass, Nils und Goran zu warnen. Die hatten mit Schrecken von der Entführung und Verstümmelung ihres früheren Kumpels gehört. Die Eltern Gorans wollten ihn überzeugen, für einige Monate abzutauchen. In ihrer ehemaligen Heimat wäre er kaum aufzufinden gewesen. Obwohl in der Schweiz geboren, hatte er auch die Staatsangehörigkeit seiner Eltern. Doch er wollte nicht. Nicht unbegründet befürchtete er, nach der Einreise in sein Heimatland direkt ins Militär eingezogen zu werden – das Letzte, das er sich antun wollte. Und Mirko hatte sich schliesslich überall Feinde gemacht und mit undurchsichtigen Geschäften angegeben. Es musste also nicht unbedingt die gemeinsam verübte Vergewaltigung der Grund für den Racheakt gewesen sein. Nie alleine des Nachts auf der Strasse sein und sich nur mit altbekannten Freunden treffen, schien Goran als Sicherheitsmassnahme zu genügen.

Als nun beide auf den Stühlen vor Heierles Schreibtisch sassen und der mit ernster Miene berichtete, was mit Mirko passiert war, wurden beide von Sekunde zu Sekunde bleicher. Am liebsten hätte Nils die Ohren verschlossen oder sich in ein Mauseloch verkrochen. „Der Täter scheint ein Südländer, vermutlich Franzose, zu sein. Einige Wochen vor der Tat ist er hier in der Gegend gesehen worden an einem Ort, wo Mirko verkehrte. Er hat schwarze Haare, einen schwarzen Schnurrbart und spricht gebrochen Deutsch. Zeugen haben ausgesagt, er habe ein schwarzes Béret getragen."

„Was ist ein Béret?", fragte Goran.

„So ein Käppi, wie es Franzosen oft tragen; auch unsere Soldaten tragen so eine Kopfbedeckung", erklärte Heierle, und weiter, „seid vorsichtig und meldet, wenn ihr einen Mann seht, auf den diese Beschreibung passt."

Seit dem Tag fürchteten sich die beiden noch mehr. Sie dachten, dass wenn die Polizei sie informiere, würden die auch einen Zusammenhang mit der Nacht in der Scheune ob Aarau sehen. Von nun an verliessen sie noch seltener die Wohnung.

Beinahe täglich rief Patric an. Er erzählte von seinem Tag und redete auf Anne ein, sie solle ihn doch schon vor dem Frühling besuchen, auch würde er über ein Wochenende nach Zürich fliegen, um sie zu sehen. Annes Gefühlswelt kam durcheinander. Ihr Lebensplan hatte eine enge Beziehung zu einem Mann ausgeschlossen. Doch dass auch sie Patrics Gegenwart schätzte und einer tiefen Freundschaft nicht abgeneigt war, musste sie sich rasch einmal eingestehen.

An einem Sonntag besuchte sie ihren Vater in Biswil. Auf einem Spaziergang mit ihm und Diva durch den Wald erzählte sie vom Treffen mit Patric. „Du bist alt genug, um zu wissen, was du tust – tu, was du für richtig hältst." Sie überlegte, ob sie ihn auf den Fall Mirko ansprechen sollte, verzichtete jedoch schliesslich darauf, um keine noch nicht verheilten Wunden aufzubrechen.

Sie blieb zum Abendessen. Bigler kündigte ihr einen weiteren mehrwöchigen Aufenthalt in Mallorca einen Monat später an. „Komm mich doch mal besuchen, es wird dir guttun!" „Da bin ich nun etwas überfordert! Ich habe nur wenige zusammenhängende Tage, die ich freimachen kann, und eine Einladung von Patric, jetzt noch eine von dir – ich werde Prioritäten setzen müssen", lachte sie. Dass er als alter Vater dabei die Zwei auf dem Rücken haben werde, könne er verstehen. „Mach, was dich zufrieden macht, du sollst ein glückliches Leben vor dir haben", sagte Bigler mit einem ernsten Gesichtsausdruck.

Dreizehn

„Holger, ich habe auf meinen Namen eine fünf Tage dauernde Flussfahrt in Portugal gebucht. Du wirst in acht Tagen die Reisegruppe vor dem Abflug in Zürich Airport treffen. Das Programm, die Tickets und meine Identitätskarte gehen morgen zur Post“, informierte er seinen Bruder am Telefon. Er werde diesen Kurzurlaub bestimmt geniessen, erwiderte Holger, und wünsche ihm für diese Zeit gutes Gelingen seiner Pläne. Mehr wollte Holger nicht wissen. Über das, was mit Mirko geschehen war, hatte er aus der Zeitung erfahren und sich dabei seine Gedanken gemacht. Ohne jegliche Vorbehalte unterstützte er passiv die Rache seines Bruders.

Am Donnerstagnachmittag, dem Tag der Abreise nach Portugal, fuhr Bigler mit der Bahn nach Kreuzlingen. Zu Fuss überquerte er die Grenze und suchte in Konstanz einen Autoverleiher auf. Seine Reisetasche legte er in den Kofferraum des dunklen Ford Fiesta und fuhr dem Bodensee entlang zum Untersee und in die Schweiz zurück. Nach Zürich verliess er die Autobahn und folgte einer Nebenstrasse bis zu einem einsamen Parkplatz. Als Erstes schraubte er die Kennzeichen ab und ersetzte sie durch einige Wochen zuvor von einem parkierten Wagen aus dem Kanton Genf losgeschraubten. Im Licht der mitgebrachten Taschenlampe verwandelte er sich in den Franzosen.

Er hatte sich nicht getäuscht. Wie jeden Donnerstag arbeitete Goran mit seinem Kollegen am alten Chevy. Die lauten Hammerschläge auf ein bearbeitetes Blechteil übertönten das Klicken der Tür, als Bigler in die Werkstatt schlich. Hinter einem Lagergestell setzte er sich auf eine dort stehende Kiste. Um Punkt neun Uhr beendete Gorans Freund seine Arbeit; er müsse wie gewohnt am Donnerstag noch Schularbeiten der Berufsschule machen. Auch er wolle bald Schluss machen, rief ihm Goran nach. Wenig später ging er zum Waschtrog und seifte sich die Hände mit Sandseife ein. Kaum waren die mit warmem Wasser gespült, traf ihn der Stromstoss am Hals. Im halbblinden Spiegel erschien das Gesicht des Franzosen. Bevor er sich regen konnte, hatte er einen ölverschmierten Putzlappen im Mund. „Wenn du Terror machen, dann du sterben, geh voraus durch Tür“, sprach der Franzose ganz leise. Ohne die Lichter zu löschen, traten sie aus der Werkstatt. Gorans Hosen waren nass, bevor sie beim im Dunkeln stehenden Ford waren. „Einsteigen und Hände zusammen.“ Mit dem Kabelbinder aus seiner Jackentasche band er Gorans Hände zusammen und um seinen Hals eine weitere Fessel. Er befreite ihn vom Putzlappen. Goran wimmerte, bat darum, ihn loszulassen. Er bereue, was er getan habe, und werde alles wieder gutmachen.

„Du können Gestorbene wieder lebendig machen?“, war alles, was er auf der Fahrt von seinem Entführer zu hören bekam.

Hinter Hausen auf dem Weg zur Habsburg parkte Bigler an einer Wegausbuchtung. Er befahl Goran auszusteigen und trieb ihn vor sich her. Es regnete. Nach einigen hundert Metern machte er seinen Gefangenen auf das Schild zur Richtstätte aufmerksam.

„Was machen Sie mit mir, ich habe Angst", schluchzte der.

„Beruhige dich, du wirst nicht tot werden", sagte Bigler mit seinem gekünstelten Franzosendeutsch. Beim mittelalterlichen Richtplatz angekommen, musste Goran seine Hände auf den dort platzierten grossen Stein legen. „Du gerne malen und sprayen, du nie mehr zeichnen."

Zwei Schläge mit dem Hammer, und beide Hände waren zerquetscht. Beim ersten Aufschrei hatte er wieder den schmutzigen Lappen im Mund. „Du nicht mehr zeichnen, du auch keine Kinder machen." Mit einem Ruck zog er ihm die Hose runter. „Du bist ein Schwein, und männliche Schweinefleisch stinkt, wenn als Ferkel nicht kastriert." Mit geübtem Griff und der mitgebrachten Ferkelzange wurde Goran unfruchtbar.

Er liess ihn, wie er da lag. Bevor er wegging, steckte er noch einige Fotos von seinen Sprayereien in seine Hosentasche. Seine eigenen Sachen versorgte er in der Reisetasche und ging zufrieden zurück zum Wagen. „Der kann gehen, er blutet wenig, der hat Nicole auch alleine in der Scheune gelassen – soll er selbst schauen, wie er Hilfe bekommt", sagte er zu sich auf der Weiterfahrt. Nach einigen Kilometern wechselte er die Fahrzeugschilder wieder. Die Perücke und den Schnurrbart steckte er in seine Tasche. Gegen Mitternacht hielt er bei der 24-Stunden-Raststätte vor Winterthur. In einer sonst von Fernfahrern genutzten Dusche entfernte er die Schminke vom Gesicht und wusch sich gründlich.

Im Auto wartete er den Morgen ab. Gegen sieben

Uhr überquerte er die Grenze und fuhr über Stuttgart bis nach Berlin. Unter Holgers Namen schrieb er sich in einem Hotel ein und bezahlte ein Zimmer für fünf Tage. Berlin ist eine Reise wert, hatte ihm Holger schon oft gesagt. In der Tat, die Tage verflogen rasch. Museen, ein Theaterbesuch, die Umgebung mit den vielen Seen: Bigler genoss die Stadt. Dazu kam die Genugtuung, einen weiteren Schänder seiner Enkelin bestraft zu haben. Die gestohlenen Nummernschilder versanken in der Spree.

Sein Rufen um Hilfe verhallte im nahen Wald, niemand konnte Goran hören. Schmerzen plagten ihn, er wusste nicht, wo er sich befand. Seine Beine waren intakt. Nur unter grossem Schmerz gelang es ihm, die Hosen raufzuziehen. Beim Gehen dem Weg entlang, auf dem sie hergekommen waren, musste er sie immer wieder hochziehen. Durch den inzwischen stärker gewordenen Regen sah er nach einer Weile Licht hinter dem Fenster eines Hauses. Ein Hund bellte. Auch das noch. Hätte er nicht dringend Hilfe gebraucht, wäre er weitergegangen. Er hatte Angst vor Hunden, selbst einem kleinen Dackel wich er aus. An der Tür des alten Hauses fand er keine Klingel. Mit seinen zerquetschten Händen konnte er nicht anklopfen. Mit Fusstritten an die Tür machte er auf sich aufmerksam. Es dauerte, bis eine weibliche Stimme zu hören war. Was er zu dieser späten Stunde an die Tür zu poltern habe. „Ich bin verletzt, jemand hat mich überfallen und entführt“, rief er laut“. Ich glaube Ihnen nicht – erst kürzlich haben in der Nähe Räuber eine alte Frau mit dem Unfalltrick überfallen. Ich rufe jetzt die Polizei,

denen können Sie von Ihren Verletzungen erzählen."
Er setzte sich auf die Stufe vor der Tür und wartete. Er fror, war durchnässt bis auf die Haut. Der erste Adrenalinschub nach den Schlägen und der Eberzange verlor allmählich seine Wirkung. Er wimmerte, rief um Hilfe, Hilfe, die erst nach mehr als einer Stunde von der herbeigerufenen Patrouille eintraf.

Während der Polizist eine Ambulanz beorderte, befragte ihn die Polizistin, was geschehen sei, was ihm neben den offensichtlich schwer verletzten Händen sonst noch fehle. Auch in der Stunde grössten Wehs schämte er sich, vor einer Frau darüber zu reden. Erst ihrem Begleiter klagte er über seine abgetrennten Eier. Den richtigen Ausdruck kannte er nicht, unter seinesgleichen gab es nur die Eier, in die man hineinhauen oder die man abschneiden konnte. Jetzt war er einer, dem diese fehlten.

„Der Franzose hat wieder zugeschlagen", meldete die Polizistin der Zentrale. Der diensthabende Wachtmeister rief die Spurensuche an und schickte sie an den von Goran beschriebenen Ort. Dort gab es nicht viel zu sichern – der Regen hatte bereits alle möglichen Spuren gründlich weggespült. Der Ort, ein viel besuchter Platz von Wanderern, war voller ausgewaschener Schuhabdrücke. Rings um den Stein, auf dem Goran kurz zuvor seine Zeugungskraft verloren hatte, waren Abdrücke von zwei Personen zu identifizieren, beide von Turnschuhen gleicher Grösse. Sonst gab es nichts, das weiterhelfen konnte.

Es gab eine Übereinstimmung mit Spuren vom Bernard-Matter-Platz. Dieselbe Schuhgrösse, Sportschuhe, jedoch die einer anderen Marke. „Er trägt die Grösse 42, wechselt bei jedem Mal die Schuhe, wahrscheinlich wirft er sie jeweils nach der Tat weg", stand im Bericht, den Heierle am Tag darauf vor sich hatte. Die Einvernahme des Opfers erbrachte die Bestätigung für die Vermutung, welche die Polizistin bereits in der Nacht geäussert hatte: Es musste der Franzose gewesen sein.

Ausser den Schuhabdrücken fanden die Ermittler keine einzige weitere Spur.

Heierle rief seine Leute zum Rapport. Jetzt war es offensichtlich, beide Opfer des Fremden waren in den Fall Nicole B. involviert. Beide als Haupttäter. Die Tatorte waren symbolträchtig. Mirko, aufgefunden am Platz, auf dem Matter durch das Schwert gerichtet worden war. Goran auf dem Richtplatz der alten Habsburger – Hunderte hatten im Mittelalter dort ihr Leben am Galgen verloren.

„Wer übt hier Selbstjustiz, wem ging die Schändung der jungen Frau an die Nieren?" Heierle schaute in die Runde und antwortete gleich selbst. „Bigler. Alles spricht für ihn, wir müssen ihn vorladen." Dolores warf ein, sie habe versucht, Bigler zu erreichen: „Sein Hausanschluss wird durch eine Abwesenheitsmeldung bis in einer Woche beantwortet. Sein Mobiltelefon ist offensichtlich ausgeschaltet. Den Anschluss in seiner Finca, dessen Nummer ich vom Kollegen in Palma erhalten habe, wird vom Pächter beantwortet – Bigler ist auch nicht auf Mallorca."

„Dann lassen wir ihn suchen, wenn nötig international", rief ihr Heierle zu.

Ein Murren ging durch die Runde. „Für eine internationale Fahndung ist die Beweislage zu schmal, die Verdachtsmomente zu dünn. Wir könnten uns blamieren“, meinte der von der Spurensicherung zum Rapport delegierte Beamte.

Allgemeine Zustimmung. Blamage war das Letzte, das sich Heierle erlauben konnte, deshalb zog er seinen Vorschlag zurück. „Sobald Bigler wieder zurück ist, werden wir ihm einen Besuch abstatten“.

«Und da wäre noch Nicoles leiblicher Vater. Der kann es aufgrund des uns bekannten Signalements nicht gewesen sein. Geld, um damit einen Professionellen zu engagieren, hätte der genug. Und in Frankreich lassen sich Killertypen leicht finden“, dozierte Heierle, und weiter: „Etwas scheint mir bei Bigler verdächtig. Beide Male ist er weg gewesen – mich wunderts, wo er diesmal steckt. Es scheint, als ob seine wasserdichten Alibis systematisch geplant seien. Er weiss von den Anschlägen, taucht vor den Taten ab. Der Mann ist einfach nicht ganz koscher.“ Zustimmendes Gemurmel. Ein junger Beamter, der erst kürzlich zur Truppe gestossen war, brachte einen weiteren Gedanken ein. „Es könnte jemand sein, der gar keine Beziehung zu Nicole gehabt hatte, einer, der sich als Rächer fühlt und den Fall als Aussenstehender mitverfolgt hat. Oder Nicole hatte einen Freund, jemanden, von dem wir nichts wissen. Es wäre nicht ungewöhnlich, wenn eine Frau in Nicoles Alter einen Freund gehabt hätte.“ „Damit würde der Kreis von Verdächtigen erheblich erweitert. Suchen Sie im Umfeld der Verstorbenen. Den unbekannten Rächer lassen wir.“

Die Abendzeitung schrieb:

Hat der Franzose wieder zugeschlagen? (BB) Vorgestern Abend wurde Goran Y. beim Richtplatz der Habsburg von einem Unbekannten ernsthaft verletzt. Mit einem harten Gegenstand zerquetschte der Täter beide Hände des Unglücklichen. Auch verletzte er sein Opfer an seinen Genitalien. Laut Meldung der Polizei weisen alle Indizien und die Aussage des Überfallenen auf die gleiche Person, die vor Wochen Mirko S. beim Matter entführt und misshandelt hatte; einen Südländer, vermutlich Franzose, der sich, wie der Polizei mittlerweile bekannt ist, in unserer Gegend gut auskennt. Der Mann spricht gebrochen Deutsch mit französischem Akzent und hat ein unauffälliges und freundliches Auftreten.

Goran Y. und Mirko S. waren die beiden Männer, die vor etwas mehr als einem Jahr die noch minderjährige N. vergewaltigt hatten. Das Mädchen beging später Suizid. Ein Zusammenhang mit dem Fall scheint offensichtlich. Über die Täterschaft tappt die Polizei immer noch im Dunkeln. Ist es denn so schwierig, die Bevölkerung vor kriminellen Elementen zu schützen? Liegt die Untersuchung der Fälle in den richtigen Händen?

Eine Stunde nach der Rückkehr Holgers von seiner Flussfahrt bestieg Bigler am Flughafen Zürich die S-Bahn nach Aarau, wechselte dort zur Schmalspurbahn und fuhr bis Biswil. Seinen Koffer schleppend ging er zu Fuss in sein Haus. Die Streife, die den Auftrag hatte, das Haus auf jeder Fahrt durchs Tal zu beobachten, meldete der Zentrale, dass Licht im Haus zu sehen sei. Um acht Uhr am nächsten Morgen klopfte Heierle in Begleitung seiner Assistentin an Biglers Haustür.

„Was führt Sie so früh am Morgen ins windige Tal?“, fragte Bigler, als er öffnete und vor sich den Uniformierten sah. „Wir hätten gerne mit Ihnen gesprochen, dürfen wir reinkommen?“ Bigler öffnete die Tür ganz und liess sie eintreten. “Ich bin erst gestern aus meinen kurzen Ferien zurückgekommen. Gipfeli kann ich Ihnen also nicht anbieten, hingegen ist meine Espressomaschine bereits in Betrieb – darf ich Ihnen einen Kaffee anbieten?“, fragte er freundlich.

Heierle schaute ihm in die Augen und bedankte sich für das Angebot. „Wir müssen reden. Darf ich wissen, wo Sie am Donnerstag vor einer Woche gewesen sind?“

„Es macht mich neugierig, weshalb Sie das wissen wollen. Ich bin am Mittwoch mit dem Flugzeug nach Lissabon gereist, wo mich und weitere Reisende ein Bus erwartete, der uns zum Flussschiff brachte. Bis gestern dauerte die Flussfahrt.“

Heierle hatte es erwartet – Bigler hatte wieder ein wasserdichtes Alibi. „Wie ist Ihre Schuhgrösse“, fragte er weiter. Weshalb denn seine Schuhgrösse so interessant sei, fragte Bigler zurück und gab an, er trage

Schuhe der Grösse 42. Heierle sagte, sie hätten zwar keinen Durchsuchungsbefehl, würden sich aber trotzdem gerne etwas im Haus umsehen. Bigler überlegte, fragte, ob etwas, von dem er Kenntnis haben sollte, gegen ihn vorliege, und wenn ja, würde er gerne wissen, was.

„Nachdem wir uns umgesehen haben, sage ich Ihnen den Grund unseres Besuchs“, sagte Heierle verunsichert. „Dann sehen Sie sich um. In der Waschküche gibt es noch Wäsche, die ich gestern Abend in die Waschmaschine geworfen und gewaschen habe. Sie könnten mir helfen, sie zusammenzulegen“, lachte Bigler spitzbübisch. Auf dem Schreibtisch lag der Prospekt des Reisebüros, das die Flussfahrt organisiert hatte. Dolores notierte Name und Telefonnummer.

Beim Rundgang durchs Haus stiessen die Beamten auf das Zimmer, in dem Nicole gewohnt hatte. Alles schien, als ob sie erst am Tag zuvor noch da gewesen wäre. Weil sie ohne amtliche Berechtigung im Haus waren, öffneten sie keine Schubladen oder Schränke. Heierle pfiff leise, als sie auf den Raum mit den alten Bauernwerkzeugen stiessen. Seine Augen richteten sich bald auf den Viehtreiber und das Halbdutzend Ferkelzangen. Wie alle anderen Gegenstände waren auch diese etwas angestaubt. Offensichtlich hatte Bigler sich seit einiger Zeit nicht mehr seiner Sammlung gewidmet. Dolores wurde mit der Frage, ob sie die Sammlung fotografieren dürfe, zum im Wohnzimmer sitzenden Bigler geschickt. Er erlaubte es, unter der Voraussetzung, dass die Bilder nicht an die Öffentlichkeit gelangen.

„Sind das hier alle Werkzeuge, die Ihnen gehören?“, wollte Heierle nach der Rückkehr ins Wohnzimmer von Bigler wissen.

„Nein, sicher nicht, ich habe in meiner Garage noch einige Schraubenschlüssel, einen Wagenheber und weiteres Werkzeug, aber eigentlich haben Sie versprochen, mir nach Ihrem Rundgang den Grund für Ihren Besuch und die Schnüffelei in meinen Privaträumen zu erklären“, entgegnete er jetzt gereizt.

„Am letzten Donnerstag ist Goran Y. von Unbekannt entführt und grausam verletzt worden. Dabei wurden Gegenstände, wie sie in Ihrer Sammlung vorhanden sind, benutzt. Der Täter trug Schuhe derselben Grösse wie Ihre. Unsere Ermittlungen gehen in verschiedene Richtungen. In Anbetracht der Vergangenheit des Opfers einerseits und der kürzlichen Verstümmelung seines seinerzeitigen Mittäters gehören Sie zum Kreis der möglichen in den Fall Involvierten.“

Bigler stand auf, sah dem Beamten ins Gesicht und schrie ihn mit seiner kräftigen Stimme an. „Offenbar gibt es eine Gerechtigkeit! Wenn jemand die Schweine bestraft, hat er meine Zustimmung. Ja, ich danke ihm dafür. Und jetzt bitte ich Sie, mein Haus zu verlassen, hier herrscht immer noch und weiter während einer langen Zeit Trauer um das Liebste, das mir genommen wurde.“ Verstört vom unerwartet heftigen Ausbruch der Gefühle drehte sich Heierle zum Ausgang und ging wortlos. Dolores folgte ihm mit einem „Auf Wiedersehen“.

Der Reiseveranstalter bestätigte Biglers Aussagen, nachdem er ein Foto von ihm per E-Mail zugeschickt bekommen hatte. Auch ein Besuch des jungen Polizisten im Internat auf dem Zugerberg brachte keine neuen Erkenntnisse. Ausser mit Giovanna hatte Nicole zu niemandem ein Vertrauensverhältnis. Mit Jungs hatte sie nicht zusammen sein wollen. Sie war Gesprächen ausgewichen, sobald es um ihre Person gegangen war.

So wie nach dem Fall Mirko verliefen die Untersuchungen bei Goran je länger, umso ruhiger. Andere Fälle, deren Aufklärung bessere Erfolgschancen hatten, beanspruchten das kleine Team um Wachtmeister Heierle.

In Gorans Hosentasche hatten die untersuchenden Beamten die Fotos der Sprayereien gefunden und sich bald ihren Reim auf diese Bilder gemacht. Im Verhör dauerte es keine fünf Minuten und Goran verriet seine Freunde, mit denen er in den vergangenen Monaten jeweils unterwegs gewesen war. In den anschliessenden Befragungen dieser Leute versuchten jeder und jede, sich selbst als passive Mitläufer darzustellen, den anderen die Sprayereien zuzuschieben. Nach einem Pressebericht über die Festnahme der Gruppe meldeten sich geschädigte Firmen und Privatpersonen. Die Bundesbahn liess den Schaden, den die nun bekannten Täter verursacht hatten, zusammenrechnen und stellte in einer Privatklage ihre Schadenersatzforderungen vor – alles in allem ein hoher fünfstelliger Betrag. Ein Teil der Sprayereien hatten die Künstler noch als Jugendliche, andere als junge Erwachsene verübt.

Gorans Eltern waren am Verzweifeln. Ihr einziger Sohn hatte verkrüppelte Hände, würde sie nie zu Grosseltern machen können und hatte eine hohe Geldforderung wegen seiner nächtlichen Tätigkeiten zu gewärtigen.

Wer seine Kumpane verpetzt, muss sich nicht wundern, wenn ihn diese verachten. Den Beweis, dass ehemalige Freunde dann zu schlimmsten Feinden werden, erfuhr Goran anlässlich einer Anhörung bei der Staatsanwaltschaft. Eine seiner Mitsprayerinnen zischte ihm, als sie im Vorzimmer warten musste, zu: „Du kannst froh sein, dass du den Stimmbruch schon hinter dir hast, sonst könntest du als Kastrat die für Frauenstimmen geschriebenen Lieder singen. Denn singen kannst du ja, sonst wären wir nicht alle hier." Verzweifelt ob so viel Bosheit seiner ehemaligen Freunde vermied Goran alle Kontakte zu früheren Bekannten. Auch mit den mehrmals operierten Händen war es aus mit Zeichnen. Lesen war nie seine Stärke gewesen. Es blieb der Fernseher – schon am Morgen und bis spät in der Nacht sass er vor dem Bildschirm.

Die Aufmerksamkeit, die ihr Sohn erregt hatte, spürten Gorans Eltern auch in ihrem Gemüsegeschäft. Alle Anstrengungen, dem Kundenschwund entgegenzuwirken, blieben erfolglos. Die Motivation verflog. Was sollten sie sich abrackern, wenn ihrem Sohn die Zukunft genommen worden war? Als der Prozess gegen die Sprayer angesetzt wurde, hatten sich Gorans Eltern entschieden, ihr Geschäft aufzugeben und in ihre alte Heimat zurückzukehren. Für Goran ein weiterer Tiefschlag: Die Aussichten, in einer Kultur, in der Männlichkeit einen hohen Stellenwert hat, Freunde zu finden, schienen ihm gering. Immer tiefer versank er in eine Lethargie, jeglicher Lebensfreude beraubt.

Bigler hatte seine Rache: Goran musste sein Leben lang für ein kurzes Vergnügen büssen.

Am Sonntag vor Ostern flog Anne von Basel aus nach Paris. Seit Langem eine ganze Woche Urlaub! Sie freute sich auf die Tage mit Patric – was sie unternehmen würden, sollte eine von ihm ausgeheckte Überraschung werden. Unübersehbar der riesige Strauss roter Rosen, der ihr nach der Ankunft entgegenleuchtete. Ein Strauss, der die enge Umarmung durch Patric beinahe nicht überlebte. In seiner schwarzen Limousine fuhr er zum Hotel nahe dem Élysée. Im fünften Stock hatte er eine Suite mit zwei Schlafzimmern reserviert. Nachdem sich Anne frisch gemacht hatte, führte er sie durch die Stadt, besuchte mit ihr Orte, die sie von früher kannten. Hand in Hand flanierten sie durch die Einkaufsmeile, bis Patric sie ins Tiffany lenkte. Er suche für seine Begleiterin einen Ring, sie selbst solle sich einen aussuchen. Anne wehrte sich, als die erste Auswahl an mit Diamanten besetzten Ringen vor ihr ausgebreitet lag. „Das kann ich nicht annehmen, das gehört sich nicht."

Patric nahm sie etwas zur Seite und sagte: „Egal, wie du dich heute Abend entscheidest, ob du meine Frau werden oder nur eine Woche mit mir verbringen willst – du sollst ein Andenken an den heutigen Tag haben."

Anne blieb die Antwort im Halse stecken. Das war ein Heiratsantrag, nicht gerade romantisch zwar, doch immerhin bei Tiffany. Bis heute Abend will er es wissen, wissen, ob ich mit ihm mein Leben teile. Da sind noch viele Fragen offen, der überfährt mich ja voll. Nach einem Augenblick der Besinnung küsste sie ihn und sagte glücklich: „Ich werde deine Frau."

Patric, der sonst so distinguiert auftrat, hüpfte wie ein kleiner Junge um Anne herum. Der Ring, den Anne schliesslich auswählte, war teurer, als er aussah. Ganz in ihrem Stil, ja nicht protzen.

Am Abend in einem kleinen, doch gediegenen Lokal war das Thema gegeben. Anne hatte Ja gesagt, jetzt kamen die praktischen Fragen, die beantwortet werden mussten.

Gegen Mittag am folgenden Tag verliessen sie das Hotel. Nur eines der beiden Schlafzimmer war benutzt worden. Patric fuhr zum Anwesen der Familie. Seine Mutter war wie auf Nadeln – ihr Sohn brachte die Frau, mit der er ein Kind gezeugt, das auf tragische Weise sein Leben verloren hatte, als Verlobte ins Haus. So eine Verrücktheit! Ob das nach den Schicksalsschlägen, die beide erlitten hatten, gut ausgehen könnte?

Die beiden Frauen fanden auf Anhieb den Draht zueinander. Die Woche, in der Anne auf dem Anwesen der alten Familie wohnte, wurde zur glücklichsten ihres bisherigen Lebens. Ihre Pläne nahmen laufend konkretere Formen an. Innerhalb der kommenden sechs Monate wollte Anne ihre Praxis verkaufen oder vermieten, um dann zu Patric, den sie kurz nach Pfingsten heiraten würde, zu ziehen. Ihren Verlobungsring am Finger, flog sie am Ostermontag zurück, um bereits am nächsten Tag mit den Vorbereitungen ihrer Zukunft zu beginnen.

Vierzehn

„Holger, am kommenden Freitag liegt ein Ticket an der Kasse im KKL, dem Kultur- und Kongresszentrum in Luzern, bereit. Ein wunderschönes, temperamentvolles Konzert mit Musik von George Gershwin wartet auf dich. Mach es dir gemütlich und nimm den letzten möglichen Zug, der dich wieder an den Bodensee führt." „Super, ich freue mich, ich wünsche dir gutes Gelingen."

Damit war das Gespräch, das Bigler aus einer Telefonkabine in Aarau geführt hatte, beendet.

Eine Viertelstunde vor Konzertbeginn stand Holger an der Abendkasse im KKL. Die Eintrittskarte auf den Namen Bigler lag wie bestellt bereit. Holger wickelte die Dame an der Kasse in ein Gespräch, wollte Auskünfte zum Programm und fragte, bis um welche Uhrzeit das Konzert dauern werde. Dann ging er in den Konzertsaal. Sein Platz war in Reihe sieben, mittendrin. Er entschuldigte sich höflich, als er sich vor den sich von ihren Stühlen Erhebenden durchschlängelte. Nachdem er sich gesetzt hatte, entschuldigte er sich nochmals bei der Dame links von ihm. Auch mit ihr redete er, bis sich ihr daneben sitzender Mann räusperte. Er war der Erste, der applaudierte, wo es Gründe dazu gab. Nicht als Show, sondern weil ihm die Darbietung und die Werke gefielen und ihn begeisterten. Während der Pause blieb er sitzen und begann, kaum war seine Sitznachbarin zurück, wieder mit ihr zu reden. Nach dem Konzert liess er die Besucher sich verteilen und ging dann zum Bahnhof, wo er sich unauffällig in den Zug nach Zürich setzte.

Nils' Golf stand auf dem Personalparkplatz hinter dem McDonald's. Eine dunkle Ecke. Die schrille Beleuchtung war auf der Vorderseite, dort, wo die Gäste ein und aus gingen. Gegen zehn Uhr war Nils' Schicht zu Ende. Weil er schon oft seinen Fahrzeugschlüssel in seinem Garderobenschrank vergessen hatte und nach dem Verlassen seines Arbeitsplatzes erst beim geparkten Auto den Schlüssel vermisste, hatte er es sich zur Gewohnheit gemacht, seinen Golf nicht abzuschliessen und den Zündschlüssel unter den Bodenteppich zu legen. Geduckt schlich er jeweils zu seinem Auto, der Anschlag auf Goran hatte ihm riesengrosse Angst eingejagt. Er beobachtete die Umgebung, bevor er in sein Auto stieg.

Kaum, dass die Fahrertür ins Schloss fiel, wurde sein Kopf durch eine Kette um den Hals nach hinten gerissen. „Wenn du schreist, du sein tot."

Der Franzose, ging es ihm durch den Kopf. Bevor er die Person sehen konnte, wusste er, wer hinter ihm sass.

„Ich dich bestrafen, nicht wie deine Freunde, du ein Mann bleiben. Hände nach hinten."

Nils wehrte sich, wollte die Anweisungen des Fremden nicht befolgen. Da spürte er die Spitze eines Messers.

„Alors, dann eben Hände hinter Nacken." Nun sass Nils da, seine Hände hinter dem Nacken festgebunden. Rasch klebte ihm Bigler die Augen mit einem vorbereiteten Klebeband zu. „Nun, du hast geholfen, junge Frau zu quälen, ich sorge dafür, dass dich niemals jemand lieben wird, du wirst haben Lust, wirst wollen sein geliebt. Das wird nicht sein. Deine Augen habe ich geschützt, weil du jedes Mal, wenn in Spiegel schauen, du sehen, dass keiner ein Monstergesicht lieben kann." Er stopfte ihm einen Lappen in den Mund und schüttete konzentrierte Salzsäure in sein Gesicht.

Nils wollte schreien, spürte, wie die Säure seine Haut verätzte. In aller Ruhe zog Bigler seinen Einweg-Overall aus, liess ihn auf dem Hintersitz liegen, packte seine Sachen in eine Plastikeinkaufstasche.

Genau wie er gekommen war, verschwand er. Einen Strassenzug weiter, im dunkeln Schatten eines Industriegebäudes, zog er Perücke und Schnurrbart weg, packte sein Béret in die Einkaufstasche und zog daraus eine Regenjacke mit Kapuze. Einige hundert Meter unterhalb hatte er sein Fahrrad abgestellt. Ohne Hast pedalte er über Feldwege durch die Nacht und war gegen halb zwölf in seinem Haus. Unter der Dusche verschwand auch die letzte Schminke, die, so dachte er rückblickend, diesmal nicht nötig gewesen wäre.

Der McDonald's schloss gegen zwei Uhr morgens. Nils Arbeitskollege schaute erstaunt, als er zu seinem neben Nils geparkten Honda kam. Ich glaube, mich beisst ein Affe, dachte er, als er durch die Seitenschcheiben die Konturen des am Steuer sitzenden Nils sah. Langsam öffnete er die Fahrertür – eine beissende Dampfwolke schlug ihm entgegen. Im Schein des nun brennenden Innenlichts sah er seinen verunstalteten Kollegen. In seinem Schreck wählte er auf seinem Handy die 118. „Feuermeldestelle, wo brennts, wie ist

Ihr Name?“

„Es brennt nicht, aber der Mann, den ich gefunden habe, ist schwer verletzt, er benötigt Hilfe.“

„Wenn es nicht brennt, sind Sie hier am falschen Ort, ich verbinde.“

Noch einmal musste er die vorgefundene Situation beschreiben.

„Es kommt jemand.“

Der Notfallarzt entschied, den Verletzten in eine Spezialklinik fliegen zu lassen. Derart schwere Hautverletzungen zu behandeln war das Bezirksspital, von dem aus die Ambulanz zum Tatort gefahren war, nicht in der Lage. Er versorgte Nils notfallmässig und liess ihn auf eine neben dem Golf aufgestellte Trage legen. Eine Streife fuhr vor. Der Beamte liess sich vom Notarzt kurz ins Bild setzen. „Höchstwahrscheinlich ein Verbrechen – eine Selbstverstümmelung auf diese Art macht wohl kaum jemand.“ Liz, die Kollegin des Polizisten, fotografierte den Ort, das Auto und zuletzt den Verunstalteten. So etwas hatte die junge Frau noch nie gesehen. Es gelang ihr gerade noch, die Bilder zu schiessen, bevor sie sich im Dunkeln übergab. „Weichei“, lautete die kurze Spitze ihres Kollegen. Ins Innere des Autos zu gelangen war nicht möglich, die Säuredämpfe waren noch so dicht, dass sie jeden davon abhielten, dort nach Dokumenten zu suchen. Aus der Zentrale erfuhren sie aufgrund des Kennzeichens den Namen des Halters. „Das ist doch Nils, der dritte der verurteilten Jungs. Es scheint, dass nun auch er vom Unbekannten bestraft worden ist. Da müssen wir den ganzen Zirkus aufbieten“, sagte sie und rief nochmals die Zentrale auf und erstattete Meldung. Der wachhabende Unteroffizier beschied: „Nichts berühren, wir kommen."

Im Wissen, dass Wachtmeister Heierle sich mit den Fällen des Franzosen vertieft beschäftigte, rief er auch ihn an. Der fluchte zwar, weil er kurz nach dem Einschlafen geweckt wurde, und befahl, als er hörte, um was es ging, dass ihn jemand abhole. „Ich habe mit meiner Frau eine Flasche Roten geleert, so fahre ich nicht", begründete er seine Order.

Bis das ganze Spiel am Tatort eintraf, war der Verletzte vom Rettungshelikopter bereits abgeholt worden und auf dem Flug in die Spezialklinik nach Zürich.

Von den beiden Beamten, die zuerst am Tatort waren, liess sich Heierle das vorgefundene Bild erklären. „Der hat grausig ausgeschaut, der wird nie mehr unter die Leute gehen. Liz, zeig die Bilder, die du, bevor du gekotzt hast, geschossen hast."

„Du bist ein Arsch! Mit so einem Blödmann muss ich Streife fahren", gab sie aufgebracht zurück und reichte Heierle ihren Apparat.

„Ja, der wird sich nicht mehr wiedererkennen, wenn er das nächste Mal in den Spiegel schaut, sofern er überhaupt noch sehen kann. Sieht tatsächlich nach unserem Franzosen aus", brummte Heierle.

Der Golf wurde noch in der Nacht durch einen Abschleppdienst nach Aarau zur Spurensicherung gebracht. Am Ort selbst gab es nichts zu finden, was in irgendeiner Form mit dem Anschlag auf Nils in Zusammenhang hätte stehen können. Salzsäure, so stand es als Überschrift auf dem Bericht der Fachleute. „Im untersuchten Auto hat jemand mit Salzsäure hantiert, die beiden Vordersitze sind durchlöchert und zerfressen davon. Das Opfer muss vom Rücksitz aus gefesselt worden sein. Der auf dem Rücksitz gefundene Einweg-Overall ist gleicher Machart und Grösse wie der im Fall Mirko. Es wurden einige schwarze Haare darin gefunden, sonst keine Anhaltspunkte zum Träger."

Von der Verbrennungsstation der Universitätsklinik Zürich kam ein erster Bericht. Darin sahen sich die Ermittler bestätigt, dass konzentrierte Salzsäure das Gesicht, den Hals und auch den Oberkörper von Nils massiv verätzt hatte. Die Augen seien vom Täter vor der Säureattacke verklebt worden und deshalb nur gering verletzt. Eine Befragung des Opfers sei in frühestens drei Tagen möglich.

„Passt der gefundene Overall in der Grösse zu Bigler?", fragte Heierle beim ersten Rapport nach dem Einsatz den anwesenden Ermittler.

„Müsste schon, denn diese Dinger sind so geschnitten, dass sie für verschieden grosse und dicke Personen tragbar sind."

Ohne die Ergebnisse der DNA-Analysen abzuwarten, wollte Heierle mit Bigler reden. Allerdings scheute er sich, ihn schon wieder in seinem Haus zu besuchen. Eine Vorladung schien mit der mageren Faktenlage auch überrissen.

„Bigler?"

„Kantonspolizei Aarau, Heierle. Herr Bigler, wir hätten gerne gewusst, wie Sie den Abend von gestern Freitag verbracht haben."

„Was geht es Sie an, wie und wo ich meine Zeit verbringe?“

„Wir möchten nur ausschliessen, dass Sie mit einem Vorfall am Freitagabend in Zusammenhang gebracht werden.“

„Als unbescholtener Bürger bin ich nicht verpflichtet, Ihnen mein Privatleben zu eröffnen.“

„Gut, es hat einen Anschlag auf Nils gegeben. Nils ist der Fahrer des Golfs gewesen, mit dem Ihre Enkelin seinerzeit entführt worden ist.“

„Ich frage mich, was das mit mir zu tun haben könnte.“

„Herr Bigler, Sie gehören zum Kreis von Leuten, die mit Nils eine Rechnung offen haben könnten.“

„Also, Sie können mich ausschliessen, am Freitagabend habe ich in Luzern ein Konzert von Gershwin besucht. Haben Sie schon mal von diesem Komponisten gehört? Wahrscheinlich nicht, Sie müssen ja wie ein Maulwurf in fremder Leute Gärten graben und haben kaum Zeit für Kultur?“

„Werden Sie nicht persönlich. Es ist meine Pflicht als Beamter, allen Spuren nachzugehen. Als ehemaliger Politiker wollen Sie sicher, dass wir unsere Arbeit pflichtschuldig erfüllen.“

„Wenn es das war, adieu.“ Bigler unterbrach das Gespräch und fühlte sich zufrieden wie schon lange nicht mehr.

„Dolores, überprüfen Sie, ob Bigler am Freitag tatsächlich im KKL gewesen ist. Versuchen Sie herauszufinden, ob er sich auch bis zum Schluss im Saal aufgehalten hat, vermutlich wird es sein wie schon bei den anderen Fällen, sein Alibi ist wasserdicht. So wasserdicht, dass es irgendwie verdächtig ist.“ Heierle studierte die Berichte. „Wie kommt man an Salzsäure, das könnte doch zu einem Hinweis führen?“, unterbrach er Dolores in ihren Abklärungen. „Wenn der Täter aus Frankreich kommt, können wir es vergessen, über den Erwerb der Säure zum Käufer zu kommen.“

Noch bevor Nils befragt werden konnte, waren die Ergebnisse der DNA bekannt. Und damit ein neues Verwirrspiel eröffnet.

Die Haare stammten eindeutig von zwei grundverschiedenen Personen. Beide davon von Männern, eines identisch mit dem aus dem Fall Mirko. Diese Erkenntnis gab am Nachmittagsrapport zu diskutieren: Waren es zwei Personen, die hier ihr Unwesen trieben, wurde der Overall von einer anderen Person als dem Täter schon mal getragen? – Am Ende gab es keine einheitliche Meinung und man beschloss, erst mal die Befragung von Nils am folgenden Tag abzuwarten, vielleicht könnte dann eine Antwort gefunden werden.

Heierle wünschte, dass Dolores ihn zur Befragung von Nils nach Zürich begleitete. Auf der Hinfahrt erzählte sie, dass ihr die Frage der verschiedenen Haare während der ganzen Nacht nicht aus dem Kopf gegangen sei, es könne ja ganz anders sein, als es bisher geschienen habe. Heierle drängte: „Sagen Sie schon, spannen Sie mich nicht auf die Folter.“

„Es könnte sein, dass die Haare aus einer Perücke stammen – Perücken werden aus Haaren von mehreren Leuten gefertigt. Das könnte erklären, weshalb die gefundenen Haare zwei verschiedene DNA aufweisen.“

„Verdammt“, entfuhr es Heierle, „weshalb bin ich nicht selbst darauf gekommen! Das ist es, das öffnet den bis anhin geschlossenen Kreis.“

Durch einen dicken Verband waren nur die Augen und der Mund zu sehen. Nils schien gebrochen, verzweifelt. Die Befragung ergab keine weiteren relevanten Erkenntnisse. Ein einzelner Mann, den er nur im Rückspiegel seines Autos gesehen hatte, der gebrochen Deutsch sprach und ihn als Mitschuldiger bei der Entführung von Nicole bezichtigte – nichts Neues. „Morgen scannen wir unsere Datenbank und suchen nach einem schlecht Deutsch sprechenden Mann“, äusserte Heierle auf der Rückfahrt seinen Plan. Dolores gab zu bedenken: „Wenn dieser Mann eine Perücke und einen angeklebten Schnurrbart trug, dann könnte auch seine Sprache gekünstelt sein, jemand, der sich gut verstellt und so eine falsche Fährte legt.“

„Dann müssen wir alles ganz von vorne neu aufrollen, dann haben wir total neben den Geleisen gesucht. Sie sind gut Dolores, ich muss es zugeben, wirklich super“, lobte Heierle seine Kollegin.

Die Fahndung wurde nochmals erweitert, doch schliesslich blieb in allen zugänglichen Datensammlungen keiner hängen, der auch annähernd für die Taten infrage kam.

Die Abendzeitung schrieb

Säureanschlag auf jungen Mann

(BB.] Schrecklich zugerichtet fand gestern nach Arbeitsschluss ein Mann einen Arbeitskollegen hinter dem Steuer seines Golfs mit verätztem Gesicht, vermutlich durch Säure. Wie sich herausstellte, handelt es sich beim Opfer um Nils B., der um 22 Uhr seine Schicht beendet hatte. Nils B. war einer der drei Täter, die seinerzeit die junge Nicole B. entführt und in einer Scheune nahe Aarau missbraucht hatten. An der Vergewaltigung hatte Nils B. aus unbekannten Gründen nicht teilgenommen. Das nun dritte Opfer innert weniger Wochen bestätigt die Vermutung, dass es sich jeweils um einen Racheakt gehandelt hat. Der Polizei war es nicht gelungen, den zweifellos gefährdeten Mann hinreichend zu schützen.

Wer übt hier Rache, wer ist es, der Selbstjustiz übt und richtet?

Es bleibt zu hoffen, dass nach dem dritten Opfer damit der oder die Täter seinen bzw. ihren Rachefeldzug abgeschlossen haben.

Einige Wochen später, Bigler war eben aus Mallorca zurückgekehrt, lud Anne ihren Vater zum Essen ein. Schon bei der Hinfahrt spürte er, dass es für diese Einladung einen besonderen Grund gab. Der Esstisch war sorgfältig dekoriert, aus der Küche verhiessen die Gerüche ein besonderes Menü. Mit der Frage, wie er mit der Finca vorankomme, was seine nächsten Pläne seien, versuchte Anne, ein Gespräch in Gang zu bringen.

Seit Nicoles Tod war Bigler wortkarg geworden, selten gab er etwas von sich aus preis. Wenn sie etwas wissen wollte, musste sie ihm dies wie Würmer aus der Nase ziehen. „Es geht langsam vorwärts, in diesem trockenen Klima gedeihen eben nicht alle Pflanzen, wie ich dachte, aber es eilt ja nicht. Und bei dir? Es scheint, dass dir etwas auf dem Magen liegt – ich kenne dich zu gut, als dass mir so was verborgen bleiben würde."

„Du hast mich durchschaut, ja, es gibt Neuigkeiten: Ich werde Patric schon an Pfingsten im engen Familienkreis heiraten und im Sommer zu ihm nach Frankreich ziehen."

„Dann lebt niemand aus der Familie mehr hier, dann kann ich ja meinen Wohnsitz ganz auf die Insel verlegen."

„Vater, du bist eingeladen, uns jederzeit, auch für länger, zu besuchen. Schliesslich bist du auch je länger, umso öfter auf deiner Finca und für mich nicht physisch erreichbar", sagte Anne etwas beleidigt.

„Stimmt, du hast recht, entschuldige meine unfaire Bemerkung. Wenn du Nicoles Vater heiratest und mit ihm glücklich wirst, ist das ja auch in meinem Sinn."

Der Abend war gerettet, die Harmonie zurückgekehrt. Von nun an handelte das Gespräch von Praktischem wie dem Verkauf der Zahnarztpraxis. Ihre Wohnung wollte Anne behalten, um während kommender Urlaube in der Schweiz eine feste Bleibe zu haben.

Bigler sagte zu, an der Hochzeitsfeier teilzunehmen. Eigentlich hatte er in seiner Agenda noch einen Plan gehabt, den er vor Pfingsten hatte umsetzen wollen. Nun verschob er diesen auf später.

Mehrmals hatte Bigler in der Nacht das dunkle Gefühl, jemand schleiche ums Haus, Diva gab an, doch konnte er bei seinen Kontrollgängen ums Haus nichts Verdächtiges erkennen. Als er eines Abends nach Luzern fuhr und dort ein Konzert besuchte, folgte ihm ein Wagen. Im Vorraum zum Konzertsaal fiel ihm ein Mann auf, dessen Kleidung gar nicht zu einem Konzertbesucher passte. In der Pause, als er sich ein Glas Weisswein holte, sprach ihn eine Frau an. „Schön, Sie wiederzusehen, Sie scheinen öfters hier zu sein. Leider gelingt es mir nicht immer, meinen Mann ins Konzert zu bewegen.“ Bigler reagierte schnell und zeigte seinerseits Freude über das Wiedersehen.

„Mein Mann und ich haben uns gefragt, weshalb uns kurz nach dem Gershwin-Konzert die Polizei befragte und uns ein Bild von Ihnen zeigte.“

„Ja genau – es gab an jenem Abend einen Autounfall mit Fahrerflucht und der Flüchtige fuhr denselben Wagentyp wie ich. So leicht kommt man unschuldig in Verdacht. Dabei bin ich an jenem Abend mit der Bahn nach Luzern gefahren – damit klärte sich die Sache zum Glück bald. Zufällig habe ich später erfahren, dass der Fahrer gefunden und angeklagt worden ist."

„Dann wünsche ich Ihnen weiterhin viel Vergnügen – und vielleicht auf ein Nächstes", rief die Dame im Weggehen.

Glück gehabt, da habe ich rasch und richtig reagiert, dachte Bigler. Er bemerkte den Beschatter, der, wie es ihm schien, das Gespräch mit der Dame mitbekommen hatte. „Wenn der einer von Heierles Burschen ist, hat er jetzt seine Lektion erhalten." Nach dem Konzert und auf der Heimfahrt war der Mann jedenfalls nicht mehr zu sehen und niemand folgte ihm.

Tags darauf rief Heierle seine Leute zusammen und gab die letzten Neuigkeiten bekannt. Bigler verhalte sich nicht auffällig. Er sei gestern in Luzern von der befragten Zeugin wiedererkannt worden, ein zusätzlicher Beweis, dass er am Abend des Überfalls auf Nils tatsächlich nicht am Tatort gewesen war. Allerdings seien alle drei am Missbrauch seiner Enkelin Beteiligten attackiert worden, eine weitere gefährdete Person könne er nicht identifizieren. „Blasen wir die verdeckte Überwachung der Zielperson ab", war sein Fazit

Fünfzehn

Am Donnerstag vor Pfingsten fuhren Bigler und seine Tochter mit dem TGV nach Paris. Er wollte die Zugfahrt geniessen und hatte mit Anne etwas zu besprechen. „Ich will dir etwas verraten, das bis heute nur Nicole wusste – ein Geheimnis, das sie nie verraten hat.“

„Nicole hatte mit dir ein Geheimnis?“ „Ich bin richtig stolz, dass sie niemandem davon erzählt hat, doch nun ist die Zeit gekommen, dass auch du davon erfährst: Ich habe einen Zwillingsbruder. Holger lebt am Bodensee, wir haben häufig Kontakt und Holger ist oft mit mir auf Mallorca. Nicole und er haben sich ausgezeichnet verstanden, auch er hat darunter gelitten und es schmerzt ihn immer noch, was sie durchmachen musste.“

„Das ist ja eine riesen Überraschung! Du hast einen Bruder? Dann habe ich ja einen Onkel! Meine Tochter hat davon gewusst und ich erfahre es heute, drei Tage vor meiner Hochzeit! Das sind ja schöne Zustände – ich denke, bis Paris hast du mir einiges zu erzählen!“

Und dann erfuhr sie alles. Einmal fragte sie: „Eines nimmt mich wunder: Was sind die Gründe, weshalb du mir nie von Holger erzählt hast?“

„Nun, das kam einfach so. Zu Beginn wollten wir aus Rücksicht auf seine Eltern stillhalten und dann blieb es eben so.“

Patric empfing sie auf dem Bahnsteig. Nach der innigen Begrüssung seiner Zukünftigen umarmte er seinen künftigen Schwiegervater, dem dies etwas peinlich war. Diese Franzosen ..., dachte er, das Original ist eben doch anders als die Kopie. Nach zwei Tagen im Hotel fuhren sie gemeinsam zum Anwesen der Familie. Bigler wurde empfangen wie jemand, den man schon seit jeher kannte, warmherzig und einnehmend.

Aus Rücksicht auf die erst vor Kurzem verstorbene Tochter des Brautpaares fand die Hochzeitszeremonie im kleinen Kreis in der familieneigenen Kapelle statt.

Nach einer Woche flogen Vater und Tochter zurück. Bigler musste seinem Schwiegersohn versprechen, häufiger Gast auf dem Anwesen zu sein.

An einem Wochenende lud Bigler Anne zu einem Ausflug nach Konstanz ein. Im selben Restaurant wie seinerzeit mit Nicole wartete Holger. Kurz war die Verblüffung, als sie ihren Onkel zum ersten Mal vor sich sah. „Das ist ja wie beim doppelten Lottchen, nur seid ihr beiden schon etwas ältere Knaben", lachte sie und umarmte Holger. „Dass ihr euer Geheimnis so lange für euch behalten habt, ist mir nach wie vor ein Rätsel."

Bigler erzählte von den gemeinsamen Ferien mit Olga, von den Segeltörns und den gemeinsamen Plänen bei der Gestaltung der Finca. „Und Nicole hattet ihr eingeweiht. Sie hat Holger gekannt, aber nie, auch nicht andeutungsweise, hat sie von einer dritten Person gesprochen, mit der sie unterwegs gewesen ist."

Als Nicoles Name fiel, kühlte die Stimmung unvermittelt ab. Gleichzeitig und synchron griffen Holger und Bigler in ihre Hosentaschen, nahmen ein Taschentusch hervor und putzten Tränen aus ihren Augen. Anne erfuhr unvermittelt die Trauer, welche die beiden gestandenen Männer verband. Kein Wunder, dass es Nicole auf Mallorca gefallen hat; sie hat von der Finca geschwärmt, von den gemeinsamen Ausflügen, sie ist gleich von zwei Männern verwöhnt worden und hat es offensichtlich genossen, ging ihr durch den Kopf. Während des Essens erzählten Anne und Bigler von der Hochzeit in Frankreich und redeten über die Familie, zu der Anne nun gehörte. Dann gings um den Umzug, den Verkauf ihrer Praxis, für die sie einen jungen Kollegen als Nachfolger gefunden hatte. Beim Spaziergang dem See entlang erfuhr sie von Holgers Jugendzeit, seinem Studium und den Tätigkeiten, die sein Leben geprägt hatten. Auf der Rückfahrt versprach Anne, nur ihrem Ehemann über den neu aufgetauchten Onkel zu erzählen. In Gedanken durchkämmte sie ihr Leben und suchte nach einem Anhaltspunkt, der die Existenz eines Onkels hätte erahnen lassen können. Sie fand keinen.

Ende August verabschiedete sich Anne von ihrem Vater und zog nach Frankreich. Bigler musste versprechen, sie bald zu besuchen, was er pflichtschuldig tat.

Die Schliessung der Praxis und ihr Wegzug blieben auch dem Polizeiwachtmeister Heierle nicht verborgen. Ausgerechnet nach Frankreich zieht sie; irgendeine Beziehung zum Franzosen muss es doch geben, sinnierte er, wenn er die Akten der drei Anschläge wieder einmal in die Hände nahm. Sie lagen auf seinem Schreibtisch bei den unerledigten Fällen, schon seit Monaten zuunterst. Neuigkeiten, die eine Neubeurteilung gerechtfertigt hätten, hatte es nicht gegeben.

Im Gedächtnis der Bevölkerung von neuen Fällen überdeckt oder vergessen fragte niemand nach dem aktuellen Stand der Ermittlungen. Auch waren seit dem Vorfall mit Nils einige Monate vergangen, der Täter schien seine Strafen vollzogen zu haben. Warten wir auf Kommissar Zufall, dachte Heierle und bereitete sich auf eine Presseerklärung zum aktuellen Fall einer gefassten Einbrecherbande vor.

Vierzehn

Mitte Oktober zog eine Tiefdruckzone auf, der Wetterbericht prognostizierte kaltes, nasses Herbstwetter, das einige Tage anhalten sollte. Es war der letzte laue Spätsommerabend. Die Leute sassen bis zum Eindunkeln in Gartenrestaurants, überall gab es Gründe zum Feiern, und wenn es nur der laue Abend war, der als vielleicht letzter im Jahr nach draussen lockte. Gegen zehn Uhr zogen Gewitterwolken auf, die sich bald mit lautem Krachen entluden. Bigler hatte sich gut vorbereitet, doch die Umstände hatten ihn gezwungen, sein Vorhaben zu verschieben. „Es hat Zeit", sagte er sich.

Wie schon früher beobachtet, war es nach Mitternacht, als Anwalt Kalt auf seinem Hengst zum Stall zurückkehrte. Tropfnass, kein trockener Faden war an seinem Körper. Er taumelte, als er absass, die beiden letzten Schnäpse im Lokal waren doch zu viel gewesen. Er führte sein Pferd in die Box, sattelte ab und schloss das Gitter hinter dem Hengst. Ihn abzutrocknen und zu füttern, schien ihm zu mühsam.

Als er durch den schmalen Durchgang, den er beim Ziehen des grossen Tores offen gelassen hatte, den Stall verlassen wollte, zuckte er plötzlich zusammen, krümmte sich vor Schmerz. Der Stromstoss an seinem Hals war total unerwartet gekommen. Eine fremde Stimme befahl ihn zurück in den Stall. Benommen vom Schlag, vermischt mit den Nachwirkungen der Schnäpse, liess er sich auf den am Boden liegenden Strohballen fallen. Helles, blendendes Licht einer Taschenlampe verunmöglichte es ihm, den Verursacher der Attacke zu sehen. Er begehrte auf, wollte aufstehen, als ihn ein nächster Stromstoss traf. Nun hörte er die Stimme seines Peinigers. Weiter genügte die Attrappe einer Gaspistole, um Kalt zu beeindrucken. Er tat, was von ihm verlangt wurde.

„Wer sind Sie“, fragte er weinerlich, „was wollen Sie von mir, ich gebe alles Geld, das ich bei mir trage, aber lassen Sie mich am Leben.“

„Keine Angst, Sie werden am Leben bleiben. – So, jetzt können wir reden. Wie war das gemeint, als Sie gesagt haben, es komme auf dasselbe an, ob eine junge Frau nacheinander von zwei Männern vergewaltigt werde oder ob sie, wie es in ihrem Alter üblich sei, schon zwei Freunde gehabt habe?“

Kalt dämmerte es – das hatte er sinngemäss im Kollegenkreis gesagt. Er zitterte noch heftiger als zuvor.

„Sind Sie derjenige, der die drei Jungs verstümmelt hat, sind Sie der Franzose?“

„Wer ich bin, ist nebensächlich. Sie haben mit Ihrer Sucht nach Öffentlichkeit die Dinge so gedreht, dass aus einem Opfer die Schuldige wurde. Haben alle Ihre Mittel eingesetzt, um sie zu demütigen, so heftig, dass sie keinen Sinn mehr darin gesehen hat, weiterzuleben.“

Nun jammerte Kalt, wissend, dass hier einer sass, der bereit war, Rache zu üben. Einer, der schon gezeigt hatte, wie er Schuldige bestraft. „Es tut mir leid, es ist nicht meine Absicht gewesen, die Kleine in den Suizid zu treiben, ich entschuldige mich und werde dies auch öffentlich machen, lassen Sie mich frei“, wimmerte er.

„Ich werde die für Sie vorgesehene Strafe vollziehen.

Weil es schmerzhaft ist, lasse ich Sie in einen Schlaf fallen." Er entnahm der mitgeführten Blechdose ein Stück Watte und beträufelte es mit Chloroform. „Bevor ich Sie in dunkle Stille schicke, sage ich nur noch eines: Ihre Tochter ist in grosser Gefahr, auch sie könnte sich das Leben nehmen." Dann drückte er Kalt die Watte vor die Nase, noch bevor der etwas entgegnen konnte.

Dunkle Stille hatte er versprochen Die auf einer Propandose aufgesetzte Brennerdüse entzündete er und liess in der Flamme die Spitze einer Stricknadel glühend werden. Er hob seinem Opfer ein Augenlid um das andere und stach mit der glühend heissen Nadel in beide Augen. „Und nun die Stille", sagte Bigler zu sich. „Ich mache dich taub. So, dass kein Chirurg deine Ohren mit einem künstlichen Trommelfell reparieren kann." Erst durchstach er mit der Nadel die Trommelfelle. Aus einem Fläschchen träufelte er Säure in beide Ohren und wartete, bis sich die Säure durch die Öffnung in den Trommelfellen ins Innere gefressen hatte. Dann träufelte er weiter Säure in die Ohren.

Anschliessend packte er in aller Ruhe seine Sachen zusammen und wartete. Einmal ging Kalts Mobiltelefon – Bigler liess es klingeln.

Nach kaum dreissig Minuten erwachte Kalt stöhnend. „Wo bin ich, was ist mit mir?"

Die Antwort hörte er nicht. Bigler zog sein Opfer hoch und öffnete an dessen Auto die Tür mit dem Schlüssel, den er ihm während seines Tiefschlafs aus einer Jackentasche gefischt hatte. Er startete den Motor und fuhr zur Altstadt. Vor dem Gerichtsgebäude liess er den Wagen stehen und ging zur Beifahrertür. Er zerschnitt die Fesseln und zog den jammernden Kalt aus dem Auto. Eng bei sich geführt – Passanten hätten gedacht, da führe einer einen Betrunkenen nach Hause – gingen sie zum Gerichtsgebäude. Dort setzte Bigler Kalt auf eine Bank und liess ihn im Regen sitzen. Bis auf seine Perücke nahm er seine Werkzeuge und Hilfsmittel in einer Tasche mit und machte sich davon.

Nicht lange danach fiel der Wagen einem Junkie, der auf unverschlossene Autos aus war, auf. Die Tür war nur angelehnt, der Zündschlüssel steckte und ein Mobiltelefon lag auf dem Beifahrersitz. Er fühlte sich wie ein Kind an Weihnachten. Ohne zu zögern, setzte er sich in den Wagen und fuhr davon. Der Gestank nach Säure und Verbranntem fiel ihm erst auf, als er ausserhalb der Stadt war. Er öffnete die Fenster und liess frische Luft die eigenartigen Gerüche vertreiben. Noch nie hatte er ein Auto gestohlen, aber so leicht hatte es ihm auch noch nie jemand gemacht. In seinem Umfeld hatte er gehört, dass gestohlene Luxusautos in Polen verkauft werden. Sein Plan war rasch gemacht – er würde nach Polen fahren. Auf dem Weg zur Grenze hielt er auf einem Rastplatz. Erst am Morgen, wenn die Grenzgänger und andere Reisende die Grenze zu Deutschland überqueren, wollte er es denen gleichtun. Es klappte problemlos. Das Fahrzeug wurde noch nicht gesucht, er steuerte ungehindert Richtung Berlin und Polen.

Zweimal in jeder Nacht patrouillierten zwei Wachmänner durch das Gerichtsgebäude. An sich gingen sie Vorgänge ausserhalb des Gebäudes nichts an. Doch als der Besoffene nach dem zweiten Kontrollgang immer noch im strömenden Regen halb liegend auf der Bank sass, sprachen sie ihn an. Keine Antwort auf ihre Anrede. Erst als einer ihn berührte, stammelte der Mann, er könne nichts hören und auch nicht sehen, wo er sei und wer ihn da berühre. Erst jetzt sahen die Männer die tränenden matten Augen und rochen die Säure an den Kleidern. Über die Zentrale meldeten sie ihren Fund der Polizei.

Nur wenige Minuten später kam eine Streife. Nach kurzem Augenschein riefen die Polizisten eine Ambulanz – ein blinder, wahrscheinlich gehörloser verwirrter Mann benötige ärztliche Hilfe. In seiner Jackentasche fanden sie Geldbeutel und Papiere.

„Das ist der Kalt, der scharfe Hund“, rief die Beamtin, als sie den Mann identifiziert hatte.

Kalt redete dauernd wirres Zeug. Er müsse seine Tochter beschützen, sie sei in Gefahr, jemand wolle ihr ans Leben. Er wiederholte sich dauernd, auf Fragen antwortete er nicht. „Ich denke, der ist besoffen. Die sollen ihn erst mal ausnüchtern“, sagte der Polizist zum Notarzt der Ambulanz. „Ja, da scheint etwas Gröberes geschehen zu sein“, bekam er zur Antwort.

Kaum im Büro eingetroffen, noch bevor er den obligatorischen Kaffee aus dem Automaten vor sich hatte, zeigte Dolores ihrem Chef den Bericht der Streife und denjenigen des Notfallarztes. „Er hat wieder zugeschlagen! Der Franzose hat sich an Kalt gerächt, dem Anwalt der drei Blödmänner. Jemand hat ihn geblendet, hat ihm sein Gehör genommen. Der ist weg vom Fenster, der ist die längste Zeit Rechtsanwalt gewesen“, rief Heierle in die zusammengerufene Runde. Einen Fahnder schickte er zum Notfall, er solle versuchen, aus dem Gepeinigten weitere Informationen herauszuholen. Eine Patrouille schickte er nach Biswil, zum Haus von Bigler. Sie sollten diskret vorgehen, nicht direkt zum Haus gehen oder Bigler ansprechen. Wichtig sei ihm im Moment nur zu wissen, wo der sich aufhalte.

Er selbst fuhr mit Dolores zum Haus von Dr. Kalt. Frau Kalt öffnete mit verweinten Augen die Haustür. Vom Spital habe jemand angerufen und sie gebeten, vorbeizukommen. Sie sei um sechs Uhr früh dort gewesen. Ihren Mann habe sie nicht sehen dürfen, der Arzt habe ihr jedoch über die Verletzungen, die er festgestellt hatte, berichtet. Ihr Mann sei verwirrt und rede dauernd von ihrer Tochter, davon, dass sie in Gefahr sei. „Wo hat sich Ihr Mann gestern aufgehalten?“, fragte Heierle.

„Wahrscheinlich ist er ausgeritten, oder er war irgendwo bei einem Weib.“

„Bitte um Namen und wenn möglich die Adresse dieser Frau.“

„Habe ich nicht.“

„Hat Ihr Mann Feinde, ist er bedroht worden?“, waren die weiteren Fragen Heierles.

„Wissen Sie, mein Mann hat auch Leute vertreten, mit denen ich persönlich nichts zu tun haben möchte. Ob darunter einer ist, mit dem er nicht klargekommen ist, kann ich nicht sagen, aber in der Kanzlei kann Ihnen seine geliebte Sekretärin bestimmt weiterhelfen. Aber was ist mit unserer Tochter, er redet anscheinend nur davon, dass sie in Gefahr sei. Was soll ich tun?“

„Lassen Sie Ihre Tochter heute zu Hause, sie soll nicht zur Schule gehen, wir gehen auch dieser Frage nach.“

Dolores fragte im Auto, ob er den Unterton in Frau Kalts Aussage auch gehört habe – „geliebte Sekretärin“ habe sie gesagt.

„Ja, wenn man bohrt, gibts Späne, und manche davon sind heiss und bedeutungsvoll“, gab Heierle sibyllinisch von sich.

Auf dem Weg zu Dr. Kalts Kanzlei rief die Zentrale an. „Die Autobahnpolizei hat Kalts BWM gefunden. Er steht auf der Strecke zwischen Stuttgart und Würzburg auf dem Pannenstreifen. Der Tank ist leer, der Fahrer getürmt, vermutlich per Anhalter. Das Fahrzeug wird vom Abschleppdienst zur nächsten Autobahnpolizeistelle transportiert.“

„Ruf sofort zurück“, bellte Heierle ins Funkgerät, „die sollen ja nichts berühren, das Auto ist Tatfahrzeug.“

„Schon gemacht, die Kollegen wissen Bescheid.“

Der Besuch in der Kanzlei brachte weitere unerwartete Erkenntnisse. Die Sekretärin hatte sich schon gewundert, weshalb ihr Chef nicht wie üblich im Büro erschienen war. Bei ihm zu Hause wollte sie nicht rückfragen, denn die Kalt sei ihr gegenüber immer so frostig. Als sie erfuhr, was mit ihrem Chef geschehen war, fiel sie in sich zusammen, schrie und beschuldigte Frau Kalt. Die eifersüchtige Wanze verfolge ihren Mann und seit die darauf gekommen sei, dass sie mit ihrem Chef ein gemeinsames Wochenende in Mailand verbracht habe, sei der Teufel los.

Es war unmöglich, die Frau mit weiteren Fragen zu konfrontieren. Heierle kündigte einen weiteren Besuch am nächsten Tag an und forderte sie auf, sich bis dann Gedanken zu machen, ob es unter den Klienten des Dr. Kalt solche gebe, die ihn bedroht hätten.

In der Zentrale wartete die Streife, die den Auftrag gehabt hatte, Bigler zu beobachten. Er sei im Dorfladen gewesen. Mit seinem Hund an der Leine hätten sie ihn auf dem Rückweg zu seinem Haus gesehen.

Heierle war in seinem Element – ein möglicher Täter war in Deutschland auf der Flucht, die Ehefrau des Opfers hatte ein Motiv, um mit ihrem Mann abzurechnen. „Möglicherweise besteht sogar ein Zusammenhang; der Flüchtige könnte ein bezahlter Killer sein", rief er in die Runde seiner Leute. Auch Bigler wollte er nicht aus dem Kreis der Verdächtigen ausschliessen. „So gut wie Frau Kalt einen Fremden anstellen könnte, kann es auch Bigler."

Der Bericht des Beamten, der Dr. Kalt im Spital besucht hatte, stimmte alle Anwesenden nachdenklich. Der Mann liege apathisch im Bett, rede dauernd von seiner Tochter, die in Gefahr sei. Seine Stimme sei hoch wie die einer Frau. Der Arzt führe das auf die ätzende Flüssigkeit zurück, die ihm in die Ohren gespritzt worden sei. Durch den Gehörgang sei die Säure in den Hals gelangt und habe unter anderem auch die Stimmbänder angegriffen. Sobald er sich von seiner schweren Erkältung, die er sich im kalten Regen sitzend zugezogen hatte, erholt habe, könne er entlassen werden. Im Moment sehe der Arzt keine medizinischen Eingriffe oder Behandlungen, die dem Patienten helfen könnten. Allerdings empfehle dieser, ihn nicht nach Hause zu entlassen, sondern nach Königsfelden in die Psychiatrische zu bringen. Denn der Mann habe neben seinen körperlichen Schäden auch erhebliche psychische Probleme. „Ich gehe morgen nochmals zu ihm, eine Logopädin wird mich begleiten. Dr. Kalt kann nicht hören, nicht sehen, die Blindenschrift wird er erst noch lernen müssen. Wir werden ihm mit kleinen Holzbuchstaben, die er greifen kann, unsere Fragen stellen."

„Wann haben wir den BMW zurück?", fragte der Spurensicherer. Dolores hatte angerufen, ihr Bescheid war enttäuschend. Es sei gut möglich, dass mit dem Fahrzeug auch auf deutschem Gebiet ein Verbrechen verübt worden sei, deshalb bleibe es vorläufig beschlagnahmt. „Dann musst du nach Deutschland und den Wagen dort nach Spuren durchsuchen, bis morgen werde ich das mit unserem Chef und seinem Kollegen in Deutschland geregelt haben", beauftragte Heierle sie.

Die Abendzeitung schrieb:

Mysteriöser Anschlag auf prominenten Anwalt

[BB.] Wie die Polizei meldet, wurde gestern Nacht in der Altstadt ein Mann mit schweren Verletzungen aufgegriffen. Gemäss ersten Untersuchungen im Spital hat er Augenlicht und das Gehör irreparabel verloren. Unsere Nachforschungen haben ergeben, dass es sich beim Opfer um den Anwalt der drei in einem Vergewaltigungsfall verurteilten Männer handelt. Alle Beteiligten erlitten im Verlauf der letzten Monate nach Überfällen schwere Verletzungen, alle bleiben für ihr Leben lang versehrt. Ob es sich beim Überfall um denselben Täter handelt, scheint fraglich. Ermittelten die Behörden in den früheren Fällen gegen einen unbekannten Südländer, gebe es im neuen Fall Spuren, die nach Deutschland führten.

Verlaufen die Ermittlungen auch in diesem schrecklichen Fall von Verstümmelung im Sand? Wäre es nicht an der Zeit, bei der Polizei personelle Konsequenzen zu ziehen?

Sechzehn

Am Montag gegen zehn Uhr kam der Notruf. Biglers Putzfrau hatte ihren Arbeitgeber tot an seinem Schreibtisch gefunden, seine Pistole neben ihm. Auf dem Schreibtisch ein Brief und ein Umschlag mit dem Titel „Testament". Diva lag traurig winselnd bei ihrem Herrn.

Als Heierle hörte, um wen es ging, machte er sich mit Dolores auf nach Biswil.

Der Abschiedsbrief war an seine Tochter gerichtet:

Liebe Anne

Ich konnte es nicht verhindern, dass Nicole als Kleinkind verunfallte und deswegen mit einer dauernden Behinderung leben musste. Ich war nicht in der Lage, sie vor den Entführern und Vergewaltigern zu beschützen. Ich konnte nicht verhindern, dass Wichtigtuer ihr Leiden für ihre persönliche Karriere missbrauchten.

Ich habe versagt. Einzig konnte ich dafür sorgen, dass diejenigen, die Nicoles Leben zerstört haben, einer gerechten Strafe, mit der sie hoffentlich lange leben müssen, zugeführt wurden.

Nun sehe ich keinen Sinn mehr, weiterzuleben. Auf Wiedersehen in der anderen Welt.

Bitte übergebt meine Asche dem Wind, keine Abdankung oder andere „Feiern".

Alfons

Das Testament war verschlossen und an den Notar von Biswil adressiert. Heierle traute sich nicht, es zu öffnen, nahm es jedoch an sich. Er liess die Spurensicherung an ihre Aufgabe und schaute sich derweil ausserhalb des Hauses um. Nichts, das ihm auffiel, ausser dass der Briefträger am Morgen offensichtlich nicht gemerkt hatte, dass der Empfänger tot war, als er die Post in den Briefkasten gesteckt hatte.

Er klaubte die Zeitungen und den an Bigler adressierten Brief aus Frankreich aus dem Spalt des Briefkastens. Den Brief musterte er, sein Inhalt interessierte ihn. Er nahm sich vor, den Brief und das Testament persönlich dem Notar zu überbringen und ihn zu bitten, den Inhalt lesen zu dürfen.

Der Leichenwagen fuhr vor, die beiden Bestatter trugen den Blechsarg ins Haus. Kurz darauf brachten sie den Toten und luden ihn in ihr Gefährt. „Der kommt in die Rechtsmedizin", rief er den beiden Trägern zu. Nachdem die Spurensicherung den Raum freigegeben hatte, durchsuchte Heierle das Haus, öffnete Schubladen und Kastentüren, ohne zu wissen, was er eigentlich suchte. Den PC liess er zur Überprüfung ins Labor bringen.

Dolores gab Diva Wasser und ging zur Putzfrau, die nach dem schrecklichen Fund immer noch verstört in der Küche sass. „Würden Sie bis auf Weiteres die Hündin zu sich nehmen?"

„Ja, ich nehme Diva zu mir, klar, das bin ich Bigler schuldig."

Dolores notierte ihre Adresse und Telefonnummer und beschied ihr, dass sie sich wieder bei ihr melden werde.

Gegen drei Uhr verliessen Heierle und seine Begleiterin den Ort und überliessen ihn den Beamten der Regionalpolizei. Der Notar erwartete sie bereits, sie hatten ihren Besuch telefonisch angekündigt. Ein alter Wegbegleiter, den er schon seit der Schule gekannt hatte, war gestorben – es war offensichtlich, dass er geweint hatte. Ob er den Inhalt des Testaments kennen dürfe, fragte Heierle.

„Das kommt zum jetzigen Zeitpunkt nicht infrage, zuerst müssen die Erben benachrichtigt werden. Das Einzige, was ich für Sie tun kann, ist, Ihnen das Datum und den Zeitpunkt der Testamentseröffnung bekannt zu geben. Dann können Sie allfällige Erben ansprechen." Heierle hatte es gewusst und halt mal probiert, es hätte ja sein können, dass ein Notar auf dem Land es weniger genau nimmt. „Aber den Brief, der heute im Briefkasten lag, dürfen Sie öffnen und mich über den Absender und den Inhalt des Schreibens informieren. Es ist wichtig, denn Bigler gehört zum Kreis von Verdächtigen in vier Fällen", forderte Heierle den Notar auf.

„Dem werden Sie kaum etwas in die Schuhe schieben können, einen aufrechteren und in allen Belangen korrekteren Menschen als Alfons Bigler kenne ich nicht."

Er öffnete den Umschlag und zog eine einseitig beschriebene Karte hervor. Er las, setzte sich auf den nächstbesten Stuhl und schüttelte den Kopf. „Das darf nicht sein, dass Bigler das nicht mehr erleben darf", sagte er nach mehr als einer Minute. „Seine Tochter, die an Pfingsten geheiratet hat, teilt ihrem Vater das freudige Ereignis mit, dass sie noch einmal Mutter wird. Arme Anne, du wirst traurige Nachrichten erhalten."

Das war nun auch für Dolores zu viel – solche emotionalen Momente berührten sie und liessen auch bei ihr Tränen aus den Augen kullern. Ob er die Adresse der Tochter haben könne, fragte Heierle, er müsse sie ja vom Ableben ihres Vaters unterrichten. Nach einer Weile stand der Notar auf, ging zu seinem Schreibtisch und fand im Adressverzeichnis seines PC die gewünschten Daten. Er druckte sie aus und übergab sie ihm mit den Worten: „Ich werde Anne selbst anrufen, sie soll es von mir erfahren, nicht von einer anonymen amtlichen Person."

Zurück im Wagen schalt Heierle seine Begleiterin wegen ihres, wie er sagte, „unprofessionellen Ausbruchs". „Typisch Weiber – die sind für den Dienst an der Front einfach nicht geeignet."

Ihm darauf zu entgegnen, schien ihr zu blöd.

Vor dem Dorfladen liess Heierle Dolores anhalten. Er habe am Abend eine Einladung und wolle noch eine Flasche Rotwein als Mitbringsel kaufen. Rasch hatte er den Wein und ging zur Kasse, wo sich zwei reifere Frauen unterhielten. „Dass Gil so aus dem Leben gehen würde, hätte ich nie gedacht, der war so ein lieber Mensch."

„Du warst doch damals auch in ihn verliebt, der hätte mit seinem französischen Charme jede haben können. Keine schaffte es, für ihn gab es nur Olga. Jetzt sind beide nicht mehr." Heierle hatte es gehört, sie redeten eindeutig von Bigler. „Darf ich fragen, weshalb Sie Herrn Bigler Gil nennen, der ist doch kein Franzose?“, fragte er.

„Wer will das wissen? Ich kenne Sie nicht, und wenn Sie von hier wären, wüssten Sie es.“

Er zückte seinen Ausweis. „Wachtmeister Heierle von der Kantonspolizei. Wie war das also?“

„Das hat doch nichts mit seinem Sterben zu tun, etwas, das vor vierzig Jahren war, geht doch niemanden etwas an. Weshalb schnüffeln Sie in alten Sachen rum? Unser Liebesleben vor so langer Zeit ist Privatsache, lassen Sie uns in Ruhe.“ Sein Ausweis hatte den beiden Frauen offenbar nicht imponiert. „Ich kann Sie vorladen und in der Kanzlei befragen.“

„Dann tun Sie das, aber bitte erst nach der Beerdigung von Bigler, der Wein kostet neun Franken, auf Wiedersehen.“

Dolores hatte sich schon gewundert, weshalb ihr Chef so viel Zeit für den Kauf einer Weinflasche benötigte, und sah, dass er wütend aus dem Laden kam. „Der Bigler wird hier von den alten Frauen Franzose genannt. Weshalb, wollte mir keine der respektlosen Weiber sagen, aber keine Bange, das finde ich raus, und wenn ich die nach Aarau holen lassen muss.“

Sein Jagdtrieb war wieder erwacht – es musste einen Zusammenhang zwischen Bigler und dem Franzosen geben. Im Abschiedsbrief hatte er angedeutet, dass die vier Beteiligten an Nicoles Leid ihrer Strafe zugeführt worden waren.

Tags darauf gegen zehn Uhr legte ihm Dolores den

Bericht von einem Telefongespräch, das sie mit dem Gemeindeschreiber von Biswil geführt hatte, auf den Tisch. Bigler habe als junger Mann in einem Stück des Dorftheaters einen Franzosen gespielt. Man sage, dass er die Rolle des charmanten Verführers so echt gespielt habe, dass ihm die Herzen beinah aller jungen Frauen zugeflogen seien. Seitdem habe er bei seinen Jahrgängern den Beinamen Gil, manche nannten ihn den Franzosen.

Vom Beamten, der von Dr. Kalt dessen Version des Überfalls hören sollte, kam nur ein kurzer Bericht. Die Befragung sei umständlich. Immer wieder falle dieser in ein Klagelied und zeige Angst um das Leben seiner Tochter. Folgendes sei von ihm zu erfahren gewesen: Der Mann sei blond gewesen und habe im hiesigen Dialekt vom Mädchen gesprochen, das sich später das Leben nahm, und gesagt, dass es seiner Tochter gleich ergehen werde. Weiter schrieb er, Kalt werde am folgenden Tag in die Psychiatrische überführt, weshalb die nächste Befragung erst in einigen Tagen stattfinden könne.

Vom Spurensicherer, der in Deutschland an Kalts Auto tätig war, kam der erste Bericht. Eine blonde Perücke sei im Auto, es habe in einem Polster eine markante verätzte Stelle. Am Lenkrad und am Schalthebel habe er Fingerabdrücke entnehmen können. Die deutschen Kollegen seien am Auswerten.

Eine Woche später reisten Anne und ihr Mann an. In Aarau trafen sie Holger, dem Anne vom Tod seines Bruders berichtet hatte. Sie fuhren zum Krematorium, wo sie die Urne mit Biglers Überresten empfingen, dann auf den Homberg, stiegen dort auf den Aussichtsturm und übergaben in bewegtem Schweigen die Asche des Vaters und Bruders dem dort allgegenwärtigen Wind.

Auf dem Rückweg zum Auto waren sie sich einig: Bigler hatte, als er Anne seinem Bruder bekannt gemacht hatte, schon gewusst, dass er aus dem Leben scheiden würde. Er hatte es so geplant.

Gegen zwei war der Termin beim Notar. Der hatte Anne, seit sie nach Zürich an die Uni gegangen war, nie mehr gesehen. Eine reife Frau, sichtbar in anderen Umständen, kam ihm entgegen. „Darf ich immer noch Du sagen?"

„Sicher, für alle, die mich seit meiner Kindheit kennen, bin ich Anne, auch für Sie." Er wollte von alten Zeiten reden, sah aber, dass es bald zwei Uhr sein würde, und begann, seine vor sich liegenden, geordneten Papiere nochmals zu richten. „Es ist zu erwarten, dass sich nach der Testamentseröffnung Wachtmeister Heierle hier einfinden wird, der hat noch einige Fragen." Neben Anne und Holger war auch der Pächter des Bauernhofs geladen. Er und Anne waren sich zuvor nur einmal flüchtig begegnet.

Die Testamentseröffnung dauerte nur kurz. Als Erstes bestätigte der Notar die Personaldaten der Anwesenden, dann verlas er Folgendes:

„Der Bauernhof mit Landwirtschaftsland soll meinem treuen Pächter gehören, mit der Auflage, dass er oder seine Nachkommen diesen noch mindestens zwanzig Jahre bewirtschaften.

Alle anderen Liegenschaften, bebaut und unbebaut, erbt Anne.

Die Finca auf Mallorca und alle Wertpapiere, deponiert auf der Kantonalbank, erbt mein lieber Bruder Holger. Er wird sicher die mir von Nicole geschenkte Hündin Diva zu sich nehmen.“

Ob jemand der Anwesenden das Testament anfechte, fragte der Notar und gab allenfalls notwendig einzuhaltende Termine für eine Anfechtung bekannt.

Erst mal blieben alle stumm, ein jeder schaute in die Runde. Nach einer Weile unterbrach Anne die Stille. „Aus meiner Sicht gibt es keinen Grund, Vaters Wünsche anzufechten. Es ist eine faire Verteilung seines Vermögens.“ Der Pächter stand auf und reichte Anne die Hand. Ein Stein sei ihm vom Herzen gefallen. Seit der Nachricht von Biglers Tod hätten er und seine Frau kein Auge mehr zugetan. Ob sie auf dem Hof weiterhin bleiben oder von einem neuen Besitzer vertrieben würden, hatten sie sich jede Stunde gefragt. Und nun sei der Hof ihr Eigen – nie würden sie die Grosszügigkeit der Biglers vergessen. Anne errötete verlegen und sagte: „Es ist richtig, wie es nun geregelt ist. Ich hätte als Besitzerin ja gar nicht gewusst, was mit dem Hof weiterhin geschehen soll.“

Holger räusperte sich. Er wolle die Ideen, die sein Bruder mit der Finca gehabt hatte, weiterführen und mit den Pächtern genauso grosszügig umgehen, wie sie es bis anhin gewohnt seien.

Sie vereinbarten, sich am Abend im Hotel, in dem Anne und Patric abgestiegen waren, zu treffen und an einem gemeinsamen Nachtessen des Verstorbenen zu gedenken.

Heierle sass auf dem Beifahrersitz des Wagens, als sich die kleine Gesellschaft vom Notar verabschiedete. „Ich glaube, ich träume – oder ich spinne“, flüsterte er so, dass es Dolores gerade noch hören konnte. „Da kommt der auferstandene Bigler aus dem Haus des Notars.“

Er stieg aus dem Auto und ging der Gruppe entgegen. „Sie entschuldigen, ich bin Wachtmeister Heierle und habe noch einige Fragen zum Tod von Alfons Bigler. Darf ich fragen, wer Sie sind?“, und schaute dabei zu Holger. „Frau Dr. Bigler ist mir bekannt, doch Sie sind mir fremd, obwohl ich Ihr Gesicht kenne.“

„Ich bin Holger Reuter, Biglers Bruder“, gab er sich in seinem breiten Thurgauer Dialekt zu erkennen.

„Und das ist mein Mann, Patric de Mur, und ich heisse nicht Bigler, sondern de Mur, geborene Bigler“, fügte Anne leicht belustigt hinzu.

„Ich bin Samuel Schneider, der Pächter von Biglers Hof.“

„Stimmt nicht ganz, du bist der neue Eigentümer“, rief Anne dazwischen.

Verunsichert von der unerwarteten Situation war Heierle nicht mehr so überzeugt von seinem Plan, die Leute vor dem Haus des Notars zu befragen. „Ich habe einige Fragen zum Ableben von Herrn Bigler, auch gibt es noch ungeklärte Fälle, die in seinem Abschiedsbrief erwähnt sind. Aber hier auf der Strasse scheint mir nicht der richtige Ort für eine Befragung zu sein.“

„Ja, es ist nicht gerade pietätvoll, eine Trauerfamilie

am Tag des Abschieds von ihrem verstorbenen Angehörigen auf offener Strasse zu überfallen, Herr Wachtmeister“, giftelte Anne.

Heierle schaute hilfesuchend zu Dolores, die mittlerweile aus dem Auto gestiegen war. Diese nahm das Heft in die Hand und sagte freundlich: „Entschuldigen Sie, Frau Doktor de Mur, Männern fehlt oft das Sensorium, um in gefühlsgeladenen Momenten angemessen zu agieren. Wie wäre es, wenn Sie, Frau Doktor, und Sie, Herr Reuter, uns morgen auf der Kanzlei einen Besuch abstatten würden? Ich werde dafür sorgen, dass es feinen Kaffee und Gipfeli gibt.“

Anne schaute zu Holger und sagte: „So geht man mit anständigen Leuten um, ich werde mir Ihren Namen merken und Sie meinem Schulfreund aus der Mittelschule, dem heutigen Chef des Amtes für Justiz, empfehlen. Ich bin morgen gegen zehn Uhr an der Tellistrasse. Begleitest du mich, Holger?“

Der nickte nur und staunte über den Dialog der beiden Frauen.

Heierle setzte sich mit hochrotem Kopf ins Auto, Dolores verabschiedete sich freundlich und setzte sich hinters Steuer. „Das war nicht gerade fein, mich derart ins Offside zu stellen“, schnaubte er.

„Wie war das noch? Vor ein paar Tagen sagten Sie, Frauen seien für den Aussendienst ungeeignet. Doch im Umgang mit Menschen ist eben ein Gespür für deren Gefühlslagen doch unumgänglich.“

Bis zum Ende der Dienstfahrt herrschte Funkstille im Wagen.

Schneider verabschiedete sich mit den Worten, man

sehe sich noch, seine Frau werde ihn sicher begleiten. Mit dem am Flughafen gemieteten Auto fuhren die übrigen drei zu Biglers Haus. Anne hatte ihren Besuch der Putzfrau angemeldet und sie auch gebeten, Diva mitzubringen.

Einige Minuten der stillen Andacht folgten nach dem Betreten des Zimmers, in dem Bigler gestorben war. „Was soll ich mit dem Haus?“, fragte Anne. „Darin wohnen kommt nicht infrage, ich habe mein Heim bei Patric. Es an jemand Fremden vermieten? Der würde das Haus wohl kaum schätzen. Und Liegenschaften als ertragreiche Anlage habe ich jetzt. Wie wäre es, wenn du, Holger, hier einziehen würdest?“

Vom Angebot überrascht wusste er vorerst nichts zu sagen. Das sei etwas sehr unerwartet, das müsse er sich schon noch einige Tage überlegen.

Diva war, als Holger aus dem Auto stieg, auf ihn zugerannt und hatte ihn aufgefordert, sie hoch in seine Arme zu nehmen. Von da an liess sie ihn keine Sekunde aus den Augen. Anne bat die Putzfrau, sich wie bisher um das Haus zu kümmern, und gab Holger den Hausschlüssel mit der Bemerkung: „Da hast du schon mal den Schlüssel.“

Diva war der Putzfrau ans Herz gewachsen, der Abschied fiel ihr nicht leicht. Sie verdrückte ein paar Tränen, als die Hündin freudig zu Holger ins Auto hüpfte.

Der Abend im Restaurant des Hotels verlief mit gedämpften Gesprächen. Samuel und seine Frau sprachen leidlich Französisch, Holger sowieso. So fühlte sich Patric in die Runde einbezogen.

Punkt zehn Uhr meldeten sich Anne und Holger am nächsten Morgen beim Empfang des Polizeikommandos. Dolores holte sie nach wenigen Augenblicken ab und geleitete sie in einen Besprechungsraum. Wie versprochen lagen frische Gipfeli in einem Korb auf dem Tisch. Sie fragte, ob Kaffee oder Tee gewünscht werde, und ging wieder aus dem Raum. Heierle trat ein, nach wie vor schien er etwas gehemmt. Bevor er sich setzte, begrüsste er die Frau Doktor und Herrn Reuter mit einem schwachen Händedruck.

Er wollte schon mit seinen Fragen beginnen, als Dolores mit den gewünschten Getränken ins Zimmer kam. Dann räusperte er sich. „Im Abschiedsbrief, den Herr Bigler hinterlassen hat, gibt es für uns kryptische Bemerkungen. Er schreibt davon, dafür gesorgt zu haben, dass vier Männer ihre gerechte Strafe erhalten haben. Seit dem ersten Fall hatten wir Herrn Bigler im Visier, als Täter oder als Mitwisser. Dass er Mitwisser war, scheint uns heute sicher. Ob in allen der Fälle oder nur bei den ersten drei ist noch unklar. Hat sich Herr Bigler Ihnen gegenüber jemals geäussert zu Plänen oder Taten im beschriebenen Zusammenhang?“

Anne, haarscharf denkend, fragte nach: „Wenn der vierte Fall noch unklar ist, dann sind die vorhergehenden klar.“

Die dreht mir jedes Wort im Maul herum, ging es Heierle durch den Kopf, und antwortete: „Nein, auch nicht. In den ersten Fällen war es jemand, der wie ein Franzose aussah, beim vierten handelte es sich eher um einen Einheimischen. Im vierten Fall haben wir aufgrund von Fingerabdrücken in der Zwischenzeit eine konkrete Person, nach der wir fahnden.“ Nach einer Kunstpause fuhr er fort: „Ich gebe Ihnen, Herr Reuter, drei Daten und bitte Sie, mir zu sagen, wo Sie an diesen Tagen waren.“

Er nannte die Daten des Überfalls auf Mirko, Goran und Nils.

Da müsse er in seiner Agenda nachschauen, sagte Holger, so genau sei sein Gedächtnis auch nicht, dass er sich an jeden einzelnen Tag genau erinnern könne. Ohne mit den Wimpern zu zucken, öffnete er sein Smartphone. „Also, am ersten Datum war ich zu Hause. Da steht, dass wir einen Service an der Heizung machen mussten. Ein Monteur war im Haus. Am zweiten Datum bin ich nach Berlin gefahren und war fast die ganze Woche dort, und zwar im Hotel Spreegarten. Beim dritten Datum war ich mit ehemaligen Studienkollegen zusammen, ein Fest bis gegen Morgen.“

Keine Ausbeute. Heierle war sich sicher, dass Nachfragen diese Aussagen bestätigen würden.

„Frau Doktor, Sie haben offensichtlich gute Kontakte zu Frankreich. Wie war das bei Ihrem Vater?“ Da gebe es nichts, an das sie sich erinnern könne; ihr Vater sei an Pfingsten mit an ihre Hochzeit gefahren und nach einer Woche wieder zurückgeflogen. Heierle unterbrach sie – das müsse früher gewesen sein, denn an Pfingsten sei der dritte Fall schon Vergangenheit gewesen. Sie müsse passen und könne keine Auskünfte geben, sagte Anne.

Nachdem Heierle die beiden verabschiedet hatte, setzte er sich in sein Büro und starrte vor sich hin. „Keinen noch so kleinen Schritt sind wir weiter“, murmelte er und legte resigniert die Akten auf den Stapel der unerledigten Fälle.

Der Junkie, den die deutsche Polizei an einer Autobahnraststätte beim Betteln aufgriff und vorläufig festnahm, konnte nicht in die Schweiz ausgeliefert werden. Als Doppelbürger, sowohl Schweizer wie Deutscher, durfte er nur im Beisein von deutschen Beamten befragt werden. Es stellte sich schnell heraus, dass er nur ein kleiner Drögeler war und nicht für die Tat an Dr. Kalt verantwortlich sein konnte. Dieser wiederum musste in der Psychiatrischen Klinik in ein geschütztes Einzelzimmer verlegt werden. Er tobte herum, schrie dauernd nach seiner Tochter, verweigerte Nahrung und fiel in tiefe Depressionen.

Biglers Taktik war aufgegangen: Ohne je den Gedanken gehabt zu haben, Kalts Tochter etwas anzutun, hatte dieser durchgedreht und würde erst als Toter die Klinik verlassen.

Die Akte verstaubte, neue Erkenntnisse gab es nicht. Bevor Heierle die vier Fälle ins Archiv bringen liess, nahm er sich ein ganzes Wochenende Zeit. Er studierte jedes Papier, jede Aussage. Beim Bericht, den ihm Dolores seinerzeit zum Telefongespräch mit ihrem Kollegen in Palma gegeben hatte, stutzte er. Seine handschriftliche Korrektur bei der Aussage des Pächters der Finca sah er nun in einem anderen Licht. Dolores hatte richtig übersetzt, er hatte gesagt, „der mit dem Hund ist da“. Offensichtlich kannte der Spanier beide Brüder und konnte sie, wenn er sie einzeln vor sich hatte, nicht voneinander unterscheiden. Welcher der

Zwillinge war jetzt auf Mallorca gewesen, Bigler oder Reuter?

Er unternahm einen letzten Versuch, Licht in die Sache zu bringen. Am Montag früh rief er die Zeugin, die damals den Besuch Biglers im KKL bestätigte, an. Es läutete lange, bis sie antwortete. Er habe noch eine Frage, die während der Befragung als Zeugin nicht gestellt worden sei. „Muss das so früh am Morgen sein, dass Sie mich wecken?“, schnauzte sie ihn an. Heierle entschuldigte sich, er bearbeite den Fall und ihm sei eben eingefallen, dass sie nicht gefragt worden sei, welchen Dialekt der Mann, der neben ihr im Konzertsaal gesessen hatte, gesprochen habe. „Einer von hier, Aargauer oder Luzerner. Tönt ja fast gleich.“ Das sei alles, was er noch habe wissen wollen, sagte er und verabschiedete sich. Hätte ja sein können – sicher wäre der Dame ein breiter Ostschweizer Dialekt aufgefallen.

Seine handschriftlichen Korrekturen radierte er aus, klappte die Akte zusammen, umschloss sie mit einem Gummiband und legte sie ins Fach „Unerledigt, ins Archiv“.

Nachwort

Täglich hören und lesen wir Meldungen über Verbrechen. Nur aussergewöhnliche, besonders grausame Untaten bleiben kurz haften, bevor wir uns wieder dem Alltäglichen widmen. Aufmerksamkeit erhalten Taten, die in unserer Nähe verübt werden: im Dorf, im Quartier, bei Nachbarn. Trifft es jemanden aus der eigenen Familie, bleiben die Schmerzen allen Angehörigen lebenslänglich. Während aus der Sicht der Opferfamilie, der oder die Täter mit Samthandschuhen behandelt und rundum betreut werden, werden die Opfer und Angehörigen alleine ihrem Schicksal überlassen. In ihrem Umfeld kommen Gerüchte auf und bald werden Gründe gefunden, die eine Mitschuld der geschundenen Person implizieren.

Richter und Richterinnen haben sich bei der Beurteilung einer Täterschaft und deren Bestrafung auf gegebene Gesetze zu stützen. Es finden sich immer Anwälte, denen es gelingt, die Lücken der Gesetze zu nutzen, um Täter von adäquaten Strafen zu verschonen.

Das Gesetz in die eigene Hand zu nehmen ist verwerflich und darf nicht sein. Umso mehr stehen Justiz und Gesetzgeber in der Verantwortung. Verbrechen müssen geahndet werden. Vor uneinsichtigen Tätern ist die Gesellschaft zu schützen.

Biglers Geschichte ist fiktiv, basiert aber auf einer wahren Begebenheit. In einem Zeitungsartikel habe ich über die Misshandlung einer jungen Frau gelesen.

Alle im Roman vorkommenden Personen und Geschehnisse sind erfunden und handeln in meiner näheren Umgebung. Das Dorf Biswil gibt es unter diesem Namen nicht. In welchem Wynentaler Dorf sich die Geschichte ereignen hätte können, ist unwichtig.

Von Hans Schaub bisher erschienen

Nachfolgeplanung in KMU

Die praxisnahe Planungsanleitung, damit die Übergabe funktioniert.

Die Nachfolgeplanung von Unternehmen ist ein emotional geladener Prozess, der in der Regel neben dem Alltagsgeschäft bewältigt werden muss.
An Fallbeispielen sind die zahlreichen „Stolpersteine“ aufgezeigt, die in diesen Prozessen mitentscheidend für geglückte oder missglückte Firmenübergaben sind.

127 Seiten, Broschur CHF 20.00
ISBN 978-3-258-07492-4

Schuldig geboren

Eine aufwühlende Familiensaga über drei Generationen

In diesem Werk erfahren wir nicht nur eine Geschichte über Leid, Glück, Tod und Geburt, sondern auch die von Behördenwillkür und Selbstgefälligkeit. Zum Beispiel bei der Vergewaltigung der 16-jährigen Marta um 1940. Schicksale, eine Häufung von Ungerechtigkeiten, die bei manchen Lesern Tränen von Wut und Trauer auslösten.

318 Seiten, Klappenbroschur, CHF 19.00
ISBN 978-3-9523657-6-2

Das blonde Zigeunermädchen

Die Geschichte zweier Liebenden,

die auch ihrer verschiedenen Herkunft wegen ins Verderben führt. Die besondere Lebensweise der Roma – im positiven wie auch im negativen Sinn. Der Roman ist frei erfunden. Grundlagen dafür boten vertiefte Studien dieser Ethnie und Besuche der verschiedenen Handlungsorte.

207 Seiten, Klappenbroschur CHF 19.00
ISBN 978-3-9524265-0-0

Alle Bücher sind beim Autor erhältlich

schaub.hans@bluewin.ch